A BUSCA SOFRIDA DE MARTHA PERDIDA

A BUSCA SOFRIDA DE MARTHA PERDIDA

CAROLINE WALLACE

Tradução de Santiago Nazarian

FÁBRICA231

Título original
THE FINDING OF MARTHA LOST

Primeira publicação pela Transworld Publishers,
uma divisão da Random House Group Limited.

Copyright © Caroline Wallace, 2016

Caroline Wallace assegurou seu direito de ser reconhecida como
autora desta obra em conformidade com o Copyright, Designs and Patents Act 1988.

Esta é uma obra de ficção; exceto nos casos de fatos históricos,
qualquer semelhança com pessoas reais, vivas ou não, é mera coincidência.

FÁBRICA231
O selo de entretenimento da Editora Rocco Ltda.

Direitos para a língua portuguesa reservados
com exclusividade para o Brasil à
EDITORA ROCCO LTDA.
Av. Presidente Wilson, 231 – 8º andar
20030-021 – Rio de Janeiro – RJ
Tel.: (21) 3525-2000 – Fax: (21) 3525-2001
rocco@rocco.com.br
www.rocco.com.br

Printed in Brazil/Impresso no Brasil

Preparação de originais
A2

CIP-Brasil. Catalogação na fonte.
Sindicato Nacional dos Editores de Livros, RJ.

W179b
    Wallace, Caroline
        A busca sofrida de Martha Perdida / Caroline Wallace; tradução
de Santiago Nazarian. – 1ª ed. – Rio de Janeiro: Fábrica231, 2017.

        Tradução de: The finding of Martha lost
        ISBN 978-85-9517-006-3 (brochura)
        ISBN 978-85-9517-007-0 (e-book)

        1. Romance inglês. I. Nazarian, Santiago. II. Título.

16-38355   CDD–823
                                                  CDU–821.111-3

O texto deste livro obedece às normas do
Acordo Ortográfico da Língua Portuguesa.

LG, para te lembrar (que estou sempre pensando em ti).

Creio em tudo até que seja provado o contrário. Então creio em fadas, mitos, dragões. Tudo existe, mesmo se for só na sua mente. Quem pode dizer que sonhos e pesadelos não são tão reais quanto o aqui e agora?

John Lennon

Estação Liverpool Lime Street, maio de 1976

~~Era uma vez...~~
Esta parte do meu conto de fadas começa em maio, em 1976. Talvez seja a Parte Cinco na história da minha vida. E, antes que alguém pense em perguntar, não tenho ideia do que aconteceu na Parte Um.

Agora mesmo estou girando pelo saguão principal da estação, gritando "Bonjour" para todo mundo que conheço. Enquanto giro, meu vestido preto de bolinhas balança e assobia a cada virada. Eu grito com a vertigem se apoderando de mim e solto um risinho numa pilha no chão de concreto abaixo do painel de partidas.

– Bonjour, Jenny Jones – grito.

Ela está sentada em seu quiosque, que fica do outro lado do saguão, perto da saída. Um homem compra um maço de cigarros e uma caixa de fósforos. Está curvado contando centavos na pilha de jornais em frente ao quiosque. Jenny Jones o observa, mas tem uma das mãos no saco de salgadinhos Frazzles e a outra virando as páginas de uma revista. Olha para mim e acena, a mão ainda no saco de Frazzles.

– Está no seu giro matutino? – Jenny Jones grita e eu faço que sim. – Deu um pulo lá fora, rainha? – ela pergunta.

Faço sim com a cabeça.

– Pássaro de Liverpool – digo apontando para mim mesma.

Jenny Jones balança a cabeça e eu começo a abrir a barra do meu vestido de bolinhas em seu círculo completo. O povo passa apressado por mim – alguns sorriem, outros xingam. Mas fecho os olhos e levanto os braços em direção às vigas de ferro da estação. Dou a maior fungada de sujeira, fuligem e cigarros. Há um toque de diesel, vinagre e vômito; há um borrifo de bagagens de couro e óleo também. Aquele cheiro doce e pungente de estação de trem atiça minhas narinas antes de eu abaixar os braços e deixar o ar sair lentamente.

– Obrigada por me deixar viver aqui – sussurro.

– Lime Street não seria a mesma sem você, rainha – Jenny Jones grita e eu abro os olhos. Olho para Jenny Jones, e ela sorri, balançando a cabeça novamente. Eu sorrio também.

– Bonjour, Stanley – grito para o faxineiro. Ele está varrendo a entrada da Plataforma 6, bem ao lado do telefone público.

Ele levanta o pulso, aponta para o relógio.

– Viu a hora? – ele grita e eu me viro e olho para o grande relógio ao lado da janela da Mãe.

– Nossa – digo, tentando ficar de pé e ainda me sentindo tonta. – Estou atrasada! – acrescento, embora ainda tenha decidido girar pelo saguão, evitando a plataforma, até o escritório de achados e perdidos.

Adoro girar. Não é a maneira mais eficiente de circular, mas, após meses e meses de prática, acho que aperfeiçoei a forma mais brilhante de giro. Tudo graças a uma técnica de balé que li num livro perdido, e tem tudo a ver com manter os olhos fixos num ponto. Aprendi que é melhor quando esse ponto não é uma pessoa, porque as pessoas tendem a se mover, e isso faz com que o giro saia cambaleante. Posso girar por horas agora e dificilmente vomito no meu vestido. Eu queria escrever uma carta para Margot Fonteyn, para perguntar se ela já vomitou em seu tule, mas Elisabeth achou melhor que eu não o fizesse.

Estou rindo, então, assobiando, e o povo tem que parar enquanto tento dar piruetas numa linha reta saindo debaixo do painel de partidas para onde trabalho.

O carteiro está à porta aberta. Ele é alto, magro, seu bigode tem forma de U e parece uma ferradura peluda ao redor da boca. O povo o chama de Drac, por causa de seus dentes da frente, que se projetam de forma estranha. Ele entrega a correspondência desde quando vim para cá, e agora está abanando o rosto com a correspondência do achados e perdidos.

– Bonjour, Drac – sussurro, apoiando-me contra a porta, minha respiração saindo ofegante. Eu me inclino e tiro meus saltos altos, então corro para trás do balcão.

"Vire-se", digo para Drac, e ele o faz. Eu me ajoelho abaixo do balcão, puxo meu vestido sobre minha cabeça e o substituo por um dos jalecos pretos da Mãe. Quase chega aos meus tornozelos e parece com um grande saco de poliéster. Eu enfio o vestido de bolinhas e o sapato no compartimento secreto sob o balcão.

"Desculpe, Drac", cochicho enquanto reapareço, vendo-o se virar para mim.

– Bom dia, Martha Perdida – Drac diz. – *Ela* está por aí?

Aponto para o teto, e Drac assente.

– Se eu ganhasse uma libra cada vez que fui encharcado por ela jogando aquele fluido de Jesus em mim – Drac cochicha. Ele vira a cabeça para o teto. Ainda não se moveu da porta aberta.

– Você seria um homem rico, Drac – cochicho, colocando minha mão sobre meus lábios para tentar conter um risinho.

– Semana passada ela me perseguiu até a Plataforma 3 com uma panela de seu fluido de Jesus – Drac cochicha. – Para uma moça avantajada, ela certamente consegue correr. Ela o espirrou por todo o saguão da estação.

Eu rio entre meus dedos, mesmo que ele tenha me contado a mesma história todas as manhãs esta semana.

Eu me sento no meu banco atrás do balcão. Olho para o livro de contabilidade e assobio. Gosto do Drac, mas torço para que ele vá logo. Ele não é muito bom em saber a hora de ir. Elisabeth disse que preciso ser mais dura, não fazê-lo se sentir tão bem-vindo, ou ele vai ficar na porta cochichando na sua voz chiada e ceceada por horas. Mas gosto bastante da forma como ele cochicha. Às vezes fecho os olhos e imagino que ele é uma cobra.

– Uma para você hoje – Drac cochicha. – Pela primeira vez consegui pegar uma para você sem que ela pegasse primeiro.

– Para mim? – pergunto, levantando o olhar.

Ele assente sorrindo.

– Nunca recebi uma carta antes – digo.

– Eu coloquei numa pilha segura – Drac cochicha, abrindo sua jaqueta e tirando um pequeno envelope pardo. – Não queria que a Mãe o pegasse. – Ele acena em direção ao teto e me dá uma longa piscada. Ele entra no escritório de achados e perdidos, coloca as cartas no balcão e estende o envelopinho pardo.

Eu não me mexo.

– É para você – ele cochicha. – Você é a única Martha Perdida que conheço.

Ele sorri. Eu faço que sim. Pego o envelope e coloco no balcão à minha frente. Corro meus dedos sobre o nome no envelope.

– Correio de Liverpool – Drac cochicha e eu olho para ele. Seus dedos dançam ao redor de seu bigode. – Melhor abrir.

Minhas mãos tremem. Tenho cuidado enquanto tento abrir o envelope pardo sem rasgar. Um lado do envelope se solta, depois o outro. Eu espio e um gritinho escapa.

– Um livro – cochicho. – O remetente deve saber o quanto amo ler.

– Eu sabia que era! – Drac diz, esquecendo-se de cochichar.

Tiro o livro, viro e abro as páginas. Há palavras escritas no verso da capa – uma dedicatória apenas para mim. O canto de uma página está dobrado.

Passos pesados soam no andar acima do escritório de achados e perdidos. Eu salto na minha cadeira. Drac e eu olhamos para o teto. Uma mão se projeta para cobrir o machucado na minha bochecha. Os passos param. Eu espero. Drac fica parado como uma estátua, com os olhos focados num ponto sobre as nossas cabeças. Nada. Eu solto minha respiração num suspiro alto.

– Melhor deixá-la, então – Drac cochicha.

Eu assinto, mas não olho para ele. Estou lendo as palavras escritas no verso da capa. Quatro palavras: "MARTHA, SUA MÃE MENTE." Estão escritas dentro do livro. No lado de fora, o título do livro está impresso em letras douradas: *A história da Balsa Noturna – Londres para Paris.*

Reparo numa página que tem um canto dobrado. Página dez. Leio. Leio repetidamente as palavras. Inicialmente me sinto um pouco perdida sobre por que alguém achou que aquela página era tão importante, e por isso a leio sem parar. Se é para ser honesta, não é a página mais interessante que já li. Mas então eu percebo e leio mais uma vez para me certificar. Não é o que está na página que deveria me interessar; é o que não está na página.

A Balsa Noturna não era um trem que se transformava num barco quando ia para Mersey. Era um trem leito internacional entre a estação London Victoria de Londres e a Gare du Nord de Paris. O Trem Noturno nunca viajou para Liverpool.

E é isso – não há como eu me concentrar no trabalho.

Elisabeth aparece às nove da manhã. É minha melhor amiga. Dona do café ao lado, é tão bonita que poderia ser uma estrela de Hollywood. Eu poderia olhá-la o dia todo e nunca me entediar. Às vezes ela dança em vez de caminhar. Acho que pode haver música tocando dentro da cabeça dela o tempo todo. Ela é bem alta para uma mulher e é supermagra, mesmo comendo bolo no café da manhã diariamente. Ela veste sempre a última moda, mas não compra. Não acho que ela tenha montes de dinheiro; em vez disso, ela é esperta e copia os vestidos que vê, desenha estampas e faz tudo numa máquina de costurar. Nada nela é como a Mãe.

No entanto, hoje não converso de fato com Elisabeth às nove da manhã. Nem como minha fatia de bolo glaceado de limão às dez da manhã. Detenho quaisquer pensamentos que possam causar sorrisos às onze da manhã. Em vez disso, deixo meu rosto franzir, continuo olhando para a inscrição e penso em como a parte quase começando do meu conto de fadas está cheia de mentiras. E, após algumas horas pensando nisso, fico confusa sobre por que alguém mandaria um item que levaria embora tanto da Parte Dois, sem pensar em oferecer um número de telefone que eu pudesse chamar para ter uma conversa franca sobre isso.

Não sei em quem acreditar, então faço o que sempre faço quando não sou esperta o suficiente para melhorar as coisas ou quando passei tempo demais sem sorrir. Tranco tudo como de costume à uma da tarde. Subo para o apartamento, grito para a Mãe que me sinto mal e fecho a porta do meu quarto atrás de mim. Eu me empoleiro no banquinho da minha penteadeira, olho para o espelho e aí sorrio.

Li em algum lugar que a maioria das crianças de quatro anos sorri quatrocentas vezes por dia, mas então, quando se tornam adultas, apenas sorriem vinte vezes por dia. Não tenho certeza de que quero ser adulta.

Continuo me olhando no espelho. Acho que uma hora ou duas passam, e nesse tempo eu consigo sorrir setenta e três vezes, assim como aperfeiçoar o que considero ser um olhar sofisticado. Inclui um meneio de sobrancelhas e dilatar das narinas. Gosto de testar novas expressões na privacidade do meu quarto antes de levá-las ao olhar público.

Mais tarde, enquanto espero adormecer, eu seguro meu livro próximo a mim. A Mãe não dá um pulo no meu quarto para me punir. A Mãe não é mesmo o tipo de pessoa que dá pulos.

Eu me agitei e revirei a noite toda, mas já dei meu giro matutino e agora estou parada na porta aberta do escritório olhando para o saguão da Estação Lime Street. Levanto o olhar para o painel de partidas. Vai haver um fluxo para a Plataforma 6 e para a Plataforma 1 a qualquer minuto. Trens para Warrington e Manchester estão parando. Eu assobio e as pessoas andam rápido pelo saguão. Não podem correr porque são adultos, e adultos não devem correr ou rodopiar em estações de trem. Eu gosto como suas não-exatamente-corridas os fazem bambolear. Olham para cima no painel de partidas, se apressando para a plataforma certa. O escritório de achados e perdidos está aberto, mas a essa hora do dia as pessoas correm para trabalhar e não precisam de mim. Eu não me importo. Gosto de assisti-las.

A cabine de passagens fica abaixo do painel de partidas. Esta manhã a fila lá é maior do que a usual. A senhora no fim da fila se vira e sorri. O cabelo dela é castanho-escuro como o meu e cai sobre seus ombros. Seu pescoço é longo, e seus tornozelos, finos como os meus. Eu me pergunto se somos parentes. Faço reverência, ela me encara por um momento e então caminha até mim.

– Por que a longa fila? – pergunto.

– Garota nova – ela diz, revirando os olhos. – Pode me vender um bilhete, rainha?

Balanço a cabeça. – Sinto muito.

Ela olha novamente para a fila.

– Droga – diz –, talvez diminua daqui a uns minutinhos.

Ela se vira de volta para mim e entra no achados e perdidos.

– Você trabalha aqui? – pergunta, seus olhos examinam as prateleiras de metal que ocupam as paredes à direita e à esquerda.

– Sim – digo. – Vivo no apartamento de cima com a Mãe.

– Não viaja pro trabalho. Você tem sorte – diz, e eu faço que sim.

– É o melhor lugar do mundo para se viver – digo. – Você conhece aqueles pássaros de bronze no topo do Royal Liver Building? Sabia que estão acorrentados para que não possam voar para longe? Sabia, como dizem, que, se esses pássaros voarem para longe, Liverpool deixará de existir?

– Humm – ela diz, mas não estou convencida de que ela esteja escutando.

Acho que a senhora pode considerar minha história uma bobagem. Claro que ela sabe sobre os pássaros Liver, todo mundo em Liverpool sabe sobre eles, minha pergunta era apenas uma tentativa de montar a cena. Então eu iria contar à senhora que nunca saí da Estação Lime Street e iria contar a ela sobre a Mãe receber uma carta pouco depois que vim morar aqui e como a carta disse que eu era o novo pássaro da Estação Lime Street. Então iria contar a essa senhora como a carta contava à Mãe que, se eu não estiver tocando a estação o tempo todo, ela vai desabar nos túneis subterrâneos, e a Estação Liverpool Lime Street vai deixar de existir para sempre.

Em vez disso, eu a vejo examinando o escritório de achados e perdidos. É um quadrado perfeito, e seus itens perdidos contam histórias perfeitas. Prateleiras de metal tomam toda a parede esquerda, prateleiras de metal tomam a parede direita, a parede dos fundos tem duas portas. Adoro ver a reação das pessoas a todas as prateleiras e caixas.

– Essa caixa de papelão está realmente cheia de dentaduras? – ela pergunta, e eu paro de pensar nos pássaros Liver. Todas as prateleiras de metal têm caixas de papelão, cada uma com uma etiqueta identificando o que há dentro. Eu faço que sim.

"Isso aí é um macaco empalhado?" Ela aponta para o macaco empalhado sentado no balcão.

– Sim, estou registrando-o. E há sete burros de palha naquela prateleira. Eu aponto para a prateleira que termina no canto esquerdo, ao lado da porta que leva ao apartamento da Mãe, no andar de cima. Aquela porta está sempre fechada.

– Tão organizado – ela diz e ri. – Podia ter você na nossa casa, rainha.

Eu sorrio.

– Ser organizado é uma obrigação. Mas estou pensando em fazer umas mudanças hoje.

– Não acho que possa mudar muito, não com o balcão aqui. – Ela aponta para o balcão de madeira que toma o cômodo, fazendo uma Letra H com as prateleiras de metal. Uma pequena parte do balcão se abre para cima, permitindo que eu vá para trás e me sente no banco.

– Sim, o balcão e meu banquinho já estão quase prontos. Estou de frente para qualquer um que entre e estou na visão perfeita daquele banco que fica no meio do saguão. Aquele. – Eu aponto para o

saguão e vejo a fila da cabine de passagens serpenteando ao redor do banco. A senhora se vira para olhar para a fila, suspira, e então se vira de volta para me encarar. – A Mãe prefere aquele banquinho perto da porta para o apartamento, ela diz que evita que as pessoas façam perguntas. – Eu aponto para o banquinho da Mãe.
– Não é uma pessoa sociável? – a senhora pergunta, então olha para seu relógio e solta um gritinho. – Estou tão atrasada. – Ela se vira e caminha em direção ao saguão. – Não parece que a fila esteja ficando nada menor – diz.

Ela está partindo. Entro em pânico.

– Você-é-minha-mãe-biológica? – pergunto a ela, as palavras saem como se fossem uma grande e única palavra.

– Sua mãe biológica? – ela pergunta, virando-se de volta e parecendo confusa.

– Você me abandonou e me deixou sentada naquela prateleira? – Eu aponto para a prateleira à direita, aquela perto da fachada de vidro do escritório de achados e perdidos.

– Tenho vinte e três anos. Você tem o quê, quinze? – ela pergunta.

– Dezesseis – respondo.

Ela ri e olha para o relógio novamente.

– Preciso ir. Prazer falar com você...

– Martha Perdida – digo.

– Prazer falar com você, Martha Perdida.

Eu me levanto do meu banquinho, inclino-me no balcão e a vejo saindo do escritório de achados e perdidos, passando pelo café em direção à entrada principal.

– Volte sempre – grito para a moça. Ela não olha de volta.

A Estação Lime Street está zumbindo esta manhã. Ainda são oito horas, e já há multidões esperando. Começo a me perguntar por que todo mundo quer deixar Liverpool hoje.

Stanley, o faxineiro, está varrendo ao redor dos montes de gente perto da fila para a bilheteria, mas não há muito espaço para varrer hoje. Não acho que o nome dele seja mesmo Stanley. O povo diz que ele parece Stan Laurel. Eu saio de trás do balcão e volto pela porta aberta. Grito para ele, e ele vem varrendo.

– O que está acontecendo? – pergunto, balançando a cabeça em direção à multidão.

– Boatos de que os garotos de Liverpool chegam mais tarde – Stanley diz. – Montes de guardas já lá fora.

Isso faz sentido. Outro dia li tudo sobre isso no jornal de Elisabeth, e então ela teve de explicar algumas vezes até eu entender. O jornal disse que alguns dias atrás Kevin Keegan marcou um gol de empate no segundo tempo da final da Copa da UEFA. Foi contra Club Brugge.

– Como se pronuncia Brugge? – Usei meu sotaque francês e disse "Bru-gí".

– Acho que o "gg" soa mais como um "huh" e o "bru" é mais um "brr" – Elisabeth explica.

– Mas isso não faz sentido – replico. – Por que soletrar uma palavra com as letras erradas?

– Brrr-huh – Elisabeth diz.

– Talvez eu o chame de Bugger – falo.

Elisabeth riu.

– Funciona – ela diz.

– Mas por que dar à palavra letras e dizer às pessoas para não pronunciá-las? – questiono. – Pelo menos com Bugger estou usando todas as letras.

– É estrangeiro, querida – Elisabeth conclui.

Perguntamos a Stanley, e ele disse que podíamos dizer da forma que quiséssemos. Elisabeth contou que o gol de Kevin Keegan levou o Liverpool FC a ganhar a final, 4-3 no agregado.

Elisabeth explicou o que significava, mas eu fiquei mais focada na palavra agregado e em como fazia minha boca rolar em formas diferentes quando eu a dizia em voz alta. Elisabeth falou que a cidade tem comemorado, que há lençóis pendurados das janelas das pessoas com "KEEGAN é REI" escrito neles. Ela explicou que significava Rei de Liverpool e que eu estava errada em ficar empolgada por ele ser

Rei do Mundo. Ela disse que a cidade está tomada de gente usando as cores do Liverpool FC e lenços e chapéus de papel com os rostos dos jogadores neles, que algum homem no Mercado St. John estava vendendo barato. Eu tive de confiar na palavra dela. Por eu nunca deixar a Estação Lime Street, eu não vi de fato muito da comemoração, tirando alguns torcedores bêbados cambaleando por aqui para encontrar o caminho de casa.

Elisabeth tem uma queda por Kevin Keegan. Ela disse que vai escrever uma carta a ele e convidá-lo para provar um de seus bombonzinhos. Mal posso esperar para contar a ela que poderá ganhar uma espiada dele hoje.

– Milhares esperados – Stanley diz. – Segunda vitória da Copa da UEFA; os canalhas venceram em 73 também.

– Você é azul, Stanley? – pergunto.

Stanley suspira, assente, então sai e segue varrendo ao redor das pessoas, o que é tranquilo quando as pessoas estão juntas, mas meio traiçoeiro quando caminham. Gosto que Stanley seja azul; a maioria das pessoas com quem falo é vermelha. Disse a Elisabeth uma vez que não posso entender por que o povo por aqui não pode apoiar Everton E Liverpool. Elisabeth apenas suspirou e disse algo sobre eu viver num outro planeta.

Caminho pela abertura no balcão e abro a porta para o apartamento da Mãe.

– Mãe – grito escada acima.

– Que foi? – ela grita escada abaixo.

– O Liverpool FC ganhou a final da Copa da UEFA. Venceram o Club Bugger por 4-3 no agregado. O jogo final empatou em 1-1, com Bugger liderando o segundo tempo – o grito. – O time todo está chegando hoje aqui, milhares de homens são esperados. Melhor descer com sua panela de água benta.

A Mãe não responde.

– Mãe? – grito.

– Que diabos é agregado? – pergunta a Mãe.

– Eles venceram, fizeram mais gols no total – digo.
– O Diabo gosta de futebol – a Mãe diz, mas posso ouvi-la pisando por lá. Provavelmente está enchendo a panela na torneira de água benta.

Leva uns bons dez minutos até ela descer as escadas.
– Faça o chá – diz, jogando-se em seu banco ao lado da porta do apartamento. Ela empurra a panela de água benta para baixo do banco.
A Mãe parece uma ameixa gorda. Ela pode já ter sido alta, mas agora está toda encolhida, enrugada e inchada. Seu cabelo é todo branco e cortado acima do ombro com tesouras vagabundas, e seus dentes são amarelos. Ela se senta com as pernas bem abertas, suas calçolas chegando aos joelhos. Ela está sem fôlego por ter descido a escada e chiando como se fumasse cinquenta cigarros por dia, mesmo que ela só fume dez por dia, porque a Mãe diz que o escritório de achados e perdidos não paga o suficiente para isso. Ela tem seu cinto de couro na mão direita.
– Bem que poderia ter uma poltrona aqui embaixo – comenta, e então há silêncio, e ela me observa enquanto me mexo para ligar a chaleira.
"Está usando maquiagem?", questiona. Ela bate o cinto de couro nas minhas canelas. "Ratos do inferno usam maquiagem."
Eu balanço a cabeça.
Eu me certifico de que estou longe demais para que ela me alcance com o cinto. E pergunto:
– Me conte novamente como fui encontrada?
– Ah, que inferno! Martha Perdida, minha querida, temos de fazer isso de novo? – pergunta.
– Essa é a última vez, prometo – afirmo.
Ela suspira e estala a boca, e então diz:
– Sua história começou num sopro de vento, Martha Perdida, minha querida.

É mentira.

– Poderia ser um pouquinho mais específica? – peço a ela.

– Num trem leito de Paris Gare du Nord viajando às onze horas para Liverpool Lime Street – ela responde.

É mentira também.

Estou agarrando o livro, e acho que espero que ela apenas o abra e me conte tudo.

– Fique mais confortável – a Mãe diz, mas sei que é para que eu fique perto o suficiente para ela me acertar. Eu me sento no chão frio do escritório de achados e perdidos. Cruzo as pernas e espero a história dela.

"É complicado", ela retoma.

Isso não é mentira.

– O ano era 1960. Os passageiros estavam sentados para seus *oeufs sur le plat* com presunto. Enquanto mordiscavam cereais e cestos com torrada quentinha, brioches e frutas frescas... – Ela faz uma pausa. – Enquanto tomavam o café e os condutores do trem leito faziam as camas... algo notável aconteceu – ela diz.

Ela mantém sua história. Já ouvi isso milhões de vezes. Ela está usando sua voz de Blundellsands[*]. É a mesma que ela usa quando está ao telefone com a gerência.

– Foi então, com os passageiros tomando café, tanto em conforto quanto em estilo – ela diz –, que uma única mala caiu da prateleira superior de bagagem. – A Mãe descreve a mala. Ela disse que era velha, detonada, riscada e tinha duas etiquetas de bagagem na tampa.

"Uma, hotel Adelphi, Liverpool, circular, preta e laranja. A outra, do Scribe Hôtel, Paris, oval, preta e verde. A mala aterrissou na fileira com um poderoso baque..."

Ela bate a fivela do cinto na prateleira de metal. Me assusta. Ela sorri.

---

[*] Blundellsands é uma área abastada de Mersey, na Inglaterra. O sotaque é tido como sofisticado. (N. do T.)

– Dizem que uma senhora francesa, de meia-idade, delicada, bebericando apenas suco de laranja, gritou – conta. Seus braços acenam no ar, o cinto faz uma onda, ela ri de sua capacidade de atuar. A Mãe é uma performer. Hoje está interpretando Lady Muck, do Muck Hall.

"Outra, britânica, de meia-idade, comum", ela diz a palavra "comum" como se ela fosse de Blundellsands e possuísse um milhão de colares de pérolas. A Mãe está gostando. "Dizem que essa gritou de desgosto por quem quer que tentou matá-la. Mas foi a senhora parisiense que desmaiou na fileira. Foi ela que disseram ter atraído a atenção dos outros passageiros; foi ela que disseram ter silenciado seus gritos e abafado seus berros."

– Mãe – digo, mas seus olhos migram para o cinto, eles me dizem para calar.

– Até que todas as atenções se voltaram para o motivo pelo qual ela desmaiou, aquele minúsculo gargarejo emergindo daquela velha, detonada e riscada mala, aquela com as duas etiquetas de bagagem descascando da tampa. Sentando, sorrindo, gargarejando naquela mala aberta, na fileira do vagão-restaurante daquela Balsa Noturna, um trem leito internacional da Gare du Nord de Paris à Lime Street de Liverpool havia... uma bebezinha.

– Eu? – pergunto. Não posso evitar sorrir.

– Você, Martha Perdida, aquele bebê era você.

Mais mentiras.

– Você era realmente uma bebezinha linda, uma coisinha que ofuscava. Ainda assim, nunca tivemos certeza de sua idade. Alguns insistiam que você devia ter seis meses; outros disseram que você tinha quase um ano.

– Mas, Mãe – digo.

A Mãe interrompe:

– Eu te trouxe aqui, para este escritório de achados e perdidos. – Ela abre bem os braços, como se estivesse me dando as boas-vindas pela primeira vez. Eu me inclino para trás para evitar a fivela de metal. – E aqui você esperou por noventa dias – ela diz.

– Mas, Mãe – tento novamente.
– Mas nada. Eu era a gerente. Cuidei de você o melhor que pude enquanto esperávamos.
– Esperávamos? – pergunto.
– Por noventa dias, todos os dias esperei para ver se alguém iria procurar você. Você esperou naquela prateleira. – A Mãe se inclina levemente à frente, aponta para um conjunto de prateleiras de metal perto da entrada de vidro do escritório. – Ninguém quis você, então eu te peguei. Paguei a taxa. Você foi meu presente de Deus. – A Mãe faz o sinal da cruz. Eu suspiro.
– Mas como? – pergunto a ela.
– Como? – ela responde.
Eu vejo seus olhos lampejarem. Vejo a fúria começar a borbulhar. Eu me afasto para trás.
– Está falando asneira? – ela pergunta, seu sotaque Blundellsands escapando.
Mas me sinto corajosa.
– Sabe, Mãe, alguém me mandou este livrinho.
Eu me inclino e passo a ela o livro. Já o li quinze vezes. Minha mão treme enquanto espera, esticada. A Mãe não fala. Seus olhos estão cravados na capa do livro, nas letras douradas do título. Ela não quer tocá-lo. Estou esperando o cinto me atingir, mas ela parece ter esquecido que o estava segurando.
– E há palavras escritas no verso da capa.
A Mãe olha para mim. Sua voz é afiada:
– Está dando no meu saco hoje. E o que elas dizem?
– Elas dizem "MARTHA, SUA MÃE MENTE".
A Mãe não fala. Eu espero ela me bater com o cinto. Mas, depois de um tempo, ela descongela, dá de ombros e diz:
– Às vezes você tem de acreditar em histórias, Martha Perdida, minha querida. – Depois, ela acrescenta: – Você pensa demais.
– O livro me disse que a Balsa Noturna nunca viajou para Liverpool. E LIVROS NÃO MENTEM – grito.

É quando a Mãe tenta ficar de pé. Ela cambaleia e usa a prateleira de metal para se equilibrar. A Mãe dá alguns passos e então se vira para as prateleiras do achados e perdidos. Ela busca em cima. Ainda segura o cinto em sua mão direita, e o tempo todo ela bufa e arfa. Então ela tira uma mala marrom velha da última prateleira e se arrasta até mim.

– Aqui – ela diz –, essa é sua. Ela estende a mala. Eu coloco o livro em seu banquinho.

Já vi a mala lá em cima antes. Está lá desde que me lembro. Nunca imaginei que pudesse ser minha. A Mãe sempre disse que queimou a mala de onde eu vim, no caso do Diabo ter feito xixi nela. Eu pego a mala, detonada e arranhada, aquela com duas etiquetas de bagagem descascando da tampa.

– Você era tão bonita, uma coisinha que ofuscava – a Mãe diz de novo. – Eu esperava que alguém viesse te buscar. Eu te mantive lá, naquela prateleira. – Ela aponta para a prateleira novamente, uma prateleira de metal, à vista de todos que passavam pelo escritório de achados e perdidos. – Eu te mantive lá por noventa dias e ainda assim não houve uma solicitação. Você era boa como ouro naquela época.

– Mas, Mãe, eu não poderia...

– Você está doida varrida – a Mãe proclama, um tremor em sua voz. Ela fica sobre mim e está explodindo de raiva, ou possivelmente explodindo com algo novo que a faz sacudir. – Você ousa me chamar de mentirosa? Essa é a sua história, criança má, não há nenhuma outra que eu possa contar.

– VOCÊ É O DIABO! – grito para a Mãe.

Eu a observo e vejo algo lampejar em seus olhos. A palavra a puxa de volta para si mesma. Falar sobre o Diabo é a linguagem que a Mãe conhece. Ela olha para seu banquinho. Ela arremessa o livrinho para mim. Erra e ele cai no chão. Ela se move em direção a mim e bate com o cinto de couro no meu rosto. Eu aprendi a não fazer som algum e aprendi a não chorar de dor. A Mãe não se importa mais que meus ferimentos possam ser vistos. O som das batidas de couro ecoa pelas paredes do escritório de achados e perdidos.

Então a Mãe se vira e cambaleia em direção às escadas para seu apartamento sobre o escritório de achados e perdidos. Eu a ouço pisar pelas escadas e ouço a batida seca da porta.

Publicado no *Liverpool Daily Post*

MALA COM MEMORABILIA DOS BEATLES ENCONTRADA NUM MERCADO DE PULGAS DA AUSTRÁLIA

Um homem na Austrália supostamente encontrou uma mala lotada com memorabilia insubstituível dos Beatles num mercado de pulgas esta semana.

O tesouro de colecionador, incluindo discos não lançados, ainda tem de ser autenticado, mas alguns especialistas acreditam que a coleção é o "arquivo Mal Evans" perdido. Nos últimos meses, desde a morte de Evans, os fãs buscaram por esse "arquivo", uma grande coleção de memorabilia do tempo de Evans com o grupo.

Mal Evans, o antigo roadie e amigo dos Beatles, levou um tiro da polícia de Los Angeles em janeiro deste ano. Não apenas seus pertences sumiram durante a investigação policial, mas a urna contendo as cinzas de Mal também se perdeu no translado de volta ao Reino Unido.

Max Cole, 37, de Melbourne, Austrália, é apontado como tendo comprado a mala de um pequeno mercado de pulgas perto de Melbourne por cerca de $50, pouco menos de 20 libras.

– Não posso acreditar na minha sorte – disse Cole. – Eu avistei essa velha mala esfarrapada e, quando a abri, fiquei chocado com o conteúdo. Sou escritor, então, claro, eu imediatamente percebi que havia descoberto uma história.

Agora Cole, vendedor de loja durante o dia e escritor comercial durante a noite, diz estar pesquisando a vida de Mal Evans antes de escrever um livro baseado tanto na vida de Mal Evans com os Beatles quanto no conteúdo da mala. Infelizmente, as cinzas de Evans não fazem parte de sua descoberta.

Nove da manhã e Elisabeth entra. Está carregando um jornal. Ela olha para o balcão e para mim no chão. Eu não me movi desde que a Mãe jogou o livro em mim e subiu batendo os pés. Um homem veio para o escritório de achados e perdidos, caminhou até o balcão. Nós nos encaramos por cerca de cinco minutos e então ele caminhou de volta para a porta da frente aberta. Além disso, a multidão está no saguão. Não falei outra palavra desde que disse à Mãe que ela era o Diabo. Devo admitir que passei alguns minutos preocupada de estar começando a soar como a Mãe, mas deixei isso de lado e tenho usado o tempo na minha prática de assobiar. Não estou no clima de praticar sorrisos neste momento.

– Você viu o *Post* de ontem? – Elisabeth pergunta, desenrolando o papel e apontando para a página da frente. Sua voz soa empolgada.

Eu balanço a cabeça.

– Bonequinha, olhe, alguém encontrou a mala de Mal Evans – Elisabeth diz. – O sujeito que encontrou está escrevendo um livro sobre nosso Mal. Melhor que ele inclua que nosso Mal foi o quinto Beatle. Ele é a cola que os unia, teria feito tudo por aqueles meninos. – Elisabeth fala rapidamente. Fala para os jornais mais do que para mim. – Ele até costumava comprar as meias e cuecas deles! E ouvi boatos de que ele pode ter ajudado a escrever algumas das músicas dos Beatles. Mas isso não lhe trouxe fama e fortuna. Não, querida, ele era a Cinderela dessa história, sem o final feliz, pobre sujeito. É só uma questão de tempo até alguém encontrar suas cinzas perdidas, então nosso Mal vai voltar para casa. Aposto que a mãe dele... – Ela para de falar, olha para mim e abaixa o jornal no balcão. Seus olhos parecem tristes.

– É triste ser um pássaro Liver – digo, olhando para o chão de concreto na minha frente.

– Olhe, querida, a estação não vai... – Elisabeth começa a falar, mas eu a interrompo. Já ouvi os argumentos dela um milhão de vezes.

– Toda essa responsabilidade nos meus ombros, um passo fora da estação e tudo isso – digo abrindo bem os braços – vai afundar no chão. Às vezes eu queria poder girar para longe disso tudo.

– Estou preparando aí do lado – Elisabeth diz, o que é sua nova forma de me deixar saber que ouviu um pouco dos gritos entre mim e a Mãe. – Estou fazendo bolo a mais para a multidão. Quer ajudar?

Eu quero. Levanto o olhar para ela e sorrio. Quero ajudar.

– Mudou o cabelo? – pergunto. Elisabeth assente.

– Combina com você.

O cabelo dela é amarelo acima dos ombros, com a franja mais lisa do mundo. Alguns dias eu me pergunto quantos anos ela deve ter. A Mãe disse que é falta de educação perguntar a idade de uma pessoa. Às vezes eu tenho de pressionar minha mão na minha boca para evitar que todas as perguntas que a Mãe diz que não posso perguntar escapem.

– Obrigada, querida – Elisabeth diz, então mexe no cabelo com a mão direita e sorri. – Que tal se levantar e vir ajudar?

E por eu estar confusa e por sentir falta de sorrir, e porque estou até o topo da cabeça com enigmas, eu fico de pé. Sei que quando a Mãe descobrir que o escritório de achados e perdidos está fechado e quando ela souber que estou ouvindo música do Diabo e comendo bolo glaceado de limão do Diabo, ela vai descer e pisar duro para me pegar na porta ao lado. Mas ainda concordo com Elisabeth enquanto pego meu livro. Pego a chave e tranco o achados e perdidos, então sigo Elisabeth à porta ao lado para seu café.

Nunca fiz nada tão rebelde antes. Nunca fui abertamente contra as vontades da Mãe e desertei do meu posto durante as horas de funcionamento. Elisabeth conhece as regras. Ela me visita no escritório de achados e perdidos durante o horário comercial, quando a Mãe não está por lá e eu não estou ocupada. Nunca visitei a Elisabeth no café. Ainda assim, aqui estou, no café ("A Sala da Frente do Diabo"), com Elisabeth ("aquela vadia da porta ao lado"), tendo fechado o escritório de achados e perdidos ("que coloca o pão na sua mesa"). Elisabeth está fazendo pãezinhos – de frutas e queijo –, torta de cereja, torta de maçã e alguns bolos Victoria ("petiscos do Diabo"). A Mãe prefere comer uma torta de batata e carne com fritas em cada refeição (incluindo o café da manhã). Ela diz que é a comida favorita de Deus e comer isso a faz se sentir extra-abençoada. Ela nunca cozinha para mim, mas eu realmente não tenho muito apetite, e Elisabeth é super-esperta em trazer comida escondida para mim.

– Não sabemos se os meninos estão chegando hoje, mas a multidão vai estar faminta e terá o dinheiro da cerveja para gastar – Elisabeth diz.

Eu concordo. Estou sentada num banquinho alto ao lado do balcão. Tenho uma cópia de *A história da Balsa Noturna – Londres a Paris* escondida sob um guardanapo no balcão, ao lado do maior saco de farinha que já vi.

– Foi o Diabo que te disse para pintar suas paredes de vermelho? – pergunto com um sorriso.

– Diga à sua mãe que as mesas são de um branco puro – Elisabeth diz, devolvendo o sorriso.

Elisabeth está atrás do balcão. A máquina de expresso está fumegando, os gabinetes de vidro e os domos para bolo em cima estão cheios de gostosuras açucaradas. Elisabeth está sovando uma enorme bola de massa. Está fazendo punhados, suas mãos e braços cobertos de farinha.

– Olhe o meu estado – ela diz.

Olho para ela. Ela conseguiu pôr farinha em todo o rosto e no novo penteado. Eu sorrio. Acho que ela está bonita.

– Está fazendo uma bagunça aqui. Não deveria estar na cozinha? – digo, olhando para o balcão. A bagunça é gloriosa. O balcão está coberto de cortadores, potes de medida, rolos para massa, palhetas, balanças, peneiras e toda a farinha de Liverpool.

– Onde está a graça nisso? – Elisabeth pergunta. – Dessa forma você me faz companhia. Quer papear sobre isso? – ela pergunta, seus olhos indo ao guardanapo, então à minha bochecha. Deve haver uma marca. Eu balanço a cabeça e sorrio. – Quando quiser, estou aqui, bonequinha – ela diz.

– Não acredito que eu disse à Mãe que achava que ela era o Diabo – conto. – Acha que estou começando a soar igual a ela?

– Não, bonequinha, não é nada igual a ela – Elisabeth diz. – E não acho que ela seja o Diabo também. Quer dizer, já deu uma boa olhada para ver se ela tem chifres ou rabo?

Elisabeth vira as costas para mim enquanto lava as mãos, e posso ouvi-la tentando abafar os risinhos.

– Não tem graça – digo, mas tem. Eu rio, então rio mais um pouco.

Enquanto os bolos e pãezinhos descansam e assam, eu me sento bebendo chá e comendo bolo glaceado de limão com Elisabeth. As pessoas lotam o espaço ao redor das mesas brancas e afundam em cadeiras vermelhas, felizes em dar um tempo, com sacos de compras aos seus pés. Entre servir e assar, converso com Elisabeth. Ela fala principalmente sobre as coxas de Kevin Keegan. Não conto à Elisabeth sobre o livro que chegou. Nos últimos dez anos, Elisabeth tem me pegado quando a Mãe me derruba. Elisabeth me ensinou tudo que sei sobre aproveitar o lado bom de cada dia, mas nunca contei a ela sobre eu ter sido abandonada. A Mãe me ensinou a ter vergonha. Ela disse que era nosso segredo, então me esforcei a não pensar sobre a Parte Um e a Parte Dois da minha vida quando Elisabeth está por perto.

Em vez disso, Elisabeth me conta sobre um vestido que está fazendo, ela me conta sobre a vez que John Lennon quase a beijou, e me conta sobre seus planos para o café. Ela tem essa habilidade de tornar tudo empolgante. Gosto que ela não tenta fuxicar a minha cabeça e não fecha a cara quando não quero dividir as coisas. E hoje, neste momento mesmo, tudo do que preciso é ouvir o entusiasmo de Elisabeth sobre o futuro e detalhes das partes do corpo de Kevin Keegan que eu nunca havia considerado.

Mas de tempos em tempos eu começo a ter uma onda de culpa. Me faz tremer e verificar a porta do café. Estou esperando a Mãe invadir, ralhar comigo e me bater com seu cinto de couro.

– Um centavo por seus pensamentos? – Elisabeth pergunta.

Eu afasto os olhos da porta e olho para ela.

– Eu deveria estar no trabalho. A gerência pode aparecer hoje e demitir a Mãe – digo.

– Se seu chefe aparecer, ele vai ver quão movimentado está aqui e vai pensar que você fez a coisa certa – Elisabeth diz.

– E se minha falta no trabalho levar a Mãe a ficar sem teto? – pergunto, e então digo: – Ela teria de viver numa enorme caixa de papelão lá fora, ao lado daquele cara do teatrinho de bonecos, e eu ficaria presa na Estação Lime Street, tentando aprender a língua de sinais para gente muda perdida.

– Língua de sinais? – Elisabeth pergunta.

– Para me comunicar com a Mãe através de uma janela – digo.

– Você tem uma cabecinha velha aí, bonequinha. Às vezes você fala e eu juro que você poderia ter sessenta anos – Elisabeth diz.

– Responsabilidades... – começo a dizer.

– Responsabilidades uma ova. Aquela madame folgada deveria estar fazendo o trabalho pelo qual é paga e não mandar uma menina de dezesseis anos trabalhar sem pagamento – Elisabeth diz.

– Não me importo em dar uma força. Devo a ela.

– Dar uma força? Você comanda o lugar enquanto ela fica com a bunda sentada o dia todo – Elisabeth diz.

– Ela vai te ouvir – cochicho. – Deveria se desculpar com ela, só por precaução. Grite que sente muito.

– Que se dane, sou à prova de fogo – Elisabeth diz, e então faz uma pausa antes de acrescentar: – Queria que você parasse com todos os seus "deveria", "poderia" e "se". Tudo o que você parece fazer ao redor da Mãe é se desculpar pelo que você não fez ou como você não foi da forma que era esperada de você. Te digo, ela me embrulha o estômago.

– Se eu me esforçasse mais... – começo a dizer.

– Ainda teria muita encheção da ranheta lá em cima – ela diz, revirando os olhos.

– Mas olhe para mim. Estou aqui hoje, no meio do horário de trabalho, comendo bolo. – Eu me levanto do banquinho e faço uma reverência. – Conheça a nova, aperfeiçoada e rebelde eu.

Elisabeth olha para mim e sorri. Eu sorrio também.

– Nesse caso – Elisabeth diz –, bote "Save Your Kisses For Me" no jukebox e vamos sacudir. Essa música recebeu uma porrada de pontos no concurso musical Eurovision, até bateu os franceses, e eu creio que precisa ser ouvida alto caso Keegan esteja passando. Então, que tal eu te servir um pãozinho de creme com uma fatia de torta de cereja para acompanhar?

– Não trouxe minha bolsa.

– Jogo na sua conta, querida – Elisabeth diz e pisca.

O dia todo as pessoas vêm e vão, entrando e saindo do café. Algumas entram na dança, é esse tipo de dia em Liverpool hoje, outros oferecem os próprios hinos de futebol no jukebox. Aprendi novos passos. Elisabeth diz que tenho um estilo próprio. Às vezes eu danço e me esqueço de que os outros estão vendo. Danço para mim, danço, e as pessoas apontam e riem. Gosto disso.

Elisabeth passa o dia correndo atrás do balcão e dançando comigo. Peguei vislumbres dela sorrindo o dia todo, sorrisos de fato que sobem até seus olhos. Sei que a música está mais alta do que o normal. Sei disso porque eu aumentei (mesmo quando Elisabeth sugeriu que a Mãe poderia se rachar de raiva com o volume) e tenho certeza de que a Mãe teria ouvido as risadas e a animação dos clientes participando.

Mas hoje eu não me importo; hoje sou nova e aperfeiçoada. Hoje quero começar a Parte Seis da história da minha vida. Quero que a Mãe saiba que suas mentiras não funcionaram e que eu preciso saber a verdade. Mas mesmo quando penso nessas palavras, estou cheia de uma mistura de nervosismo e medo. Sei o que a Mãe é capaz de fazer comigo. Sei que uma surra estará esperando por mim depois. Ainda assim, decidi que vou confrontar a Mãe de novo esta noite. Preciso de respostas; estou pronta para respostas.

Às cinco da tarde fica bem óbvio que o Liverpool FC não vai chegar. Não sei quem começou o boato, mas fez com que milhares de fãs de futebol chegassem à Estação Lime Street, e um bando deles ainda está lá no saguão. Eu vou para a porta do café e vejo Stanley lá fora, apenas conversando. Ele não está trabalhando, nem está tentando varrer ao redor das pessoas agora que há tantas delas.

– Stanley – grito e aceno para ele. Ele se aproxima.

– Tudo bem, Martha Perdida? – Stanley diz, e então: – Ouviu sobre os sujeitos aparecendo lá fora? Esses pivetes?

– Pivetes? – pergunto visualizando Oliver Twist com um cachecol do Liverpool.

– Imaginei que fossem fãs de futiba, mas são todos skinheads aqui para quebrar e beber. – Ele aponta para um homem sentado no banco em frente ao escritório de achados e perdidos. Ele não está usando camiseta e sangue escorre de seu olho e nariz. A polícia parece estar ao mesmo tempo contendo e ajudando-o.

"Não parece que os canalhas vermelhos estão vindo", Stanley diz, sorrindo, e então ele acena e volta para conversar com seus colegas. Eu fico parada olhando os homens passarem pelo café. A maioria veste cores de Liverpool com "Scouse Power" e "Liverpool FC" em letras grandes. Estão usando cachecóis, mesmo Elisabeth tendo dito que era um dia ensolarado lá fora, e estão cantando. Eu sorrio. As músicas e a atmosfera são novas para mim. Ninguém se importa comigo, enquanto os homens se abraçam, cantam e balançam com músicas que todos conhecem. Os fãs de futebol estão aqui para receber seus

heróis, e mesmo que não pareça que seus heróis vão aparecer, isso não os impede de comemorar.
– Uma moeda pelo seu pensamento – Elisabeth diz. Ela fica ao meu lado, passando para mim uma bebida nova e tirando minha xícara de chá semivazia.
– Gosto de que tenham um bom dia – digo acenando em direção ao último grupo de torcedores de futebol abraçados.
– Você parece estar cheia de pensamentos, bonequinha – Elisabeth comenta.
– Só queria poder sair por aí em Liverpool. Quero conhecer a cidade e as pessoas. Tenho pensado. A Mãe diz que se eu deixar a estação, ela despencará, mas e se eu levar a estação comigo?
– Você sabe que a Mãe fala asneira – Elisabeth começa a criticar, mas eu a interrompo.
– Não estou disposta a correr o risco. Quer que a Estação Liverpool Lime Street deixe de existir? – pergunto.
– Não, claro que não, mas... – Elisabeth começa a dizer.
– Sou um pássaro Liver, eu tenho...
– Responsabilidades, eu sei – Elisabeth fala.
– Mas tenho pensado muito sobre isso, e talvez haja uma forma – digo, e Elisabeth ri. Eu rio também.
– Bem, quando descobrir, serei sua guia por Liverpool. Vou te mostrar as melhores partes – Elisabeth diz, e então: – Pena que Keegan não apareceu.
Eu rio novamente. – Melhor eu voltar – afirmo.
– Você vai ficar bem? – Elisabeth pergunta, seus olhos desviando para minha bochecha.
– Não posso me esconder da Mãe para sempre. – Eu sorrio, mas não estou me sentindo corajosa. É tudo encenação. Já estou tremendo.
Hoje foi o melhor dos dias. Eu giro até meu balcão, agarro meu livro e sigo pela porta.
– Até – Elisabeth cochicha, espiando da entrada do café enquanto destranco a porta para o escritório de achados e perdidos e entro.

Sigo pelo escritório e subo as escadas para o apartamento. Estou na ponta dos pés como uma bailarina desajeitada, ainda tremendo. Estou pensando em como vou dar minhas desculpas de forma direta, como vou dizer as palavras rapidamente e então como vou contar à Mãe que eu mereço respostas, antes que ela comece a gritar e me acertar.

Eu rastejo pela sala de estar. As cortinas pesadas da Mãe foram fechadas. O quarto está envolto numa escuridão que não parece certa. Um enorme crucifixo de madeira está pendurado num canto – um ponto focal para qualquer um que entre no quarto. Eu cambaleio enquanto tento fazer uma reverência ao crucifixo, meus joelhos continuam tremendo enquanto eu tento ficar ereta.

Meus dentes começam a bater, meus braços parecem pesados. Estou em pânico. Imagino que a Mãe deve ter tido uma de suas dores de cabeça, provavelmente provocada por eu estar cheia do Diabo. Fico perfeitamente parada e deixo meus olhos se ajustarem. Estou prendendo o fôlego, tentando não fazer nenhum som, mas percebo que o bater de meus dentes está ecoando pela sala. Mordo meu lábio tentando parar o ruído – dói. Estou esperando a Mãe atacar. Espero o bombardeio de palavras que com certeza me acertará a qualquer momento. Estou esperando que o cinto faça contato. Estremeço. Meus olhos se ajustaram. Posso ver a Mãe dormindo no sofá. Posso ver Budgie empoleirado em sua cabeça.

– Budgie – cochicho, então faço um novo assobio que tenho praticado. Certamente acordará a Mãe e o fará se mexer, mas não se mexe.

"John", cochicho, pensando que a mãe pode finalmente tê-lo convencido de que ele não se chama Budgie. A Mãe não gostava de que eu o chamasse de Budgie. Ela disse que um nome não era um nome a menos que estivesse na Bíblia.

Ainda não há movimento. Fico tentada a ir para a cama, deixar Budgie cagar na cabeça da Mãe e talvez escapar de uma surra esta noite. Começo a pensar que eu poderia sempre dizer o que eu quero de manhã. A razão pela qual a Mãe realmente precisa de seu sono de beleza, que o número de linhas infelizes em seu rosto aumentou recentemente, que recentemente sua boca está sempre virada para baixo, e que acordá-la provavelmente a fará explodir.

A cortina balança na janela aberta que dá para as plataformas da Estação Lime Street. Uma faixa de luz laranja filtrada por uma fresta nas cortinas traz um brilho soturno ao rosto da Mãe e aos olhos do Budgie. Eu estremeço novamente. Eu me aproximo para fechar a cortina. Não estou mais na ponta dos pés, mas também não estou girando. Eu paro quando minha mão agarra o material. Desse ponto, posso ver até onde minha terra se estende à minha frente. Um único telhado curvo cobre a estação, feito de ferro e vidro. Li que data dos anos 1880. Isso me detém, o pássaro da Estação Lime Street, de voar para longe. Essa visão da saleta da Mãe é minha favorita. O enorme relógio da Liverpool Lime Street está perto dessa janela.

Quando eu era mais nova, uma vez eu tentei me esticar para tocar o relógio, mas meus braços eram curtos demais. Então me sentei no peitoril com as pernas balançando sobre o saguão da estação, tentando me inclinar para um pouco mais perto do relógio, quando a Mãe correu para mim, gritando. Ela me puxou de volta para a sala e para seu carpete. Ela me abraçou firme por pelo menos um minuto até meu peito começar a doer e meu rosto ficar vermelho. Então ela puxou meu cabelo para que eu olhasse para ela e bateu no meu rosto três vezes. A Mãe disse que o Diabo estava em mim tentando escapar e fazer a Estação Lime Street deixar de existir. Dois dias depois, a Mãe trocou as janelas. Agora elas só abrem um tiquinho de nada.

Às vezes as pessoas levantam o olhar e me veem acenando; às vezes elas acenam de volta. Às vezes as pessoas olham para a janela e saltam quando me veem observando-as. Eu gosto quando elas saltam. Eu salto também e balanço os braços no ar. Elisabeth diz que um dia eu posso ganhar um Oscar por melhores expressões faciais e gestos dramáticos.

Enquanto me estico para fechar a janela aberta, vejo movimento numa das plataformas. A plataforma se curva para fora, pedra e metal. Elas se curvam para outros mundos enquanto saem da minha vista. Longe da Plataforma 7 posso ver uma sombra se movendo. É uma plataforma vazia, mas há uma figura contornada de um homem usando um chapéu-coco. Estou me sentindo desconfortável agora; me sinto apreensiva. Tudo parece fora de equilíbrio. Eu pisco e a silhueta desaparece. Abro as cortinas para deixar alguma luz da estação entrar na sala, e me viro para olhar para a Mãe.

Budgie ainda não está se movendo. Os olhos da Mãe estão fechados. Sua Bíblia caiu no chão perto de seus pés, e seu cinto de couro descansa em seu colo.

– Mãe – cochicho. Ela não responde.

"Mãe", falo, ela não responde.

"Mãe", grito. Ela não responde.

Caminho até a Mãe. Seu rosto está cinza e sua boca está levemente aberta. Ela não está babando, o que não é típico dela, já que ela geralmente baba durante longos cochilos.

– Mãe – grito. Ela ainda não se move. Estou torcendo para que ela abra os olhos novamente, mesmo que logo depois ela vá saltar em mim. Estou torcendo para que ela abra os olhos, mesmo que logo depois ela me chame de todo tipo de nome horrível. Estou torcendo por um barulho, uma dor ou qualquer coisa menos esse silêncio. Mal posso respirar. Budgie solta um pio ou dois. Eu salto e faço um pouquinho de xixi nos meus tênis.

Budgie pia de novo e de novo. A Mãe segue sem babar; segue cinza.

Não consigo me controlar. Meus dentes estão batendo, ondas de frio correm por mim e meu corpo todo chacoalha. Caio de joelhos, mas nenhum som me escapa. Lágrimas caem de meus olhos e ranho do meu nariz. Eu rastejo para fora do apartamento, fazendo uma trilha de ranho atrás de mim, e desço as escadas de costas. Rastejo do último degrau para o escritório de achados e perdidos. E é onde me curvo numa posição fetal no chão frio atrás do balcão. Meus soluços estão além do meu controle; o som escapando da minha boca não é mais meu.

Estou perdida novamente.
Não pertenço a mais ninguém.
– Sou o Diabo – sussurro.
– Não, bonequinha, não é – Elisabeth diz.
Eu nem a notei vindo para o achados e perdidos. Devo ter deixado a porta aberta.
– Ela te bateu? – Elisabeth pergunta.
Eu não olho para ela. Fico enrolada no chão e balanço a cabeça.
– Onde ela está? – Elisabeth pergunta.
– Lá em cima – sussurro.
– O que ela fez com você, bonequinha? – Elisabeth pergunta.
– Nada – sussurro. – Ela não está babando e sua pele ficou cinza.
– Dois minutos, já volto – Elisabeth diz.
Vejo seus pés saindo pela porta e subindo o primeiro degrau do apartamento da Mãe. Começo a contar até cento e vinte na minha cabeça, mas quando chego ao vinte e quatro já estou tentando descobrir o que é pior – confirmar que a Mãe está morta ou que a Mãe milagrosamente voltou à vida e encontrou Elisabeth em seu apartamento.

Eu não me movi. Minhas lágrimas pararam. Elisabeth voltou e está sentada ao meu lado no chão frio do escritório do achados e perdidos. Ela entende que não deve me puxar e me abraçar, ainda assim tudo o que eu quero é me sentir segura, protegida e amada. Nenhuma de nós olha a outra; estamos falando para o espaço aberto.
– Vou fazer tudo melhorar. Prometo – Elisabeth diz. Coloca uma das mãos na minha cabeça e acaricia meu cabelo.
– A Mãe morreu pelos meus pecados? – pergunto à Elisabeth. – Porque minha existência era o pior pecado que poderia existir.
– Por que acha isso, bonequinha? – Elisabeth pergunta.

– A Mãe – digo. – Mas e se ela estiver certa?
– Ela arrancaria os centavos de uma mulher morta, essa aí – Elisabeth diz.
Ela está falando como se a Mãe ainda estivesse aqui, mas a Mãe está morta. Está no andar de cima. Vou ter de contar a alguma autoridade.
– Como vou me arranjar, tomar as responsabilidades oficiais? Nunca deixei a Estação Lime Street. Nunca saí em Liverpool – digo.
– Ela possuía uma boca como o túnel Mersey – Elisabeth continua consigo mesma.
– Às vezes eu andava direto para a saída. Era como se houvesse uma linha invisível que eu realmente queria cruzar. Eu olhava para Liverpool e desejava ser outra pessoa...
– Mas você pode – Elisabeth diz, finalmente ouvindo.
– Queria explorar, mas minhas responsabilidades com o povo de Liverpool me detinham de ultrapassar aquela linha. A Mãe disse que era uma honra eu ser escolhida como o pássaro Liver da Estação Lime Street. Ela disse que receber a carta foi um dos melhores momentos da sua vida. E entendo que isso me torna especial, mas...
– Você alguma vez viu a carta? – Elisabeth pergunta, e eu balanço a cabeça.
– Agora é ainda pior. Se eu sair e algo acontecer com você ou Stanley ou Jenny Jones, isso faria de mim uma *serial killer*. Eu já matei a Mãe.
– Bonequinha, não é culpa sua – Elisabeth afirma.
– A culpa é minha pela pessoa que a Mãe se tornou. Tornei branco seu cabelo preto. Por minha causa a pele no seu rosto foi repuxada num bico perene. – Puxo meus lábios num bico. Mordo o interior das bochechas para manter a cara feia. Não é minha expressão favorita, mas eu a aperfeiçoei há alguns meses. – Até as olheiras sob seus olhos azuis por essas incontáveis noites sem sono; a culpa é minha. Eu nunca fui boa o suficiente. Ela se arrependeu de dedicar sua vida a mim... Eu a despedacei.

– Está falando bobagem. Aquela mulher estava despedaçada muito antes de você chegar aqui. Acho que você a salvou – Elisabeth diz, mas não estou convencida.

– Serei sempre grata a ela – revelo.

– Por ser sua mãe? – Elisabeth pergunta, mas eu balanço a cabeça; definitivamente, não.

– Por causa dela eu parei de fazer perguntas. Foi durante a Parte Três, eu tinha algo como seis, acho. Aprendi a parar de falar para me manter segura. Fiquei fora do caminho dela, à espreita nos cantos. Foi antes de você chegar. Eu desisti, a Mãe venceu, tinha controle total sobre tudo o que eu fazia. Foi quando eu me apaixonei por histórias e inscrições em livros. Eu não podia me deter. Eu agradeço à Mãe pelos meus últimos livros e por me ensinar a ler.

– Você e seus livros – Elisabeth diz, e acho que a escuto sorrir.

Eu me desenrolo do chão. Eu me sento e busco a chave de fenda sob o balcão. Bem no fundo do balcão há um painel de madeira. Solto os quatro parafusos e deixo o painel cair no chão. Atrás dele há um buraco – é onde eu escondia da Mãe os livros, até estar seguro para levá-los ao porão. Atrás do painel é onde escondo minhas melhores roupas e meus sapatos também. Hoje há cinco livros, três pares de saltos altos e seis vestidos chiques escondidos atrás do painel.

– Veja este. – Abro o livro e aponto as palavras escritas no verso da capa. – Alguém escreveu: "Você vai ser papai" dentro de *Worzel Gummidge and Saucy Nancy*. – Fecho o livro e olho para a brochura fina – uma capa azul, uma lombada azul com cantos curvos.

– Que legal – Elisabeth diz. Sei que ela está confusa.

– Não vê? – pergunto. – Essas palavras contam uma história diferente daquela dentro do livro. Tornam o livro tão mais... Essas palavras não foram feitas para meus olhos; é como se eu tivesse escutado um segredo.

– Mas eles perderam o livro. E nunca procuraram de volta, então não pode ser tão importante. Provavelmente nunca perceberam que sumiu – Elisabeth sugere.

Corro e esfrego o dedo sobre a capa do livro. Tenho esse truque que posso fazer – algumas vezes acho que é um segredo dos deuses dos pássaros Liver, talvez até um pedido mágico de desculpas por ter me prendido aqui com a Mãe. Porque quando corro meu dedo sobre algo que está perdido, posso dizer como o item se perdeu. Não posso explicar por que isso acontece, e só funciona com as coisas realmente perdidas. Esfrego meus dedos sobre *Worzel Gummidge and Saucy Nancy*, e a imagem do homem no trem, tirando o livro de sua mala, salta à minha cabeça. Posso ver que o homem está tomado de tristeza. Eu o observo abrir o livro. Ele vê a dedicatória. É como se o livro estivesse em chamas. Ele o joga no chão e pisa nele. Ele nunca se tornou papai, não dessa vez. Houve um aborto – por volta das dez semanas o bebê morreu. Ele não queria deixar o livro no chão; estava só. A dedicatória era um lembrete do que não pode ser. Foi assim que o livro terminou aqui, no achados e perdidos. Eu suspiro. Levanto meus dedos para o livro.

– A dedicatória é o flash de um momento. Esse livro foi perdido porque alguém queria esquecer – digo.

– Você não pode saber isso, bonequinha. É apenas um livro perdido. As pessoas perdem coisas o tempo todo.

– É um livro achado. O livro era para um homem, o nome dele era Justin.

– Você e sua imaginação – Elisabeth diz, e eu sorrio.

– Livros são mágicos. Gosto de que a razão para dar um livro seja outra história.

– Nunca conheci ninguém que lesse tantos livros quanto você. Você lê de tudo – Elisabeth comenta.

– Se um livro foi encontrado, o mínimo que posso fazer é lê-lo. Então ele não vai mais se sentir perdido – digo. – Gosto especialmente quando encontro palavras que não sei como pronunciar ou não sei o que significam; eu as anoto. Então, da próxima vez que localizo o faxineiro Stanley, mostro-lhe as palavras, e ele me ajuda. Ele é bem esperto com palavras difíceis.

"Acho que gosto de livros mais do que gosto de girar", revelo.

– Nunca conheci ninguém como você – Elisabeth diz. Ela ri, pega o *Worzel Gummidge and Saucy Nancy* de mim, se estica e o coloca no balcão. – Não precisa mais esconder isso – Elisabeth afirma.

Faço uma pausa. Não é só pelos livros que sou grata. Penso em todas essas horas que passo ajudando no achados e perdidos, sem pagamento, aprendendo a ouvir, aprendendo como meu dom funciona; e penso sobre o peso da responsabilidade de ser um pássaro Liver da Estação Lime Street. Por causa do meu dom, sou realmente brilhante em reunir itens perdidos que querem ser encontrados; e por eu não poder deixar a estação, faço minhas próprias aventuras todos os dias.

– Graças à negligência da Mãe, eu descobri a coisa em que eu era boa e a coisa que me faz mais feliz – digo.

– Você é um pequeno achado – Elisabeth diz. – Mas isso é coisa sua, não da Mãe.

– Há mais e mais demanda pelos meus serviços no achados e perdidos – digo.

– Por que acha isso, bonequinha? – Elisabeth pergunta.

– As pessoas estão sempre com pressa – falo, e Elisabeth assente.

– Elas só percebem o valor de algo depois que perderam – concluo.

Há uma grande lição em *A Bela e a Fera*: que algo deve ser amado antes de ser amável.

G. K. Chesterton

Então meu conto de fadas continua. A Parte Seis começa no final de julho, ainda em 1976 e ainda num tempo quando desejos importavam e mágica existia.

Mas neste instante estou atrás do balcão do achados e perdidos. Estou arrumando os últimos depósitos de bens perdidos nas prateleiras corretas de metal. Escrevo a data em que chegaram e calculo quando seus noventa dias acabarão. Faço isso num livro de contabilidade, um novo para cada semana. Quando os itens chegam, eles são colocados na prateleira pelos primeiros noventa dias. Quando uma pessoa vem pegar o item perdido, paga uma pequena taxa (dependendo do tamanho e valor do item) e eles são reunidos. Às vezes eu esqueço de cobrar a taxa das pessoas. Mantenho registro dessa quantidade, e uma vez por mês escrevo um cheque da conta da Mãe para cobrir o total que falta. A Mãe nunca notou quando estava viva; não importa agora que ela se foi.

Após noventa dias, os objetos perdidos não procurados são colocados em caixas de papelão com itens similares. Então, de tempos em tempos, eu seleciono vários desses itens perdidos das caixas – são sempre itens sem uma história – e os coloco em sacos de lixo e os levo para o porão. Há um quarto lá que está cheio de sacos de lixo pretos com itens perdidos. A Mãe uma vez me disse que em algum ponto, geralmente de noite, alguém viaja de trem de Londres e pega alguns sacos de lixo do porão e leva de volta para Londres. Eu nunca nem soube que eles vieram. Gosto de imaginar que esse alguém misterioso é de Loompaland e que não viaja realmente de trem, mas que na verdade viaja com Vermicious Knids[*] domesticados.

---

[*] Vermicious Knids: personagens alienígenas do livro *Charlie and the Great Glass Elevator*, sequência de *Charlie e a fábrica de chocolate*, do autor britânico Roald Dahl. (N. do T.)

Contei à Mãe essa teoria e ela me bateu com seu cinto de couro; contei à Elisabeth e ela me ofereceu uma fatia extra de bolo glaceado de limão.

Hoje, enquanto coloco os itens perdidos nas prateleiras de metal, meus dedos não podem evitar de raspar sobre eles. Pelos dois meses e três dias após a morte da Mãe, uso luvas quando arrumo as coisas perdidas, principalmente porque minha cabeça está cheia de tristeza e eu não queria enchê-la com histórias de como os outros podem ter perdido algo que amavam. Para ser completamente honesta, nem sei se eu já amei a Mãe. Devo tê-la amado em algum momento, talvez. Tenho focado como me tomou quando ninguém mais me queria e como deve ter cuidado de mim quando eu era minúscula e não podia andar ou falar ou cuidar de mim mesma. Mas eu nem penso que a dor que tenho sentido é pela morte dela. É mais porque a Mãe sabia as respostas – respostas que eu esperava que um dia ela dividisse comigo. É errado eu querer saber meu verdadeiro aniversário? É errado querer saber meu verdadeiro nome? É errado que eu queira saber a Parte Um do meu conto de fadas? Acho que essas respostas morreram quando a Mãe morreu.

No entanto, hoje estou me sentindo corajosa e talvez eu finalmente esteja começando a me sentir melhor. Não estou usando luvas e deixo meus dedos dançarem pelos itens. Enquanto toco uma aliança perdida, correndo um único dedo por seu círculo, vejo um homem e uma mulher. Eu os vejo contando moedas numa tentativa desesperada de poder pagar por este anel. Estão sorrindo, estão num bar, dividindo um café. Em seguida, eu os vejo numa loja, passando um saco cheio de moedas. O dono da loja é chamado...

– Martha? – Elisabeth diz. Ela entrou na loja sem eu notar. – Sonhando acordada de novo? – pergunta.

– Só me perguntando a quem pertence isso – digo, segurando a aliança dourada, então me viro para colocar na prateleira de metal ao lado da chaleira.

– Sem luvas, bonequinha? – Elisabeth pergunta. Eu faço que sim.

– Meu rosto me faz parecer com uma Audrey Hepburn feia? – pergunto.
– Quê? De onde tirou isso? Você é mesmo uma pamonha – Elisabeth diz.
– Um homem disse isso outro dia – conto.
– Quê? Vou socá-lo – Elisabeth promete.
– E eu tenho olhado no espelho tentando descobrir se foi um elogio ou não.
– Foi aquele jovem soldado romano que tem andado por aqui?
– Não. Enfim, ele não anda por aqui; só me olha daquele banco ali – digo, apontando para o banco em frente ao achados e perdidos.
– E o que concluiu sobre Audrey Hepburn? – Elisabeth pergunta, sua voz tornando-se calma. Eu devo parecer confusa. – Foi um elogio? – Elisabeth pergunta, sorrindo agora.
– Acho que sim. Até uma Audrey feia ainda deve ser bonita.
– Eu lhe trouxe o almoço – ela diz, colocando um prato de sandubas e um saco de bolachinhas salgadas no balcão. – Coma. Tem de manter a força – acrescenta.
– Ainda não sou exatamente eu mesma, sou? Sabe que não assobio há tempos? – digo.
– Hoje pode ser o dia, bonequinha – Elisabeth diz, e eu concordo.
– E talvez seja hora de parar de usar os jalecos da Mãe para trabalhar – ela acrescenta e eu dou de ombros. Elisabeth tem me trazido roupas diferentes para vestir, mas estou prestando meu respeito à Mãe.

"A onda de calor está a toda e você tem girado por aí em jalecos pretos enormes", comenta.

– Não tenho girado muito ultimamente – digo. Girar nos jalecos da Mãe é difícil demais.

"Drac mencionou o velório da Mãe Morta novamente." Dou uma mordida no meu sanduba.

– Você disse para ele cuidar da vida dele? – Elisabeth pergunta.

Sacudo a cabeça e engulo.

– Que tipo de filha nem vai ao velório da mãe? – pergunto.

– O tipo que foi mantida como escrava por anos. Não dá apenas para sair dessas coisas – Elisabeth responde.
– Drac diz que eu deveria prestar meus respeitos.
– Drac é um bundão que precisa parar de se meter na vida dos outros – Elisabeth diz. – Foi um grupo pequeno, mas o suficiente da estação prestou respeito. Todo mundo sabe como a Mãe era. Ninguém julga você.
– Você acha que eu não ter ido me torna como o Diabo e a pior filha do mundo? Eu queria ter ido, mas não poderia arriscar que a Estação Lime Street deixasse de existir. A Mãe teria odiado isso.
– Não precisa se justificar – Elisabeth diz.
– Se o velório tivesse sido na Estação Lime Street, eu ficaria bem. É só que minhas responsabilidades...
– Não se preocupe, bonequinha. A Mãe não iria querer que você deixasse a estação. Tivemos aquela pequena cerimônia só nossa lá em cima. – Ela aponta para o teto. – Coma seu sanduíche, não fique remoendo o passado. – Eu concordo.
– Não apenas por mim. Budgie queria prestar seu respeito também – digo.
– Antes de ele se escafeder – Elisabeth diz, e eu rio.

O velório da Mãe foi uma cerimônia na igreja, depois uma cremação. Elisabeth convenceu aqueles poucos na estação a ir e prestar suas homenagens ao prometer um pouco de comida depois. A Mãe teria preferido um enterro, mas não tínhamos dinheiro para nada chique, então Elisabeth organizou uma cremação e voltou com a Mãe Morta numa urna prateada. Tivemos uma pequena cerimônia só nossa, lá em cima no apartamento, com a Mãe Morta na cornija. Eu até cantei "Rejoice, The Lord Is King", o favorito da Mãe, e só inventei metade das palavras. Depois disso, deixamos a Mãe Morta na cornija, fechei o achados e perdidos e fomos para o café da Elisabeth para celebrar a vida da Mãe com os poucos que estiveram no funeral. Levei Budgie comigo, empoleirado no meu dedo, mas quando saí do saguão ele viu as vigas de ferro e voou alto. Eu o observei por um tempão. Elisabeth disse que, com o falecimento da Mãe, Budgie podia ser livre. Ela disse que eu podia ser livre também.

Elisabeth avaliou que a Mãe teria gostado de música alta e bolo em seu velório. Algo sobre manter o Diabo distraído enquanto a Mãe seguia para o Céu. Eu não estava certa de que isso soava como a Mãe, mas, no final, dançar com a voz de Elvis e ver Elisabeth rodopiar com as batidas me deixou em paz. Claro, queria que a Mãe tivesse sido mais legal, mas tive tempo de pensar bem e falar sobre isso com Elisabeth. Avalio que a Mãe tinha o próprio "era uma vez" penoso para lidar, e ela fez o melhor que pôde, tentando me arrastar para cima. Mas eu não quero ser como a Mãe. Não quero guardar meus "era uma vez" ruins até que meu rosto esteja marcado de linhas de dor de cabeça e amargura. A vida é curta demais para ser infeliz.

– Sem jalecos a partir de amanhã – digo, e Elisabeth sorri.

Elisabeth ficou de olho em mim nos últimos dois meses e três dias. Ela é brilhante. Às vezes eu a vejo saracoteando pelo café e não posso evitar chamar seu nome. Então, quando ela olha, eu fico de pé e faço a mais ridícula das danças. É uma que eu mesma inventei, apenas para Elisabeth. É a única forma que conheço para agradecer-lhe.

No dia seguinte, Elisabeth está tomando chá comigo. Ela não gosta do sabor, então pede três colheradas cheias de açúcar refinado. Ficamos na porta aberta do achados e perdidos, eu assobio cinco notas de uma música e ela tenta acertar o nome daquela música. Até então ela acertou três de sete. Está quase na hora de fechar por hoje. Jenny Jones do quiosque está trabalhando com Elisabeth hoje, mas está tranquilo, então Elisabeth me faz companhia. Olhamos para o saguão movimentado. Vemos as pessoas costurando e balançando na multidão; as vemos saltando nas clareiras da multidão. Gosto de como dançam.

– Aquele homem veio aqui de novo, mais cedo – digo.

– Aquele da Audrey Hepburn? Ele é bonito, bonequinha? – Elisabeth pergunta. Eu rio.

– Ele apareceu a caminho de pegar um trem para Preston na Plataforma 3. Ele disse que estava de olho em mim há tempos. – Estou vendo o painel de partidas. Gosto de como pisca quando um trem parte e uma nova partida é mostrada. Gosto de piscar de volta para ele. Ou melhor, eu tento piscar de volta. Nunca fui capaz de dar uma piscada. Eu faço uma coisa de fechada e abertura dupla de olhos e torço meu rosto de forma que parece que estou fazendo careta.

– Dá medo de ver? – Elisabeth pergunta.

– Não tenho certeza. Acho que ele pode ser velho. Dessa vez ele disse que gostava do meu rosto, que eu poderia ser a irmã mais feia da Audrey Hepburn. Disse que meu rosto não era igual a nenhum outro rosto que ele já tenha visto antes.

– E o que você disse? – Elisabeth pergunta. Ela não se vira para olhar para mim; nós assistimos à vida passando por nós.

– Eu agradeci, mesmo sem ter certeza de que era um bom elogio. Daí ele me chamou para dar uma volta no parque e eu disse que tinha de arrumar as dentaduras.

– Ah, sua pamonha – Elisabeth diz.

– Ele foi embora sem dizer adeus e suas bochechas estavam vermelhas – conto.

– Eu ficaria feliz se você dissesse sim para pelo menos um do monte de homens que vem te paquerar – Elisabeth diz. Eu me viro para olhá-la. Ela está sorrindo.

– Responsabilidades – digo, me virando de volta e piscando para o painel de partidas.

– Mas bonequinha – Elisabeth insiste.

– E agora isso. – Eu tiro a carta do bolso de trás da minha saia jeans e passo para Elisabeth.

– De quem é? – ela pergunta.

– Da gerência. Acho que vão me botar na rua. Talvez eles não saibam que eu nunca posso deixar a Estação Lime Street.

Ela se afasta da porta. Coloca sua xícara no balcão e então se move de volta para pegar a carta. Eu a vejo puxando a folha de papel do envelope e vejo seus olhos examinando as linhas com palavras. Vejo um vinco formando-se em sua testa.

Minutos se passam.

– Eles não podem te mandar embora!

Dou de ombros me aproximando dela.

– Estão falando asneira! Esta é a sua casa. É aqui onde você trabalha – Elisabeth grita.

– Eu nunca trabalhei de fato aqui, não oficialmente. Eu trabalhava no lugar da Mãe, mas nunca estive na folha de pagamento. Eu nunca existi realmente, e agora com a Mãe longe... Ainda assim, poderia ser pior, pelo menos eles percebem que sou boa no meu trabalho. – Eu aponto para o parágrafo final da carta. – Pelo menos estão me dando a chance de continuar trabalhando aqui...

– Claro que estão! Bem, você pode entender o ponto de vista deles. Tudo tem que parecer oficial. Eles não podem ter *qualquer um* trabalhando aqui, e você tem de pagar seu carimbo – Elisabeth diz.

– Eu estava pagando, só que sob o nome da Mãe, não o meu...

– Bonequinha – Elisabeth interrompe –, você é a melhor funcionária que eles já tiveram. Você é um pequeno achado.

Ainda estou apontando para a carta.

– Diz que tudo o que eu tenho de fazer é apresentar minha certidão de nascimento e número do seguro social. Daí mantenho a casa e o emprego. Diz que só tenho seis semanas.

– Então – Elisabeth diz, devolvendo a carta e pegando sua xícara de chá doce. Ela dá os menores goles. – Isso é fácil de resolver.

– Não para mim – digo. E é quando minhas lágrimas começam.

– Não entendo – Elisabeth diz. – Você perdeu seus documentos? Posso te ajudar a pedir segunda via.

– Eu... não... existo – digo a ela. Ainda soluçando. – Não sei quem eu sou.

– Você não sabe... – Elisabeth começa a dizer.

– Fui encontrada num trem, mas daí peguei aquele livro que dizia que eu não poderia ter sido encontrada no trem que disseram que fui encontrada – falo rapidamente.

– Devagar aí – Elisabeth diz. – Comece do início.

Então eu conto a ela sobre o livro e a inscrição. Conto a ela como estou assustada de que agora que minha Mãe se foi eu nunca descubra quem eu realmente sou. Elisabeth assente e sorri enquanto escuta.

– E tem carregado essa preocupação com você por dois meses? – Elisabeth pergunta.

– Dois meses e quatro dias – digo.

– Ah, bonequinha, podemos arrumar isso.

– Nem tenho data de nascimento.

– Deve ter, todo mundo tem uma data de nascimento.

– Nunca tive uma. A Mãe não acreditava em fantasia, e ela disse que meu nascimento não era digno de comemoração. – Estou soluçando novamente. – E não tenho sobrenome.

– Claro que tem, teria o mesmo da Mãe – Elisabeth diz.

– Não tenho. A Mãe disse que ela odiaria que alguém pensasse que ela deu à luz alguém como eu. A Mãe disse que eu não mereço o sobrenome dela e que todos os abandonados não merecem sobrenomes. Ela disse que o único sobrenome que eu merecia era "Perdida".

– Ah, bonequinha! Achei que Martha Perdida era um apelido, com você trabalhando aqui.

– A Mãe disse que é assim que as pessoas sabem quando alguém é um abandonado, porque tem o sobrenome Perdida. Ela disse que isso parava com o falatório e contava ao mundo que eu não era desejada, mas nunca conheci ninguém mais com esse nome. – Estou escorrendo e as palavras rolam rapidamente. – Velas de aniversário são feitas com a cera de ouvido do Diabo? – pergunto.

– Ah, bonequinha – Elisabeth diz.

– Simplesmente não sei mais no que acreditar – digo. O ranho pinga do meu nariz. Eu limpo na manga da minha blusa.

Elisabeth vem me abraçar, então eu noto que ela se lembra de que não gosto de toque, e ela recua. Eu a vejo respirando fundo. Ela busca em sua manga, tira alguns pedaços de papel higiênico, os coloca no balcão e aponta para eles. – Questões práticas, vamos ver o

que podemos arrumar. Primeiro, limpe seu ranho... Tudo ainda está bem com a conta bancária? Ainda está pegando o dinheiro?
– Nunca precisei de dinheiro. A Mãe pagava por tudo. – Estou engolindo ar para deter meus soluços.
– E desde que ela partiu?
– Mantive a conta da Mãe aberta e tenho falsificado sua assinatura nos cheques. Tem também um dinheiro que a Mãe mantinha na caixa de emergência. Temo em pensar qual deve ser minha dívida com você.
– Ah, bonequinha, você vai arrumar encrenca. Não comigo, com o banco. Vamos limpar sua dívida, mas é melhor que procuremos abrir sua própria conta.
– Mas eu não existo – digo, chorando novamente.
– Mas pense nisso – Elisabeth diz. – Alguém enviou um livro com palavras escritas apenas para você.
Eu concordo.
– Bem, isso é ótimo!
Estou confusa. Então ela solta. – Alguém deve saber quem você é. E tudo o que você tem de fazer é encontrar essa pessoa.
– Mas eu não... – começo a dizer.
– Você é um pequeno achado. Não consigo pensar em outra alma em toda a Liverpool que esteja mais bem preparada para essa tarefa.
Eu concordo e sorrio. Limpo meu ranho e as lágrimas na manga do meu cardigã.
– Use o papel higiênico. Já esteve no quarto da Mãe?
– É cedo demais – digo. Pego o pedaço de papel higiênico do balcão.
– Bem, que tal começar a escrever uma carta para alguma autoridade e ver se ela pode ajudar?
– Mas não conheço nenhum dos meus detalhes – revelo.
– Não importa, apenas anote tudo o que você sabe. Aposto que podem ajudar.
– Tá – digo.

– Tá? – Elisabeth pergunta.
– Mas e se eu descobrir que tenho um nome bem esquisito? – pergunto. Elisabeth sorri.
– Tipo o quê?
– Tipo Brian Ramsbottom. E se meu nome verdadeiro for Brian Ramsbottom? – pergunto. Não estou sorrindo.
– Ah, bonequinha. Às vezes você não bate bem da cuca.

Martha Perdida,
Estação Lime Street,
Liverpool

Rainha da Inglaterra,
Palácio de Buckingham,
Londres

Querida Rainha da Inglaterra,
Meu nome é Martha Perdida, e minha amiga Elisabeth sugeriu que eu escrevesse para a senhora na esperança de que pudesse me ajudar a encontrar minha certidão de nascimento.
Veja, preciso da minha certidão de nascimento ou terei de morar na rua. E se eu tiver de morar na rua, a Estação Lime Street vai deixar de existir. É tudo muito complicado, e se a senhora responder, vou escrever novamente e lhe contar como sou o pássaro Liver da Estação Lime Street e por que Elisabeth acha que eu poderia ser considerada para uma das suas medalhas especiais.
Enfim, agora que a senhora sabe que é de importância nacional que eu obtenha uma cópia da minha certidão de nascimento porque a senhora conhece gente que sabe tudo sobre todo mundo em toda a Inglaterra, tenho certeza de que vai poder me ajudar.
Como eu disse, meu nome é Martha Perdida, mas esse não é meu nome verdadeiro. A Mãe, que está morta agora, disse que eu preciso ter o sobrenome Perdida porque sou uma abandonada. E por ser uma abandonada eu não sei minha data de nascimento

ou quem são meus pais ou onde nasci, então desculpe-me por não poder ajudar com essa informação. E por causa da morte da Mãe eu não tenho como encontrar a data em que fui encontrada ou onde fui encontrada. Acho que posso ter um pouco mais de dezesseis anos de idade e acho que posso ter nascido em 1960.

Sei que não tenho muitos fatos a oferecer, mas tenho certeza de que a senhora será capaz de ajudar. Realmente estou ansiosa por ter notícias suas em breve.

Espero que visite o escritório de achados e perdidos quando estiver em Liverpool. Minha amiga Elisabeth disse que vai fazer um bolo de duas camadas glaceado de limão só para a senhora.

Com muito amor, querida Rainha da Inglaterra,
Martha Perdida

Coluna "Pela Cidade" no *Liverpool Daily Post*

**ESCRITOR AUSTRALIANO RECEBE
SEU TICKET TO RIDE**

Dizem que o australiano Max Cole, 36, está conversando com nosso especialista em Beatles, Graham Kemp, enquanto o mistério do arquivo de Mal Evans continua a se desenrolar. Uma fonte não identificada alega que o australiano e os conteúdos de seu achado no mercado de pulgas em breve estarão a caminho de Liverpool.

Especulações cercando o possível conteúdo da mala continuam a pipocar. Cole alega estar escrevendo um livro baseado nos achados da mala. Entretanto, supostamente Cole também dissera "não saber nada sobre os Beatles" e nem ao menos gostar de suas músicas. Essas supostas declarações enraiveceram muita gente em Liverpool e geraram a criação da petição "TRAGA MAL PARA CASA". Em uma semana, mais de seis mil assinaturas foram coletadas, e a de Graham Kemp é uma delas.

Com as cinzas de Evans ainda perdidas, muitos nativos de Liverpool insistem que o australiano "faça a coisa certa", na esperança de que a família enlutada de Mal seja capaz de se beneficiar do que é considerado o arquivo mais valioso dos Beatles já descoberto.

Não surpreendentemente, Cole é relutante em comentar seja o conteúdo da mala ou a petição, mas torcemos para que ele seja mais colaborativo quando chegar à nossa cidade. Um porta-voz dos Beatles se absteve de comentar.

– Você leu o *Post* de sexta? – Elisabeth pergunta. – Sobre aquele australiano guardando todas as nossas coisas do Mal para si? O que dá a ele o direito de escrever...

– Sempre que eu perguntava sobre o meu "era uma vez", a Mãe contava a história sobre o trem leito de Paris, sobre os passageiros petiscando seu *oeufs sur le plat* com presunto no restaurante. Mas toda essa comida estrangeira não fazia sentido para mim. Se eu pedia para ela mais detalhes, ela gritava e dizia que perguntar mais era pecado – conto. – Sei que é falta de educação interrompê-la, mas minha cabeça está quase explodindo.

– Bonequinha, talvez você precise pensar menos e fazer mais. – Ela está "frustrada" comigo, é a palavra que ela usou. É domingo e ela quer que peguemos um trem para New Brighton, para fazer um piquenique na praia e tomar sorvete no calor, mas em vez disso estamos sentadas no café. O café está fechado hoje. Não há luzes acesas, não há música, mas ainda é melhor do que ficar na sala da Mãe. Tenho uma xícara fria de chá na minha frente. Estou uma droga na conversa, e há uma cesta de piquenique num canto. Estou usando um dos meus vestidos chiques (Elisabeth fez para mim), é um vestido vermelho com passarinhos brancos. Eu assobio para os pássaros, mas eles não assobiam de volta.

– Por que alguém iria querer "remar" no mar? Você não se preocupa em se afogar? – pergunto.

– É raso. Sei que não sabe nadar, mas isso não é motivo para não fazer – Elisabeth começa a dizer.

– Acho que arrumei um jeito para contornar o problema do pássaro Liver. Preciso levar a Estação Lime Street comigo. Se houver uma parte da estação comigo, eu sinceramente acho que poderia deixá-la. Eu poderia dar alguns passos primeiro, então outros. Se a estação der algum sinal de estar se esmigalhando, então eu poderia correr de volta para dentro e tudo será salvo. O que acha?

— Perfeito. Não dá para falhar — Elisabeth diz e eu sorrio. — Agora...

— Provavelmente vai levar algumas semanas para eu encontrar algo para levar, algo que seja essencial à Lime — começo a dizer.

— Bonequinha, o que deveria estar na sua mente é encontrar uma certidão de nascimento e o número de seguro social! — Elisabeth diz.

— Escrevi para a Rainha. Coloca no correio para mim?

— A Rainha? — Elisabeth pergunta.

Eu faço que sim e passo à Elisabeth a carta. Eu a vejo lendo minhas palavras. Seu rosto explode no maior dos sorrisos, e ela ri.

— Perfeito. Sei bem que ela vai responder. Mas enquanto isso...

— Tenho um plano B — digo.

Olho para meu chá frio e imagino como seria o sol em New Brighton. Às vezes me pergunto como consegui viver quase minha vida toda numa estação de trem, ainda que nunca tenha pisado num trem. Mas a Mãe disse que entrar num trem era pecado.

— É hora, bonequinha. Vamos nos juntar a todos os farofeiros e mergulhar nossos pés na água — Elisabeth diz.

Sei que as intenções dela são boas, mas a ideia de um trem cheio e uma praia cheia estão me fazendo suar.

— No achados e perdidos há muitas prateleiras — digo.

— Você está evitando minhas sugestões — Elisabeth fala.

— Há montes de prateleiras cheias de itens esperando para ser encontrados. E na primeira prateleira, você sabe, na estante de livros de metal mais perto da fachada de vidro, é onde a Mãe disse que fiquei por noventa dias.

— Bonequinha, deixa disso, ela não pode ter de fato te deixado lá por noventa dias — Elisabeth retruca.

— É o que ela me disse. É a Parte Dois da minha história. Às vezes eu me sento e me pergunto quanta gente deve ter parado para me ver

sentada naquela prateleira. Às vezes eu me pergunto se minha mãe biológica voltou alguma vez, se ela pensou em entrar no achados e perdidos para me buscar. – Faço uma pausa. – Creio que ter sido abandonada me fez ver o mundo de forma diferente.
   – Como? – Elisabeth pergunta.
   – Bem, todos os dias eu fico parada ao lado daquela prateleira e olho para a Estação Lime Street. Vejo as pessoas correndo por aí e me pergunto se alguma delas poderia ser minha mãe, meu pai, um irmão, um primo. Olho para tornozelos e pulsos. Olho as formas das sobrancelhas e a maneira como as pessoas falam. Tento reconhecer a pessoa que eu perdi. A Mãe uma vez disse que nunca soube a hora exata do meu nascimento e como isso de certa forma nos conectava, como era um sinal de que Deus quis que ficássemos juntas. – Eu sempre achei que se isso *fosse* um sinal de Deus, era muito sutil e talvez ele pudesse ter deixado um pouco mais claro, como nós duas falando com sotaque francês ou pela Mãe ter sido abandonada também. – Acho que ela nunca vai entender quão vazio é aqui. – Aponto para minhas costelas, basicamente porque não estou certa em qual lado fica meu coração.
   Elisabeth assente, mas não fala. Acho que ela quer que eu continue.
   – Não sei como é ser criança. Uma criança de verdade, quero dizer, sem um trabalho e sem toda a água benta. Mas talvez esse desejo e talvez esse vazio de não saber quem eu sou, talvez isso torne meu presente ainda mais especial.
   – Honestamente, você me perdeu agora. Me ajude aqui, bonequinha. Recomponha-se e explique adequadamente – Elisabeth pede.
   – Uma vez você me disse que eu era repleta de magia – digo, e Elisabeth assente. – Tenho esse dom de me conectar com os itens que foram abandonados e perdidos. Mas só funciona com coisas que estão realmente perdidas.
   – Nós todos sabemos que você é fabulosa para encontrar coisas. Você é um pequeno achado.
   – É mais do que isso. Tenho dedos mágicos – digo, balançando meus dedos no ar. – É o motivo pelo qual às vezes uso luvas. Porque

se um item está realmente perdido e eu esfrego meus dedos nele, eu posso ver onde e como o item se perdeu.

Levanto meu copo e bebo. Chá frio não é minha coisa favorita, mas tenho de continuar sugando. Estou assustada demais para olhar para Elisabeth. Torço para que ela não pense que sou doida, então em vez disso falo com meus dedos mágicos.

– E é por isso que você não gosta de tocar as pessoas? – Elisabeth pergunta, e eu concordo. Posso dizer que ela está aproveitando para absorver tudo o que estou dizendo. – Então você não tem um monte de fobias? – Elisabeth pergunta, e eu concordo novamente.

– Nunca contei à Mãe sobre meu dom. Creio que teria dado a ela aquele fato final para confirmar, sem sombra de dúvida, que eu sou a filha do Diabo. Não poderia arriscar que ela descobrisse e me afogasse no rio Mersey, como fazem com os ratos que são encontrados aqui. A Mãe conhecia gente, que conhecia gente, que poderia afogar algo por alguns trocados – digo.

– Ela *estava* sempre muito próxima de tatuar na sua testa o sinal do Diabo – Elisabeth diz. – Mas, bonequinha, nem todos estão perdidos. Você podia ter dado um abraço ou outro de vez em quando.

– Você está perdida? – pergunto, e Elisabeth ri.

– Não remoa o passado, vai te dar rugas feias.

Eu faço minha melhor careta, e Elisabeth ri novamente.

– Tenho aperfeiçoado um olhar sofisticado – digo. – Gostaria de ser a primeira a vê-lo?

Falta quase uma hora para eu ter de abrir e já dei meu giro matutino, mas há algo que quero fazer antes do trabalho começar. Mesmo que Elisabeth tenha me contado que todo o Reino Unido esteja no meio de uma onda de calor, sinto frio, então busco debaixo do balcão e encontro um cachecol e um chapéu que Elisabeth tricotou para mim. Ela riu quando eu disse que sentia frio; aparentemente eu disse num dos dias quando a temperatura havia atingido algo como trinta e dois graus. Foi um recorde. Pedi à Elisabeth para descrever como era o calor na sua pele, mas ela disse que era melhor que eu arrumasse o que precisava para poder deixar a Estação Lime Street antes de que a onda de calor desse o fora.

Mas ela ainda me fez o chapéu e cachecol. Mesmo que Elisabeth tenha me dito que este verão é o mais quente, mais ensolarado e seco que as pessoas já vivenciaram, e mesmo que o governo tenha proibido as mangueiras e restringido a água, e mesmo que tenham dito às pessoas para despejar água de lavagem nas privadas em vez de dar a descarga, e mesmo que as entradas nos hospitais tenham aumentado, com bandos de pessoas sofrendo insolação e ataques cardíacos, mesmo que parte do asfalto nas ruas esteja derretendo e algumas florestas tenham sido devastadas por incêndios, eu tenho congelado. Então, enquanto o resto de Liverpool estava encontrando um lugar para evitar derreter numa enorme poça, Elisabeth estava sentada assando em seu café, tricotando um cachecol e um chapéu para mim.

Enfio o dedo indicador num dos buracos do cachechol. A lã é vermelho-vivo e descombinada, sua habilidade inconsistente. Adoro a Elisabeth, adoro meu chapéu, adoro meu cachecol. Essas são as primeiras peças de roupa que foram tricotadas apenas para mim, e isso as torna preciosas. Elisabeth prometeu me fazer luvas sem dedos, quando puder encontrar um molde. Eu tremo. Está realmente frio no escritório, mesmo que eu esteja usando um dos meus vestidos chiques, dois cardigãs, um chapéu e um cachecol. Pegamos os ventos dos trens nessa caixinha de escritório, e nunca sentimos o sol. Quando a Mãe trabalhava aqui, ela costumava fechar a porta, mas não sou como a Mãe. Eu gosto da porta sempre aberta. Eu me pergunto se os relatos de uma onda de calor são verdadeiros. Acho que vivo na minha própria bolha. Estar perdida neste achados e perdidos às vezes é estranho.

Quando busquei o chapéu e o cachecol, eu vi a letra da Mãe. Esperava poder ignorar, mas meu coração está acelerado, e não posso evitar buscar de volta sob o balcão e erguer uma placa. A placa não está perdida, então minha mente não fica cheia de imagens da Mãe.

Coloco a placa no balcão. Um único pedaço de papel formato A4, com letras pretas gordas gritando: "NÃO, NÃO SABEMOS QUANDO SEU TREM VAI CHEGAR. SE MANDA!"

Corro meus dedos sobre as letras e sorrio.

– Ocupada, bonequinha?

Levanto o olhar e Elisabeth está na porta, armada com uma xícara de chá e algumas fatias de torrada. – Café da manhã? – ela pergunta, movendo-se para colocar a xícara e o prato no balcão.

– Você é boa demais para mim – digo. – Obrigada. Eu me esqueceria de comer se não fosse por você.

– Você tem muito com que lidar – Elisabeth diz. – Forre a barriga.

Dou uma risada e busco um pedaço de torrada.

– Vai prender isso na porta? – Elisabeth pergunta, pegando a placa.

– Uma daquelas da Mãe. Acha que tudo bem se eu jogasse no lixo? A Mãe odiava quando as pessoas vinham aqui para fazer perguntas sobre os trens.

– Faça o que quiser. Este é seu escritório agora. Ou vai ser quando...

– Ajudo as coisas perdidas a encontrar seu caminho – interrompo –, incluindo gente perdida querendo trens.

– Ouço essas perguntas também. Ontem devem ter me perguntado doze vezes na primeira hora depois de abrir. Pelo menos pude convencer alguns deles a comprar um sanduba para a viagem. – Ela ri.

– Às vezes quando mulheres vêm aqui eu ainda pergunto se elas são minha mãe biológica. Pergunto antes mesmo que elas digam o que perderam.

– Não estou certa de que é uma boa coisa de se perguntar a estranhos, bonequinha – Elisabeth diz. Eu concordo.

– Me pergunto quanto tempo ela levou para fazer – falo olhando para a placa.

– Melhor você não remoer isso por muito tempo. É bem mais divertido pensar em coisas felizes, como aquele seu jovem soldado romano – ela diz e ri.

– Ele não é meu... – começo.
– Eu o vi sentado naquele banco te encarando. Até mais.

Meus dez minutos acabaram. Ela me manda um beijo e corre de volta para o café para cuidar da correria da manhã.

Eu assobio enquanto coloco a placa de volta debaixo do balcão. Jogo no lixo mais tarde; não preciso decidir agorinha mesmo. Ouvir perguntas é a parte favorita do meu dia. A porta para o achados e perdidos está sempre aberta, e as pessoas entendem isso como um convite para entrar, fazer perguntas sobre trens, perguntar sobre o banheiro mais próximo, usar uma caneta, resmungar sobre o estado dos serviços de trem, me contar um segredo ou outro. Gosto de todas essas perguntas, comentários e segredos. Posso fazer uma placa que diga "GOSTO DE PERGUNTAS!". Até gosto do homem que grita e joga sua mala no chão da sala e salta no lugar. Ele perde o trem para uma reunião importante pelo menos uma vez a cada dois meses. Começou a perceber que eu não posso fazer o trem voltar para ele. Ele não pretende ser engraçado.

Enquanto espero por aqueles que precisam de mim, olho para meu livro de contabilidade para ver quais itens estão chegando à data final de noventa dias. Tenho trabalho a fazer, mas hoje meu coração não está aqui – minha cabeça está em outro lugar. Eu olho para o chão, para minha mala marrom detonada – nem grande, nem pequena demais. Estou usando como se fosse uma bolsa grandona quando dou um giro pela estação toda manhã. Imagino que as pessoas pensem que estou saindo de férias. Me pergunto onde elas supõem que estou indo. Eu gostaria de pensar que pareço com o tipo de mulher que iria a Paris, possivelmente para estudar arte ou ser pintada por um artista sob a Torre Eiffel. Às vezes gosto de falar com um sotaque francês, mas quando ninguém está ao redor. Franceses perdidos às vezes vêm aqui e pedem indicações. Eu escuto como eles dizem as palavras, então pratico meu sotaque quando digo para que perguntem a Elisabeth no café. Eles raramente agradecem. Acho que os franceses devem ser mal-educados. A Mãe sempre disse que ela acreditava que eu nasci do ventre de uma francesa suja. Disse que eu parecia francesa. Disse como se fosse uma coisa feia. Ganhei um corte repicado – era um corte curto, mas agora está um pouco acima dos ombros – principalmente porque a Mãe costumava cortar para mim, e Elisabeth disse que eu tenho uma estrutura óssea magnífica e "olhos de corça". Essas palavras me arrepiam. Eu me pergunto com qual dos meus pais eu pareço. Eu me pergunto se meu pai me reconheceria se eu ficasse na frente dele e assobiasse.

O giro foi uma aventura que comecei como uma forma de explorar a estação. Toda manhã nos últimos dois anos (tirando os dois meses após a morte da Mãe), antes do trabalho eu entro no personagem como uma pessoa comum viajando de trem. Coloco um dos meus trajes arrumados – meu vestido favorito preto de bolinhas e salto alto Mary Jane que foram encontrados num trem e nunca buscados. Têm caimento perfeito, como se fossem feitos para mim. Meus dedos mostraram a menina que os perdeu. Eu a vi trocando por um vestido branco no trem. Vi seu noivo enrolando um lençol ao redor dela enquanto ela se trocava – eles fugiram para se casar. Estavam rindo; o vagão quase vazio. Eu a vi empurrando o vestido e os sapatos para baixo do assento.

Depois de me vestir, agarro minha mala marrom detonada – o novo item da minha aventura – e giro pela estação. Às vezes fico olhando o painel de partidas, me perguntando para onde eu gostaria de ir, imaginando comprar um ingresso e deixar a Estação Lime Street para sempre. Warrington soa como um lugar mágico. Ouvi algumas das garotas mais más que trabalham nos guichês de passagem rindo para mim, mas isso não me incomoda. Um dia haverá coisas na minha mala e um dia sairei de férias, quando eu arrumar uma solução para minhas responsabilidades de pássaro Liver.

Desde a morte da Mãe e só algumas vezes, se ela está lá, depois dos meus vinte minutos de faz de conta, eu giro até o café da Elisabeth em vez de correr de volta para trás do balcão como eu fazia quando a Mãe ainda estava viva, e ela me faz uma xícara de chá.

Às vezes conto a ela para onde fantasiei viajar. Às vezes são lugares de livros – aqueles sobre os quais eu li e então me perguntei qual trem eu teria de pegar para chegar lá. Tramo aventuras que vão me levar a perguntar ao Mágico de Oz quem eu realmente sou, ou cuidar de coelhinhos na ensolarada Califórnia, ou viver num chalezinho de madeira nos Grandes Bosques de Wisconsin, ou trabalhar num restaurante chique parisiense como lavadora de louça ou visitar o sombrio Starkadders da Fazenda Cold Comfort.* Mas enquanto me sento com minha xícara de chá, com minha mala marrom detonada aos meus pés, Elisabeth faz sempre as mesmas perguntas.

– Você se esqueceu de me mandar um cartão-postal de novo, bonequinha? – Então nós duas rimos, e eu conto tudo sobre a aventura que planejei e qual livro devorei recentemente. Falo se há uma dedicatória antes de buscar na minha mala marrom detonada e passar o livro a Elisabeth. Ela sempre se recusa a ler, diz que livros não são a praia dela. A música é, música preenche sua mente com aventura e empolgação.

Eu me curvo abaixo do balcão e toco na tampa da mala. A imagem de um bebê sentado na mala salta à minha mente, mas nada mais. Continuo tentando, mas não consigo fazer com que a imagem me conte uma história. A única falha, a única pista na tampa da mala são as iniciais E. M. G., gravadas logo abaixo da alça de couro marrom. Eu me pergunto se são as iniciais do meu pai. Deslizo uma lingueta de metal e o fecho salta para cima. Dentro, o forro é vermelho, não há vincos, e uma costura marrom perfeita faz zigue-zague no material de seda. Dentro da mala está meu pôster.

Diz: "PERDIDA."

Mantive meu pôster muito simples – não há fotos. Tenho menos de seis semanas para encontrar respostas. Meu pôster tem as palavras: "MEU NOME É MARTHA. CONHECE MINHA MÃE OU MEU PAI?"

Daí há o número de telefone e o endereço do achados e perdidos.

---

* Referência ao romance *Cold Comfort Farm*, de Stella Gibbons. (N. do T.)

Estou torcendo para que a pessoa que me conheça, aquela pessoa que me enviou o livro, que ela veja e me mande outra pista.

Eu tiro o chapéu e o cachecol e saio do escritório armada com fita adesiva.

– O que está fazendo, bonequinha? – Elisabeth pergunta. Está parada na porta do café, conversando com dois de seus fregueses regulares. Um deles se chama Clive. Ele cutuca o nariz, rola a meleca em bolinhas e a joga no chão do café. Ele me viu o observando várias vezes; acho que é por isso que ele nunca disse oi.

– Estou assumindo o controle – digo. Seguro o pôster, e os dois fregueses dão uma olhada também. – Menos de seis meses para manter meu trabalho e meu apartamento.

– Vai nessa – Elisabeth diz, e seu sorriso é tão largo que seu rosto pode se partir.

Eu giro em direção à Plataforma 6. Prendo o pôster no painel que está bem perto da entrada para a plataforma mais movimentada da estação. É um local central, um local nobre. Posso apenas torcer para que a pessoa certa veja.

Eu volto ao escritório, girando o tempo todo, e não olho de volta.

Eu espero.

O soldado romano está lá novamente.

Ele chega todos os dias de semana no trem de 17:37 de Chester. Sei porque Elisabeth investigou. Eu a chamei de Sherlock por vários dias. Ela desenhou um diagrama no guardanapo enquanto explicava que há uma estação subterrânea debaixo do saguão principal da Estação Lime Street. Ela disse que é realmente uma única plataforma. Disse que os trens correm num círculo, levando passageiros de Liverpool até Wirral, para Chester, e de volta.

Elisabeth me contou que da estação subterrânea o soldado romano viaja até a escada rolante e sai no saguão principal. Ele deve gastar entre quatro e seis minutos para marchar para os bancos em frente ao escritório de achados e perdidos. Ele não parece muito confortável.

Senta-se num ângulo esquisito para dar espaço para sua armadura de peito; é o menino mais alto que já vi. Seus braços e suas pernas parecem longos demais para seu corpo, mas acho que ele tem idade perto da minha, talvez um pouquinho mais velho. Tem uma faca presa a um cinto – espero que seja uma faca de verdade – e sua saia vermelha é um pouco curta demais. Às vezes quando ele se mexe eu vejo uma pontinha de seu shorts. Ele nunca usa meia, nem quando chove. Seus pés ficam nus dentro de suas sandálias de couro. Seu capacete está sempre ao seu lado e sua mochila preta fica no chão perto das pernas. Ele nunca sorri, mas come sandubas enrolados em papel-alumínio, bebe um líquido de uma garrafinha da Marinha. Olha para a cafeteria. Ele me encara, onde quer que eu esteja, no escritório de achados e perdidos ou no café.

Depois de muita discussão e especulação, Elisabeth e eu concluímos que há apenas três explicações. A primeira é que ele é um viajante do tempo, viajando de volta da época quando os romanos estavam em Chester, e não pensou realmente bem no disfarce para se misturar à Liverpool dos tempos modernos. A segunda explicação é que ele é imortal e nasceu nos tempos romanos e não tem nenhuma roupa moderna para vestir. A terceira explicação é que ele é doido e se convenceu de que é de fato um soldado romano.

O soldado romano comendo seus sandubas no banco todo dia tem sido assim desde um dia antes da morte da Mãe. Às vezes eu o observo e me pergunto o que ele perdeu. Às vezes eu me pergunto se ele ama a Elisabeth. Às vezes eu me pergunto se ele varia o recheio do sanduba. Mas principalmente eu me pergunto se ele sabe quem eu sou, porque às vezes nós nos encaramos até eu piscar e desviar o olhar. Ele nunca desvia primeiro.

Hoje eu aceno para ele. Ele parece chocado e meio que acena com o sanduíche em resposta. Ainda não sorri. Eu me pergunto se está com frio. Eu me pergunto por que soldados romanos não usam casacos. Quer dizer, ouvi que é sempre ensolarado em Roma, mas li nos livros que eles construíram montes de muros no norte da Inglaterra, e Elisabeth já esteve no norte da Inglaterra, e disse que é frio na maior parte do tempo.

– Por que os romanos não usam casacos? – pergunto à Elisabeth. Não me viro para olhar para ela. Ela está atrás do balcão, servindo alguém, e estou na porta, olhando para o soldado romano. Claro, isso significa que eu basicamente gritei minha pergunta em direção ao soldado romano, mas ele não responde.

– Eles não usam capas? – Elisabeth grita de volta.

– Ele não – digo. Aponto para o soldado romano, e ele me encara até eu desviar o olhar. Eu me viro para encarar Elisabeth.

"Ele acenou para mim", acrescento.

– Quem?

– O soldado romano – falo me virando para apontar para ele, caso ela tenha esquecido que há um soldado romano olhando para o café.

– Ah, espere, ele está indo agora.

Eu o observo se levantar. Vejo-o quase tombando ao pegar sua mochila, então ele ajeita sua saia vermelha e deixa a estação. Não olha para mim; não acena em despedida. Suas orelhas estão um pouco vermelhas.

– Bonequinha? – Elisabeth diz. Acho que ela estava falando e eu deixei de ouvir as palavras. – Que tipo de aceno era? – Elisabeth pergunta.

– Com o sanduba – digo. Elisabeth ri, e então eu pergunto: – Acha que ele pode ser a pessoa que me mandou o livro?

– Talvez... – Elisabeth pondera. – Acho que amanhã precisamos fazer algumas perguntas a ele. Venha me fazer companhia depois de terminar seu expediente. Pensamos num plano e fazemos um bolo para ele.

– Bolo? – pergunto.

– Sim, nós o atraímos aqui com um bolo que vai fazê-lo salivar. Ele parece o tipo que gosta de glacê de limão – Elisabeth diz.

– Meu favorito – digo. Elisabeth pisca. Ela pensa nas pessoas em termos de qual tipo de bolo que elas podem ser. Uma vez ela disse que a Mãe era um bolo de abacaxi com nozes e cobertura de cream cheese. Uma vez ela disse que eu era um cupcake com asinhas e ela era um Floresta Negra.

Eu assobio enquanto deixo o café e sigo de volta para o escritório de achados e perdidos.

Elisabeth está tricotando e cantarolando a tarde toda. Eu estou sentada em seu café lendo e assobiando. É uma tarde silenciosa, mas eu amo vê-la interagir com seus clientes. Eu me pergunto se ela percebe o quanto eu aprendo com ela. Ela chama os homens de John e as damas de "rainha", mas ela me chama de "bonequinha", porque sou especial. Adoro as risadas que ecoam pelas paredes vermelhas deste lugar. É tão diferente do achados e perdidos. Lá, eu sinto frio; aqui, há calor.

O trabalho foi bom hoje. Aprendi a dizer "berílio" e "salicária" com o Stanley, sorri mais de duzentas vezes antes de perder a conta e consegui encontrar os donos de dois pares de dentaduras, um burro de palha e um chicote de cavalo. Eu não cobrei por nenhuma das dentaduras. O casal veio junto, de mãos dadas. Eles tiraram os dentes no trem para dar um cochilo. O nome da senhora era Trisha Toler – o nome enrolado em sua boca desdentada. Gostei do sorriso dela. Gostei que ela riu e que cochichou a palavra "dentadura" com um cerceado. Gostei de seus sorrisos de gengivas. Gostei que ele a deixou falar todas as palavras enquanto apertava firme a mão dela. Eles deveriam ter pago uma libra cada, mas eu acrescento ao total deste mês e escrevo um cheque da conta da Mãe depois.

Agora estou esperando pelo trem das 17:37 de Chester. Estou esperando para ver novamente o soldado romano. Observo do balcão, olhando pela porta aberta. Escuto o clique rítmico das agulhas de tricô de Elisabeth. Sorrio. O bolo de glacê de limão está envolto em filme plástico sobre um prato de papel branco no balcão.

Às 17:42 o soldado romano senta-se no banco em frente ao achados e perdidos e este café. Ele tira o capacete, coloca ao lado dele e se inclina, revirando sua mochila preta. Estou de olho nele. Não notei que Elisabeth desceu de seu banquinho ao lado do balcão. Estava ao meu lado, agora está andando até ele. Segura suas agulhas de tricô e seu novelo de lã.

Observo Elisabeth. Gosto da confiança dela. Caminha com um rebolado, seu salto alto amarelo batendo, seu cabelo amarelo balançando a cada passo. Tudo nela é perfeito. Ela busca o soldado romano e se abaixa para falar com ele. Me pergunto se ele está se apaixonando por ela naquele exato momento. Então ela se vira apontando para o café e de volta para ele. Eu observo o soldado romano; ele não sorri. Está se inclinando de volta para sua mochila; senta-se reto, está pegando seu capacete e ficando de pé. Eu vejo como ele alisa atrás de sua saia vermelha com uma das mãos. Elisabeth rebola na frente dele. Noto que quando ela dá um sorriso largo seu rosto todo se alonga lateralmente. O soldado romano marcha atrás dela. Eu corro para trás do balcão, rindo porque estou empolgada e nervosa, explodindo para perguntar ao soldado romano a melhor pergunta que acho que já tenha feito. Eles entram pela porta aberta. Em poucas passadas, chegam atrás do balcão.

– Martha, conheça George Harris – ela diz, e então: – Ele gosta de bolo glaceado de limão.

– Bom dia, George *arrís* – digo. – Seu nome! É quase como *zo* do homem *zos* Beatles. Gosto do seu *capecete*. – Estou falando com sotaque francês.

George Harris fica vermelho e coloca o capacete no balcão. Acho que vai oferecer sua mão para eu cumprimentar, mas ele muda de ideia. Eu encaro seu rosto. Suas sobrancelhas não são nada como as minhas. Eu o encaro e dou meu melhor sorriso. Acho que o deixa um pouco desconfortável, já que ele desvia o olhar primeiro. Paro de encarar suas sobrancelhas; em vez disso, olho para seu uniforme. Gosto do detalhe no uniforme. Posso ver meus olhos olhando para mim refletida na armadura. Elisabeth se agita falando sobre fazer chá-inglês em xícara de porcelana de ossos. Ela insiste que George Harris tenha um pires também, e um prato combinando para uma fatia de seu bolo úmido de limão. Ela está retirando o filme plástico. Acho que ela vai dar a ele o bolo todo para ele levar embora se ele se recusar a entrar no café. Não estou certa se George Harris percebe isso. George Harris parece um pouco desconfortável, talvez porque esteja usando um uniforme de soldado romano e esteja tocando *jive music* no jukebox. Estou me segurando para não perguntar se ele quer dançar. Adoraria ver como um soldado romano dança. George Harris se inclina no balcão e se remexe para encontrar uma posição confortável. Já gosto dele.

Coloco meu rosto numa expressão inteligente, pronta para fazer uma pergunta a George Harris.

– Você é um viajante do tempo? – pergunto. Estou usando minha voz normal, tentando ser normal.

Elisabeth ri.

– Que foi? – pergunto, lançando um olhar para Elisabeth. Então eu me volto para George Harris. – É a única explicação plausível.

– Sou um guia de turismo para crianças em Chester – ele diz.

– Ah – Elisabeth diz –, não havíamos pensado nisso, John. Achei que você apenas gostava de se vestir assim e provavelmente era doido.

– Estou meio decepcionada – digo. Estou mesmo.

George Harris ri. Eu rio. Elisabeth ri.

Nos cinco minutos seguintes, ele nos conta que tem dezoito anos, que não tem esposa ou namorada, que ser um soldado romano é seu primeiro trabalho e que ele odeia se atrasar. Eu sinto que ele não está sendo tão aberto como eu gostaria que ele fosse. Eu me pergunto se ele sabe quem eu sou.

Quando ele parte, torço para que ele me visite novamente.

Mais tarde naquela noite, ainda estou pensando no soldado romano enquanto pratico meu assobio. Eu me pergunto se ele poderia ter me mandado aquele livro, e me pergunto se ele viu meu pôster. Estou parada na janela da sala da minha Mãe. Olho para a estação. Está tarde, mas ainda há viajantes. Eu observo um homem e uma mulher se abraçarem. Eu observo enquanto ele a ergue do chão e a gira no lugar. Eu me pergunto como seria ser erguida e girada. Percebo que me pergunto demais.

Algo atrai meu olhar. Algo sobre a Plataforma 7. Eu encaro, focando o final da plataforma, tentando não piscar, porque acho que vai significar que eu vou ter uma vista melhor. A Plataforma 7 é uma das plataformas mais longas. O ritmo da estação é normal para essa hora da noite; as pessoas correndo para pegar trens para casa, para onde elas pertencem. Todos os viajantes suburbanos estão correndo pelo saguão para a entrada da estação de metrô, torcendo para pegar os últimos trens de volta sobre a água. Eu me pergunto como é o Wirral. Não tenho ideia, mas estou absolutamente certa de que na entrada da estação de metrô há coelhos brancos de roupa segurando garrafinhas etiquetadas "BEBA-ME" para aqueles que vão ao Wirral, e bolo de groselha com "COMA-ME" para aqueles que voltam.

Olho para o relógio sobre a cornija da Mãe, evitando o crucifixo dela. Pego um vislumbre da Mãe Morta em sua urna prateada. Não há um trem marcado para deixar a Plataforma 7, então o trem que está lá deve estar dormindo. Eu me viro de volta para a janela e observo. Estou certa de ver algo rastejar por cima dos trilhos subindo na Plataforma 7. Seus movimentos inicialmente são lentos e desajeitados. Penso que pode estar ferido. Acho que é um urso, depois um dinossauro, depois possivelmente uma pessoa. Iluminado apenas por luzes bem no fim da plataforma, a silhueta é projetada até parecer reconhecer a própria imagem e saltar nas sombras. O salto é desajeitado. Não há dúvida de que a silhueta pertence a um humano; a constituição e altura sugerem um homem. Eu o vejo se mover entrando e saindo das sombras, misturando-se ao trem de carga, tendo vislumbres enquanto ele passa pelas lâmpadas. Parece um homem alto em roupas estranhas – uma sobrecasaca longa de mau caimento com um chapéu--coco na cabeça. É impossível dizer sua idade pelos movimentos – não dessa distância. Sua barba parece longa – cobre a frente de seu casaco. Parece marrom e revirada numa ponta. Parece que uma vara de pesca está presa às suas costas. Eu o vejo saltar nas sombras. Eu o vejo desviar e se abaixar. Ele parece arrastar levemente uma perna, às vezes agarrando com ambas as mãos como se para apressar a perna. Ele é invisível para os outros, não detectado enquanto eles se agitam e correm passando pela entrada da Plataforma 7.

Duas meninas vagam para a plataforma. Quero abrir a janela e gritar para elas correrem, para gritar que há um velho com uma vara de pesca escondido nas sombras. Acho que prendo a respiração. Eu não me mexo. Não sou corajosa. Estou abaixada no chão espiando sobre a cornija. Eu observo enquanto as duas meninas parecem perceber que estão na plataforma errada. Uma delas ri e aponta para o número 7. Acho que elas beberam álcool. Definitivamente estão comendo algo de um saco de papel pardo.

Vejo as duas meninas darem meia-volta e caminharem de volta à plataforma. Quero gritar para elas se apressarem, mas não faço isso. Vejo o homem saindo das sombras. Vejo as meninas jogando seus sacos de papel pardo com os restos do lanche num saco de lixo. Elas seguem além do lixo, e ele retorna às sombras. Ele espera que elas sigam em frente. É então que vejo um dos sacos de papel pardo flutuar no ar. Paira sobre o lixo, então oscila de um lado para o outro, daí salta nas sombras. Os movimentos são ligeiros. Eu não ouso piscar. Então o homem salta das sombras, sua perna ferida ainda arrastando, armado com um saco de papel pardo e uma vara de pesca. Eu o vejo trançar pelas sombras, seguindo para o topo da Plataforma 7.

Eu salto e corro pela sala, desço as escadas e entro no achados e perdidos. Destranco a porta e corro para o centro do saguão. Nem tenho tempo de girar.

— Para onde está indo, bonequinha? Tenho uma fatia de bolo para você.

Eu salto, o que interrompe minha corrida. Elisabeth está parada na porta aberta do café.

— Você nunca vai para casa? – pergunto.

– Estou assando – ela diz, mas eu já estou apontando para a Plataforma 7.

"Não tem um trem marcado, tem?", ela pergunta.

– Não consegue vê-lo? – pergunto. – Lá. Bem lá, no final da plataforma. Aquele homem de chapéu-coco.

– Provavelmente só um moleque zoando – ela diz. – Bolo? – Ela me passa uma fatia de bolo Victoria num guardanapo de papel. Eu olho para o bolo. Elisabeth sempre me dá fatias maiores do que o normal. Minha boca saliva. Pego o bolo dela e continuo minha corrida para a Plataforma 7.

– Obrigada. Cuida do escritório? – grito enquanto corro. – Volto num segundo.

Estou na metade da plataforma 7 quando percebo que o perdi. Não posso mais vê-lo em nenhum canto. Não faz sentido. Quer dizer, sei que está escuro, é noite e aterrorizante, mas ele não pode simplesmente ter desaparecido. Eu paro de correr. Giro no lugar. Examino as sombras. Ele desapareceu. Eu me aproximo do canto da plataforma. Me inclino à frente, meus olhos examinando à esquerda, depois à direita. É então que vejo um toque de movimento bem no final da plataforma 7; é então que escuto um tinir de metal. Um bueiro, à esquerda do trilho – foi movido, retinindo.

Caminho pela plataforma, passinhos miúdos, meus olhos grudados no bueiro. Ofegante. Tento segurar a respiração, mas em vez disso eu tusso alto. Não sou habilidosa em espionar. O homem sabe que estou chegando.

– Olá – digo. – Por favor, não me mate.

O bueiro chacoalha. Eu salto.

– Isso significa que vai me matar? Porque me matar não seria uma coisa legal a se fazer. Na verdade, me matar tornaria você mau.

O bueiro chacoalha novamente. Eu salto novamente.

Eu me abaixo para me ajoelhar na plataforma de concreto. O frio passa pelo poliéster branco de uma camisola da Mãe. Sim, é neste momento que percebo que estou com roupa de dormir, numa camisola repassada da Mãe. É um milhão de números maior. Abaixo o olhar e vejo um mamilo através do tecido. Ainda assim eu me inclino à frente, usando minha mão para impedir que a camisola revele demais. Vejo o bueiro vibrar.

– Gosta de bolo? – pergunto, e então: – Elisabeth fez. É um dos meus favoritos e um pedaço bem grande, mas não me importo que você o coma... Mas, se não se importar, tem de prometer não me matar antes de eu te dar.

O bueiro chacoalha.

– Porque me matar e roubar o bolo não seria legal. E acho que você parece legal. Gosto do seu chapéu.

É daí que o bueiro se move para um lado. Eu ouso respirar quando duas mãos saem e agarram as bordas, então um chapéu-coco se projeta para fora, daí uma cabeça, daí um corpo se retorce para fora do buraco. Logo um homem barbado está parado ao lado dos trilhos do trem, com um chapéu-coco pequeno demais enfiado na cabeça e uma vara de pesca presa às costas. Sua barba está emaranhada com pedaços marrons. Espero que não seja cocô. Ele olha para o pedaço de bolo que estou segurando na minha mão.

– Aqui – digo estendendo o bolo. Ele hesita, seus olhos não se movem da lateral do bolo. Eu mantenho meu braço estendido, vendo-o olhar o bolo. Olho para ele mais de perto. Posso ver como suas roupas não se vestem muito bem e eu noto que ele não está usando sapato nenhum. Eu olho para seu rosto. Ele parece ter um bronzeado de sol. Eu me pergunto se ele estava de férias. Ainda assim, não há muita pele à mostra. Seu corpo está perdido em roupas grandes demais, sua cabeça e rosto são impossivelmente peludas. Ele pode ter uma centena de anos; pode ser velho o suficiente para ser meu pai. – Está ferido? – pergunto. – Gosta de assobiar?

Ele não responde. Em vez disso, eu o vejo levantar o braço. Lentamente. Um sopro de um cheiro azedo sobe pelo meu nariz. Está agudo e opressor. Eu engulo. Tento prender a respiração. O homem é mais fedido do que a coisa mais fedida que eu já cheirei. Acho que ele pode cheirar como todo o cocô de Liverpool. Eu vejo seus dedos se esticarem. Noto que suas unhas estão pintadas de fuligem. Coloco o bolo perto do canto da plataforma, o guardanapo branco se mantendo limpo. Eu o vejo esperar, um minuto ou dois. Então ele se inclina mais à frente, pega o bolo e leva à boca.

A forma como ele devora o bolo e o guardanapo me faz perguntar quando ele comeu pela última vez. A forma como eu pareço invisível para ele me faz perguntar quando ele esteve pela última vez perto de outro ser humano. O homem fedido é como um animal, selvagem e perdido. Gosto dele.

– Sou a Martha – digo. É a primeira vez que ele me olha nos olhos. Seus olhos são do azul mais claro. Acho que ele pode ter sorrido embaixo de seu rosto peludo, então ele levanta seu chapéu-coco, coloca na plataforma, se vira e desce pelo bueiro. Seus movimentos são duros; sua perna direita não parece funcionar muito bem. O tinir de metal ecoa quando o bueiro é fechado novamente. Eu fico lá um minuto, possivelmente cinco, então levanto o chapéu-coco da plataforma. Eu torço o chapéu-coco em dois dedos e giro de volta para o escritório de achados e perdidos.

Elisabeth está atrás do balcão, sentada no meu banquinho. Está escrevendo algo no livro de contabilidade.

– Foi relatado um gato perdido – ela diz.

– Nem estamos abertos ainda – digo.

Ela não levanta o olhar da coluna que está preenchendo.

– Apesar de possivelmente não ter sido perdido em nenhum lugar perto da Estação Lime Street e possivelmente ser um rato. Acho que ele podia estar bebum. Anotei a descrição para você aqui. – Ela aponta para o topo do formulário.

– Obrigada – digo. Não leio a descrição. Eu me viro para olhar para a Plataforma 7. Coloco o chapéu-coco no balcão, virando para olhar dentro. Lá na aba interna há uma etiqueta e escrita nela um rabisco infantil: *Isto pertence a William.*

Corro o dedo do meio da minha mão direita sobre as letras. A imagem do homem ferido salta à minha mente. Eu o vejo sentado numa cadeira, num quarto escuro. Eu o vejo chorando. Coloco meu dedo na etiqueta.

– O nome dele é William – digo.
– Quem? – Elisabeth pergunta.
– O homem ferido – respondo.

Eu viro o chapéu-coco. Esfrego meu dedo sobre o topo macio de feltro. Uma imagem do chapéu-coco salta em minha mente – um homem, um empresário, trabalhava na cidade de Londres. Um homem orgulhoso, o nariz empinado, como ele se vestia era importante para ele. Estava num trem, que parava na Estação Liverpool Lime Street – seu destino. Ele não ia ficar muito tempo. Uma reunião importante de negócios. O chapéu-coco havia sido feito especialmente para ele; ele só havia usado uma vez antes. O homem vestia um terno elegante, e o chapéu completava seu visual – uma espécie de uniforme. Importava. Posso ver como ele olhava ao redor para ver se os outros olhavam para suas belas roupas. Posso vê-lo ajustando o chapéu na cabeça. Posso vê-lo esperando para sair do trem. Eu o observo. Ele saiu do trem, o chapéu-coco foi derrubado da sua cabeça, alguém se desculpa, o homem grunhe. O chapéu dança pela multidão. Dançou em sua fuga. Chegou ao final da plataforma e caiu nos trilhos. Foi perdido. Vejo a tampa de um bueiro se abrir. Vejo um garotinho sair do bueiro – suas roupas estão sujas, ele está cinza e triste. Pegou o chapéu, colocou na cabeça e ele caiu sobre seus olhos azuis. O garotinho sorriu e saltou de volta pelo bueiro. O homem de negócios não era o homem com quem eu dividi meu bolo.

– Gostou do bolo?

Elisabeth me desperta de volta. Tiro meu dedo do chapéu-coco.

– Eu dei de presente. Para *William* – então eu digo.

Escrito por Anônimo para Martha Perdida, no livro *The Song of the Lark*, de Willa Cather, entregue por Drac, o carteiro, ao escritório de achados e perdidos.

Minha querida Martha,
Agradeço realmente que você tenha decidido embarcar nesta comunicação comigo. Devo confessar que me tomei de alegria quando passei pelo seu pôster esta manhã. De maneira a estabelecer minha "identidade", devo confessar agora que sou a pessoa covarde que enviou o livro para você tantos meses atrás.

Soube que a pessoa que você chama de Mãe não estava mais com você e considerei tentar me comunicar com você novamente. Ah! A bravura não veio a mim da forma que deveria ou da forma que eu esperava, e temo que tentar me comunicar com você novamente somaria à ansiedade a dor que deve estar acompanhando você nesses últimos meses. Por favor, aceite minhas humildes condolências por sua perda e minhas desculpas por não ter me comunicado com você antes.

Em resposta à sua questão, eu de fato conheço seu pai.
Porém, sinto informar que seu pai não está mais neste mundo. Morreu há uns dez anos. Tenho o desprazer de trazer tal notícia, especialmente quando a dor tem sido parte de sua jovem vida pelos últimos meses. Sou tomado pelo medo de poder ser a pessoa que a ilumine sobre os fatos que cercam sua concepção.

Devo falar a verdade e esclarecê-la que sua mãe biológica e seu pai eram amantes, em vez de esposos; de fato, seu pai tinha uma esposa. Posso imaginar que você esteja em choque neste exato momento; mas há mais nesta triste história.

Foi contada a história de que seu pai era um professor de piano, alguns dizem que ele era o melhor de seu povoado, com dedos que poderiam fazer mágica nas teclas de marfim. Eu me perguntei no decorrer dos anos se você herdou seu talento musical ou magia. Sua mãe biológica era uma de suas alunas, uma criança. Era uma musicista talentosa, amante de livros como você. Ela deu à luz você quando tinha meros quinze anos de idade.

Eu me desculpo por sobrecarregá-la com estas palavras, minha querida Martha. Ainda assim sinto que você deve escavar um pouco mais fundo, pois não pode ser ignorado que eu de fato me referi a uma mãe biológica.

Anseio por saber de você.

Anônimo X

Eu levanto o olhar do livro enquanto Elisabeth vem dançando, um prato de papel equilibrado em sua mão direita.

– Apenas trinta e seis dias até você ser despejada, bonequinha. – Ela coloca o prato de papel no balcão. Bolo glaceado de limão e um pãozinho de queijo.

– Como você sabe? – pergunto.

– Tenho contado – Elisabeth diz, e eu assinto.

– Drac entregou este livro hoje cedo – digo, mostrando a Elisabeth o livro, sem passá-lo a ela. Eu não quero que mais ninguém o segure. Quero que este livro seja todo meu. – Alguém me escreveu uma carta nele, é como uma inscrição bem longa. – Estou sorrindo o sorriso maior e mais amplo do mundo, mas Elisabeth não olha para mim. Ela olha para o livro.

– Não, quem faria isso? – Elisabeth diz, como se fosse uma coisa ruim.

– É um livro novo, não foi perdido. É o livro mais lindo do mundo – digo. Viro lentamente as páginas do livro, aterrorizada de que de alguma forma eu vá quebrar as palavras. Então abro o livro na primeira inscrição – a carta começa no verso da capa. Leio as palavras em voz alta para Elisabeth, então viro para a próxima página; há mais palavras para serem lidas lá também. O remetente usou o espaço em branco, margens, topo das páginas, final dos capítulos. A carta está sendo contada por meio do livro, e eu tenho de descobri-la. Alguém está me contando segredos. O livro agora contém uma história extra.

Eu choro quando leio as palavras escritas dentro de *The Song of The Lark*. Choro por um homem que eu nunca vou conhecer e tento imaginar como teria sido ser uma mãe da minha idade. Não consigo.

Elisabeth escuta as palavras, e ela chora também. Ela diz que é desesperadamente triste, então ralha comigo por eu limpar o ranho na manga, e nós rimos.
– Vou colocar outro pôster amanhã – digo.
– Vai perguntar sobre seu número do seguro social ou certidão de nascimento no pôster? – Elisabeth pergunta.
– Achei que era melhor começar jogando conversa fora – digo, e Elisabeth ri novamente.

Elisabeth e eu temos nos revezado para vigiar a Plataforma 7, seja juntas ou separadas. Esperávamos ter um vislumbre de William. Se é para ser honesta, tenho espiado a plataforma a cada poucos minutos, o dia todo. Até fechei o achados e perdidos duas vezes esta manhã só para poder dar um pulinho na sala da Mãe e dar uma boa olhada pela janela. Fecho os olhos e tateio pela sala, evitando ver o crucifixo de madeira grande demais da Mãe, achando que ele poderia lançar um feitiço e me mandar para o inferno por fechar o achados e perdidos durante o horário comercial. Mas aquela janela tem a melhor vista das plataformas. E, depois do trabalho, antes de ir tomar meu chá e papear no café com Elisabeth, eu peguei minha mala e botei o chapéu-coco fedido do William na minha cabeça, antes de dar um pequeno giro pela Plataforma 7. Mas não consegui vê-lo. Parte de mim teme que eu o tenha imaginado. Talvez seja o que aconteça quando você não tem Parte Um na sua história de vida – talvez você comece a inventar pessoas.

Que tipo de pessoa cria um amigo imaginário que não usa sapatos, tem cheiro de cocô e carrega uma vara de pescar nas costas?

Decidi, vendo como Elisabeth estava trabalhando e já que George Harris, o soldado romano, havia ido embora, que eu poderia abrir o achados e perdidos novamente por umas horas a mais. Acho que eu estava torcendo para que William visse que o escritório estava aberto e que ele pudesse entrar. Porque ele está perdido – sem dúvida. Ele poderia ser como eu. Ele poderia se sentar numa prateleira por noventa dias e esperar ser solicitado.

Mas, é claro, isso não aconteceu. Em vez disso, o macaco empalhado foi entregue novamente. Juro que não tenho ideia de onde as pessoas continuam o encontrando, mas é o mesmo que continua sendo perdido e achado quase toda semana. É sempre o mesmo homem que o pega. Ele está sempre tão aliviado, fica feliz em pagar a taxa, e eu sempre fico feliz em ver que o macaco empalhado deixou o escritório. Eu deveria fazer mais perguntas, mas quando toco o macaco empalhado eu o vejo sendo jogado da janela de um trem em uma plataforma, e posso ver gritos e xingamentos. Olhar para o macaco empalhado me faz vacilar.

Também acrescentei mais três conjuntos de dentaduras e um sapato de salto alto branco ao meu livro de contabilidade. Mas não é de todo mal. Estou sentada no balcão, registrando meus achados e cantando junto da música que vem da porta aberta chacoalhando pela parede que me separa do café da Elisabeth. Os Beatles estão explodindo pelo jukebox, e eu assobio junto. Às vezes a sala pula com a batida. Gosto de poder colocar minha mão na parede e sentir a música correndo através de mim.

Algumas semanas atrás até se falou de uma reunião dos Beatles. Elisabeth me contou. Ela leu sobre isso no *Daily Post*. Eu não dormi naquela noite – estava empolgada demais com a ideia de ser capaz de vivenciar a música de que todo mundo ao meu redor sempre fala. Por causa da Mãe, é como se nossa casa tivesse passado dormindo pelos Beatles, e a ideia de uma reunião parece me fazer sentir coisas por dentro que eu nem sabia que alguém como eu poderia sentir. Claro, no dia seguinte todo mundo na estação estava dizendo que as notícias da reunião eram falsas. Chorei por três horas seguidas quando ouvi que o boato era mentira. Elisabeth disse que isso significava que eu era uma fã de verdade, não uma de plástico.

A Mãe sempre se referiu aos Beatles como os "Ajudantes do Diabo".

– Os besouros gostam dos lugares sombrios e subterrâneos – ela dizia. – Ratos são filhos do Diabo, e os besouros são bichos de estimação dos filhos do Diabo. – Era tudo muito complicado no mundo da Mãe.

Ela não ouvia explicações sobre o nome da banda* ser escrito de forma diferente.

– O Diabo não sabe escrever – justificava, o que acho que fazia sentido para mim. – Escutar música dos Beatles é um pecado. Se uma única nota aparecer na sua mente, você estará um passo mais perto de queimar no inferno.

Principalmente porque eu nunca deixei o achados e perdidos – e principalmente porque nas ocasiões em que os Beatles passavam pela estação eu era trancada no meu quarto e obrigada a me sentar com os dedos nas orelhas – consegui evitar a histeria. Até era mandada para o andar de cima do apartamento se houvesse qualquer murmúrio de que os Beatles estavam meramente nos arredores da Estação Lime Street. (Jenny Jones do quiosque contou à Mãe que George Harrison uma vez chupou o dedo mindinho dela. Depois disso, eu era mandada para cima toda vez que parecia que Jenny Jones vinha para o achados e perdidos.)

Mas desde que a Mãe se tornou a Mãe Morta, Elisabeth tem me dado lições sobre tudo isso de Lita Roza, Frankie Vaughan, Gerry and the Pacemakers, The Searchers, Cilla Black, The Scaffold e os Beatles. Elisabeth adora o Ringo. Tem um pôster em tamanho real dele na cozinha do café. Está respingado com óleo e parece que ele tem problema de pele, mas ela o beija na bochecha oleosa de papel todo dia. Graças à Elisabeth, sei as letras e as coreografias. Elisabeth passa horas me ensinando o Mash, o Swim, o Twist, o Jive e muito mais. Ela faz isso para parecer que eu faço parte.

Elisabeth disse mais cedo que William voltaria se ele quisesse me ver de novo e que eu não deveria levar para o lado pessoal se ele não voltasse.

– Algumas pessoas preferem ficar perdidas – disse.

---

* "Besouro", em inglês, é "beetle", diferente de "Beatles", o nome da banda. (N. do T.)

Eu assenti, mas estava mesmo pensando que ela dizia a coisa mais ridícula que já a ouvi dizer. Quem preferiria ficar perdido? Ninguém. Elisabeth falava sobre como eu mudei e quão impaciente me tornei. Ela riu e disse que era um bom sinal, disse que mostrava que eu queria viver minha vida plenamente. Mas o som da risada dela não estava lá muito certo, e seus olhos estavam cheios de tristeza.

Às sete para as oito eu decidi começar a pensar sobre o que perguntar por meio do meu pôster. Aos três minutos para as oito, estou preocupada porque não vou mais ver o William.

São oito e meia, o achados e perdidos está trancado e escuro, mas estou sentada no balcão vendo a Plataforma 7. Estava lendo, mas meus olhos estão pulando da página para a janela a cada par de linhas. Elisabeth deve estar perto do jukebox do outro lado da parede fina como papel. "Hey Jude" está tocando, a favorita dela. Posso ouvi-la cantando. A prateleira de bengalas chacoalha com as batidas do jukebox vibrando através da parede. O café deve estar cheio. Posso ouvir conversas e risadas. Ela vai ter uma leitura de poesia mais tarde. Me convidou, mas não quero muita gente esta noite.

É então que lanço meu olhar para a Plataforma 7 novamente e vejo a silhueta de um homem saltando nas sombras, saltando ao lado do trem leito. Eu me movo para a porta de vidro, e minhas mãos deixam sua marca. Fixo os olhos no ponto onde acho que vi movimento, torcendo para que meus olhos não estejam me enganando. É quando vejo um saco de papel pardo voando do lixo. Está claro que William, o pescador, está a toda, tentando fisgar algum.

Agarro de trás do balcão a caixa que preparei. Destranco a porta, fechando-a atrás de mim. Eu me movo para a porta do café.

– Elisabeth – grito, então um pouquinho mais alto. Ela está cantando e fazendo piruetas lentas sozinha ao redor do café. Não há uma única mesa vaga. Jovens poetas e artistas se apertam ao redor das pequenas mesas e no balcão. Alguns sentam-se no chão, alguns ficam de pé apertados nos cantos. Fumaça de cigarro se espalha pelo cômodo, estranhos tocam as mãos. Uma ponta de desejo de poder ser como eles me faz estremecer, mas então passa. Não tenho tempo para esperar a música terminar. Grito o nome dela uma última vez, mas Elisabeth está num mundo só dela. É uma princesa no próprio baile. Então eu me viro e giro com a caixa de papelão em direção à Plataforma 7, tentando não tropeçar nos meus pés, porque girar com uma caixa não é algo que vivencio com frequência.

Quando chego ao lixo da Plataforma 7, William se moveu para uma nova sombra, mas um borrifo de seu cheiro perdura. Eu paro, deixando meus olhos vagarem para a esquerda e direita enquanto coloco a caixa de papelão no chão. Eu me inclino e levanto um saco de salgadinhos Frazzles e um tubo de chocolates Smarties. Comprei do quiosque da Jenny Jones mais cedo. Foi a primeira vez que comprei alguma coisa do quiosque da Jenny Jones.

Eu os coloco no chão ao lado da caixa de papelão. Então trago três pares de sapatos masculinos e os coloco numa linha perfeita. São todos propriedade perdida, todos perdidos por mais de noventa dias e aguardando no porão, no armazenamento, para que a gerência os pegue. Ninguém os quis. Um dos pares foi jogado num lixo da estação, mas Stanley, o faxineiro, os passou para o achados e perdidos quando estava explicando o que era "culote" para mim. Depois de tocar o outro par, eu pude ver que eles foram tirados de um trem de Londres para Liverpool e deixados debaixo do banco. O passageiro colocou um par de chinelos e esqueceu seus sapatos antes de sair. Meus dedos disseram que o terceiro par foi encontrado no banheiro da Estação Lime Street. Essas botas causaram bolhas do tamanho de pequenas montanhas e eram pelo menos um número menor do que o homem que as tinha. Foram uma pechincha, ele gostou delas, mas iria devolvê-las.

Gosto da ideia de que um desses pares vai manter os pés de William aquecidos. Os sapatos são de tamanhos diferentes, e espero que um deles sirva em seus pés. Espero que ele não se ofenda e que não pegue um par que seja pequeno demais para ele. Espero que possamos ser amigos.

Eu me afasto dos itens da plataforma, dando um passo atrás, inclinada contra o trem leito e parando. Não tenho de esperar muito tempo. A linha de pesca e o anzol balançam na frente das sombras. Eu observo o anzol tentando se prender ao sapato pesado. Após várias tentativas, William sai à luz, então dá uma corridinha para os itens na plataforma. Seu cheiro azedo me faz prender a respiração novamente. Eu me pergunto se seria errado perguntar ao estranho homem se ele quer tomar um banho quente no banheiro da Mãe. Penso em como a limpeza está ao lado da bondade, então olho para ver se William tem chifres ou rabo. Ele não tem, mas noto que está arrastando sua perna esquerda desta vez. Eu me pergunto se ambas estão feridas. Seu rosto parecera bravo, mas eu o vejo se alterar. Vejo uma suavidade tomar conta dele. Eu o vejo tocar cada um dos sapatos. Vejo a hesitação enquanto ele olha o lanche.

– São todos para você – digo. Eu não dou um passo à frente. Tento respirar pelo nariz. – Não sabia o tamanho do seu pé.

William se vira para olhar para mim, seus olhos bem azuis brilhando para fora de seu rosto peludo. Sinto sua gratidão. Ele não fala. Pega o segundo par de sapatos, mocassins marrons. Eles foram deixados num trem. Eu o vejo correndo os dedos sujos pelos sapatos. Um risinho escapa de seus lábios. Eu sorrio com o som de sua risada ecoando em mim. Então ele os coloca de volta na plataforma e levanta as botas Chelsea – botas curtas e retas com um salto cubano baixo e bico pontudo. Esses foram os sapatos que provocaram bolhas do tamanho de montanhas. Elisabeth me contou que eram moda nos anos 1960. Vejo William enquanto ele se senta na plataforma, movendo sua perna ferida lentamente, contorcendo-se de dor enquanto o ferimento parece estar em sua coxa esquerda.

– Você deveria ver um médico – sugiro.

Os olhos de William voam para os meus. Estão tomados de dor e gritam não.

– Tudo bem, tudo bem. Eu nunca fui a um médico também. Nunca nem deixei a Estação Lime Street.

Os olhos de William ficam com meus olhos, conectando-se. Eu observo o medo se afastar e, em vez disso, há reconhecimento, há compreensão. Eu e William somos os mesmos. Ele muda seu foco para a bota, torcendo seu pé nela. A pele de seu pé é escura – anos de fuligem e sujeira em sua sola. Então o outro pé e a outra bota. Eu o observo ficar de pé. Eu o observo levantar seu pé do chão e descer no piso. O som de clip-clop faz outra risada escapar de seus lábios. Ele move sua mão para cobrir sua boca, tentando manter os sons presos. O som está cheio de bondade; eu penso que pode ser o som de puro prazer. Eu o observo, estou sorrindo, eu o entendo. Espero que as botas não o machuquem. Então William se vira, pronto para se esconder nas sombras.

– Não se esqueça de seus petiscos – digo, e então – Se você voltar nesta mesma hora amanhã, posso te trazer um sanduba.

William se vira e conecta os olhos comigo novamente. Não há palavras. Vejo que suas mãos reviram seus bolsos, então ele se inclina e coloca algo no chão. Pega seus Frazzles e seus Smarties e então sai estalando os sapatos de volta para as sombras.

Eu espero – espero até ele estar seguro. Então eu me debruço na plataforma. Lá, de pé, há um soldadinho de cerca de sete centímetros de altura. Um soldado de cavalaria das antigas em seu cavalo – um presente de William. Meus dedos tocam o soldado, e uma imagem corre à minha mente. Um barulho alto, uma sirene. Vejo uma família ignorando o som. Estão comendo juntos numa grande mesa de jantar num salão. É um aniversário, o aniversário de William, uma comemoração, um chá com muita comida. William está com seis anos nesse dia. Há bolo; vai ser uma farra. Eles não têm bolo há muito tempo. Posso ver que a mãe e o pai não estão relaxados – há medo. William está chorando. A mesa está posta – porcelana combinando, copos de cristal. William não consegue comer sua refeição. Seu pai está dizendo a ele para ser corajoso. Homens não choram na família deles. Posso sentir que a mãe está cheia de pânico; ela pode sentir que estão próximas. As bombas estão próximas. Os prédios tremem, as luzes piscam. Enquanto meus dedos tocam o soldado, vejo a mãe ficar de pé e gritar para William. Ela diz a ele para correr, esconder-se no porão, esconder-se nos túneis abaixo da casa. William não quer ir sem sua mãe. Ela grita para ele novamente. Ele quer pegar sua caixa de soldadinhos, seu presente de aniversário, da mesa. Ele corre da sala para o corredor, desce ao porão. Seus soldados se perdem. É a primeira vez que William se sente só; ele nunca ficou sem ela antes. Não pode segurar o xixi escapando de sua bermuda.

    Afasto meus dedos do pequeno brinquedo. O valor do presente me impressiona, e lágrimas escorrem dos meus olhos.

A pergunta que Martha Perdida escreveu num pôster que foi preso num painel ao lado da Plataforma 6:

Estou certa ao pensar que a Mãe
não era minha mãe biológica?

São 17:42 quando George Harris caminha em direção ao café. Estou empolgada em vê-lo. Estou há uma hora de pé na porta aberta, observando o mural e a cabine telefônica na frente da Plataforma 6. Eu esperava ter um vislumbre da pessoa que me mandou *The Song of the Lark*. Meus olhos coçam – posso ter esquecido de piscar.
– Encontrei isso – George Harris diz. Está segurando um livro.
– E bonjour para você – digo e sorrio. Ele passa por mim, batendo numa cadeira de plástico no caminho. Coloca o livro numa mesa no meio do caminho entre o balcão onde Elisabeth está e onde estou parada na porta. Eu me afasto da porta e vou até a sua mesa. Eu me aproximo do livro e passo o dedo sobre a capa. A leitura deixou linhas brancas na lombada laranja; as linhas falam em momentos. Nenhuma imagem salta à minha mente. O título está em branco; cobre a capa laranja. Eu olho dentro, há uma dedicatória: "Eu era um forasteiro, você me recebeu." Eu me lembro de falar.
"Não li este", digo.
– É meu favorito, você deveria lê-lo. É sobre esperança, esperança na natureza humana. – Ele coloca o capacete na mesa. Balança um pouco perto demais da beirada.
Meus olhos estão fixos na capa.
– Obrigada por me trazê-lo – digo. Olho para George Harris e suas bochechas são cor-de-rosa. Quando ele sorri, tem covinhas.
– Eu costumava ler todo dia quando era moleque – George Harris conta.
– Você só tem dezoito. Ainda é moleque.
– Sou um homem trabalhador – George Harris diz, mas ele não sorri. – Eu gostaria de pensar no pai que era meu verdadeiro pai. Eu

costumava torcer para que um dia ele aparecesse e descesse a lenha naquele que fingia ser meu pai.

Eu não falo nada. Eu me sento na cadeira de plástico. George Harris está arrumando sua armadura, tentando ficar confortável em sua cadeira. Ele é tão alto e largo. Acho que a cadeira pode estremecer um pouco. Acho que ele é rústico. Gosto dessa palavra e gosto do George Harris.

– Elisabeth está ocupada, mas tenho certeza de que ela vai se juntar a nós mais tarde – digo. Não sei se George Harris escuta, já que ele não responde, mas vejo Elisabeth nos observando. Ela faz um sinal para uma xícara de chá e eu faço que sim. Sei que ela vai trazer uma a George Harris também.

"Acho que você é praticamente um gigante", digo. "Sua mãe é gigante?"

– Não tenho mãe. Meu pai era tudo que eu tinha. E ele gostava de beber e gostava de roubar casas. – George Harris está falando com sua armadura de peito e suas mãos presas juntas na frente dele.

– O que aconteceu com sua mãe? – pergunto.

– Ela ficou cheia do meu pai. Partiu antes de eu poder me lembrar como ela era – George Harris conta.

– Não sei como reagir. Sinto como se eu devesse me desculpar com você por você ter pais porcarias. É a coisa certa a se fazer?

George Harris ri. Olha para mim e dou a ele meu melhor sorriso.

– Não acho que conheça alguém que não tenha pais de merda – diz.

– Conhece muita gente?

– Nah – George Harris diz. – Mas já ouvi sobre sua Mãe, ela era mesmo...? – Ele não tem certeza de qual palavra usar. Move suas mãos para a mesa, derrubando o capacete. Nós dois o buscamos ao mesmo tempo, impedindo que caia no chão.

Eu sorrio e digo:

– Eu nunca pisei fora da Estação Lime Street.

– Mas... Por quê?

– A Mãe recebeu uma carta anos atrás. Dizia que eu fui escolhida para ser o pássaro Liver da Estação Lime Street.
– Soa mais como se você fosse uma prisioneira.
– É uma honra, mas, para ser honesta, toda essa responsabilidade é um pouco demais às vezes – digo. – Mas acho que tenho um plano para sair. Só preciso encontrar algo que seja realmente importante para a estação, para levar comigo. – Eu paro e então acrescento: – A Mãe disse que há montes de pecados em Liverpool. Há mesmo?
– Parece que ela era meio biruta – George diz e sorri.
– Basicamente, pecado era tudo o que a Mãe não fazia. As pessoas pareciam ou viver em pecado ou querer arrancar os olhos de gente morta. Eu não estive lá fora, claro, mas acho que a Mãe apenas nunca viu o bem nos outros.

George Harris ri.
– Pensa na sua mãe? – pergunto a George Harris.
– Nunca vou perdoar-lhe. Ela devia ter me levado com ela – desabafa.
– Elisabeth diria que ela deve ter seus motivos – digo.
– Ela me deixou com um bêbado abusivo. Me deixou com um criminoso – George Harris diz, e eu concordo.
– O abuso ocorre de várias formas – afirmo.
– Você é mais inteligente do que seus dezesseis anos, Martha – George Harris diz. Está sorrindo e suas covinhas piscam. Eu sorrio também. – Mas e depois que a Mãe morreu? – George Harris pergunta.
– Certamente você percebeu que era seguro sair da estação, não é?
– Não entendo o que quer dizer.
– Você deve ter percebido que a Mãe era... – George Harris começa a falar.
– Às vezes a Mãe dizia que ia me deixar sem nenhum tostão e morando na rua se eu fosse malvada. E isso me assustava, não o fato de morar na rua, mas a ideia de ser jogada lá fora, então a estação desmoronaria no túnel do metrô. Todas essas vidas perdidas e toda a Liverpool me odiando para sempre – digo.

– Eu não... – George Harris começa a dizer, mas então muda de ideia. Suas bochechas ficam coradas. Não sei se eu o chateei.

– Mas se a Mãe era... bem, nada disso era culpa dela. Ela deu seu melhor – digo. – Uma noite, há anos, a Mãe bebeu xerez demais e falou sobre ser levada para cuidados quando tinha dez anos. Sua mãe arrancara páginas da Bíblia e enfiou na boca de sua irmãzinha bebê. Sua irmãzinha sufocou até morrer, só tinha seis semanas de idade. A Mãe a encontrara – faço uma pausa. – Ela disse que a fizera estudar a Bíblia ainda mais...

Espero George Harris começar a falar, mas ele não fala.

– Ela disse que Deus havia me enviado a ela para oferecer uma segunda chance. Para ajudar a diminuir a dor e a culpa de ter fracassado com sua irmãzinha, dar a ela a chance de mostrar a Deus que ela era forte.

– Não consigo sentir compaixão por ela. Ela machucou você – George Harris começa a dizer.

– Deveria. Falei com a Elisabeth, e ela me ajudou a resolver tudo isso na minha cabeça. A Mãe era um produto da dor da própria mãe dela. E enfim, George Harris, quando você tem pensamentos raivosos, seu rosto parece uma batata.

O rosto de George Harris se alterna entre parecer confuso e sorrir. Eu sorrio também, então crio uma expressão zangada, e George Harris ri.

– Mas uma mãe deveria amar seu filho, é uma coisa natural – George Harris afirma.

– Eu nunca fui filha dela. Você mora com seu pai agora? – pergunto.

– Não, ele morreu no ano passado. A bebida o matou. Sou só eu agora.

Há uma compreensão entre nós. Nós dois assentimos.

– Acho que este livro merece um lar especial. Venha comigo... – digo.

– Preciso comer meu sandu... – George Harris começa a dizer.

Elisabeth se aproxima, equilibrando uma bandeja com nosso bule de chá e duas fatias de bolo. Mostro minha mão para ela, indicando que volto em cinco minutos.
— Coma seu sanduba depois. Só desta vez, George Harris. — Posso ver que ele está prestes a protestar (ele gosta de manter hábitos). — Por favor. Só compartilhei isso com Elisabeth.

Na parede dos fundos do achados e perdidos, do lado direito, há outra porta. Quando aberta, há três degraus descendo para um pequeno corredor, e de lá há três portas, e todas elas têm degraus descendo para três porões. A primeira leva aonde nós guardamos os sacos de lixo pretos esperando pelos leilões. A porta do meio dá acesso a canos e caldeiras e coisas elétricas necessárias para o saguão da estação de trem. Aquela que tem "PROIBIDA A ENTRADA" na porta fica trancada com cadeados o tempo todo.

Eu abro a porta para o terceiro porão. Piso no topo de uma escadaria de metal em espiral que desce até uma sala tomada do chão ao teto de prateleiras de metal, com uma única lâmpada no meio pendurada por um fio. Vou à escadaria. Meus calcanhares tinem no metal, o som ecoando pelo cômodo. Quando estou na metade da espiral, eu me inclino sobre o corrimão de metal e puxo a corda fina que acende a lâmpada. A luz toma o cômodo. George Harris permanece no primeiro degrau da espiral. Eu o vejo perder o fôlego. É o melhor som que já ouvi. Eu me viro e olho para George Harris. Sua boca está aberta, e seus olhos, esbugalhados.

— Coleciono palavras perdidas — digo. — Eu as deixo ter uma voz.
— Todas essas estavam perdidas? — George Harris pergunta. Está examinando a sala, olhando as centenas de livros que tomam as prateleiras. Há até um banquinho de bibliotecária ali. Elisabeth o encontrou num canto em uma rua, esperando para ser levado com o lixo. É perfeito, porque não consigo chegar ao topo das prateleiras nem quando estou na pontinha dos pés. O cômodo é quadrado e sem janelas, com livros do teto ao chão por todo lado.

– São todas achadas – digo.
– Todas as prateleiras estão cheias? – pergunta.
– Há espaço para mais onze livros, dependendo da cor. Não sei o que vou fazer quando todas as prateleiras estiverem cheias.
– Há quanto tempo vem colecionando?
– Pouco mais de oito anos. Você é a segunda pessoa no mundo que sabe sobre meu lugar secreto.
– Você é incrível – George Harris diz. – Mas, como? Como guardou isso da Mãe?
– A Mãe tinha medo de porões, dizia que o Diabo vivia neles.

Não digo a ele que a Mãe disse que os ratos, os filhos do Diabo, viviam lá também com ele e com todos os seus bichos. Se a Mãe visse uma aranha no nosso apartamento, sua panela de água benta logo a afogava. A Mãe gostava de tudo no lugar, e o porão era o lugar para tudo relacionado ao Diabo.

George Harris está sorrindo. Posso ver seus olhos dançando pelo cômodo. Meu arco-íris de livros o deixa feliz.

Também não conto a George Harris que o porão foi onde a mãe disse que eu quase definitivamente fui tragada viva pelo Diabo. Ela disse que ele morderia e arrancaria partes do meu corpo, sugaria a carne dos meus ossos e cuspiria o osso no saguão da Estação Lime Street para todo mundo ver.

O que tornou as coisas muito piores, para o medo da Mãe pelo porão, era que o achados e perdidos tinha três porões. Se a Mãe não entrava sozinha num porão, com certeza não entraria em *três*. Ela não arriscaria. Era um fato simples que a Mãe nunca entrava em nenhum dos porões, só por precaução, e por anos ela me dizia para que eu ficasse longe, só por precaução.

– Mas como todos esses livros chegaram aqui, para começar? – George Harris pergunta. Ele abre os braços num aceno para todos os livros.

– Perto do começo da Parte Quatro, a gerência começou um novo sistema...

– Parte Quatro? – George Harris pergunta.

– Do meu conto de fadas. A parte com os livros. Dizem que todos os bens perdidos que permanecem perdidos por mais de noventa dias devem ser colocados em caixas no achados e perdidos, então mais tarde em grandes sacos de lixo pretos e num dos porões. E...

– Alguém tinha de levar os itens para o porão – George Harris diz, e eu assinto.

– A Mãe declarou: "Você já é parte-Diabo." Então a tarefa de arrumar os bens perdidos em sacos de lixo e levá-los ao porão caiu para mim.

– Tinha medo? – George Harris pergunta, seus olhos cravados em mim.

– No início, jogar os sacos num dos porões era assustador. A Mãe cantava louvores no saguão da estação, eu era encharcada de água benta e fazia o abrir e fechar de portas mais rápido do mundo – digo. Estou sorrindo, e George Harris ri. – Mas a Mãe logo ficou entediada, especialmente por passar a maior parte de seus dias no andar de cima do apartamento, evitando o achados e perdidos. Então comecei a levar um pouquinho mais de tempo para abrir a porta e, depois de descobrir que o Diabo não estava morando lá, fiquei mais propensa a explorar um pouquinho mais.

– E foi quando o porão se tornou seu esconderijo? – George Harris perguntou.

– Um lugar onde eu poderia escapar da Mãe por uma razão legítima – digo.

– Mas como todos esses livros terminaram aqui? – George Harris pergunta. Ele agora está no fim dos degraus. Corre os dedos pelas prateleiras. Seus dedos estão pulando, são como dois gravetos longos. Há um soldado romano na minha biblioteca.

– Mostrei a Elisabeth os três porões, mas foi este, o porão das prateleiras e da escada em espiral, que a empolgou.

– Eu poderia morar aqui – George Harris diz. Eu sorrio.

– Elisabeth disse: "Todo esse espaço vazio sem ser usado, bonequinha." Contei a ela que eu não podia usar por causa do Diabo, e ela disse: "Sua miolo mole, é um espaço perfeito, cheio de prateleiras vazias que estão berrando para serem preenchidas." – Tento imitar o sotaque de Elisabeth.

– Esse foi um sotaque indiano? – George Harris pergunta, e eu rio.

– Eu quase me desentendi com Elisabeth por causa deste porão. Perguntei a ela se o Diabo estava tentando fazer com que ela me tentasse, e ela riu. Até pedi para ela parar e pensar se talvez o Diabo estivesse tentando enganá-la para que ele pudesse me comer. – Faço uma careta. Não foi minha melhor conversa com a Elisabeth. – Mas com o tempo ela me ajudou a entrar neste porão, encher de prateleiras de metal e acabou se tornando meu lugar secreto. Por fim, Elisabeth me fez questionar a crença da mãe no Diabo.

George Harris está olhando para mim. Está sorrindo, mas não diz nenhuma palavra. Seu olhar torna minhas bochechas vermelhas. Eu quebro o contato visual.

– É onde todos os livros encontrados vivem; é minha biblioteca de livros encontrados.

Olho para os livros. As prateleiras de metal estão empilhadas ao máximo com livros verticais, cada livro merecendo ficar de pé para ter orgulho. Há prateleiras e mais prateleiras de achados maravilhosos. Cada prateleira em cada uma das quatro paredes está cheia de livros. A escada em espiral rodopia no centro do cômodo. Eu geralmente me sento no terceiro degrau de baixo para cima quando leio aqui embaixo, com a lâmpada brilhando sobre as páginas. Isso me faz sentir importante – um holofote apenas para mim. Mas o que torna esta biblioteca extraespecial e o que torna essa biblioteca o lugar ao qual eu sinto que pertenço é que cada um desses livros se perdeu. Alguns dos livros são quase novos, outros têm décadas, cada um deles conta minha própria história quando corro o dedo sobre a capa. As lombadas de alguns estão partidas, as páginas de outros, dobradas. Em alguns há anotações a lápis ou tinta, em outros há cartões-postais e cartas para marcar pá-

ginas. Os livros falam de uma jornada percorrida, de um momento na vida de alguém. Há um que guarda uma prescrição para remédio, há outro que tem uma dedicatória de "Fi, te odeio, queria que estivesse morta. Leia isso e morra. Stu x". São as dedicatórias que eu leio primeiro. Ainda assim, quando esses livros foram perdidos, ninguém os procurou. Tento pensar nos motivos pelos quais as pessoas não se esforçaram mais para se prender a esses momentos em suas vidas. Passei horas me perguntando quantos desses livros foram lidos até as palavras finais antes de eu os encontrar. Tentei entender por que as pessoas não procuraram com mais afinco por seus livros perdidos. Acho que perder algo significa que as pessoas podem fingir esquecer.
– Cada um desses livros traz quatro histórias – digo.
– Quatro? – George Harris pergunta.
Faço que sim.
– A história de sua criação (aquela que pertence ao autor). Daí há a história contada por meio das palavras (é a mais óbvia). – Mostro dois dedos. – Então a história do livro ser escolhido ou dado – livros com dedicatórias ajudam a contar essa história. E, finalmente... – mostro quatro dedos –, há a história de como o livro se perdeu.
George Harris sorri.
– Cada um desses livros é meu tesouro. E montes desses itens perdidos estão esperando para serem levados em sacos de lixo pretos para Londres, mas antes eu os resgato. Eu os encontrei. Paguei por todos, sabe, eu nunca roubaria.
– Isso nunca passou pela minha cabeça – George Harris diz.
– Mas eu menti e disse que foram solicitados quando paguei a taxa, toda vez. – Eu olho para meus pés, envergonhada por contar mentiras. Penso na Mãe.
– Isso não a torna como a Mãe. Algumas mentiras não são cruéis – George Harris afirma. Eu olho para ele, e seu sorriso faz minha barriga revirar.
– Eu os peguei e colecionei. A prateleira em que estão depende da cor da lombada – digo. – Minha biblioteca de livros encontrados

é um arco-íris de segredos. E até hoje apenas Elisabeth sabe de sua existência.

— Estou honrado de estar aqui — George Harris diz. Ele tenta fazer uma reverência, mas sua armadura de soldado romano estala, impede que ele se dobre e faz ele balançar. Ele agarra uma prateleira para se endireitar. Eu rio, então olho para minha biblioteca e suspiro.

— Muitos momentos estão perdidos — digo. — Às vezes desejo que os outros pudessem ouvir a história que cada um desses livros pode contar. Não as narrativas dentro deles, mas as jornadas para chegar aqui.

— Como isso é possível? — George Harris pergunta.

— Não é sempre. Mas as dedicatórias... são um segredo entre quem dá o livro e quem recebe. É sobre a jornada — explico.

— Porque cada jornada é uma história? — George Harris sugere.

Eu concordo.

— Mas nem toda história tem um "era uma vez".

— A minha tem — George Harris diz.

— Você tem sorte — digo.

— Como você tem só dezesseis?

— Elisabeth diz que tenho uma cabeça velha em ombros jovens. Mas sem rugas — digo, então me dirijo às prateleiras e começo a tirar livros com dedicatórias para dividir com George Harris.

Às oito e dez, com ajuda de Elisabeth, eu montei um pequeno piquenique para William. Sanduíches de carne, um rolinho de salsicha, uma fatia de torta de porco e meio bolovo. Elisabeth preparou um pãozinho de creme, o topo do pãozinho transbordando numa torre de creme. Ela colocou num pratinho de papel, com um papel filme funcionando como um andaime para mantê-lo reto. Também me deu uma garrafa térmica cheia de seu café italiano.

— Não me importa se eu não receber a garrafa de volta — diz.

— A Mãe chamava os sandubas de carne de sandubas de cachorro — digo. Elisabeth assente.

Então eu decido.
— Venha comigo. Quero que você veja que ele é real.
— Ter um amigo imaginário é perfeitamente normal depois de tudo o que você passou, bonequinha — Elisabeth diz. Ela ri, mas posso ver que não é uma risada real.
"Yesterday" está pulsando pelas paredes de seu café e no achados e perdidos. Elisabeth cantarola a música, preenchendo nosso silêncio enquanto guardamos os itens numa caixa de papelão.
— Por favor, venha comigo — digo. Não preciso dizer mais nada. Ela sabe o quão importante isso é para mim. Percebe que preciso provar para ela que não sou doida.
— Um segundo — diz e corre para fora do café. Eu continuo rearranjando a comida, assobiando junto dos acordes finais de "Yesterday". Elisabeth está de volta num minuto ou dois. — Jenny Jones está cuidando da loja. Vamos encontrar esse seu jovem — acrescenta.
— Viu que coloquei um pôster novo? — pergunto. Elisabeth assente.
— Vi seu pôster mais recente. Parece ótimo, mas "Estou certa em pensar que a Mãe não era minha mãe biológica?" não vai ajudar com o despejo. Trinta e cinco dias — Elisabeth dispara.
— Vai, sim. Estou construindo uma afinidade — digo afinidade na minha melhor voz de Blundellsands, e Elisabeth ri.
Levanto a caixa de papelão. Giro para fora do achados e perdidos e para a Plataforma 7. Meus giros são lentos e contidos; estou tentando não atrair atenção para nós. Elisabeth está estalando os sapatos amarelos de salto ao meu lado. De calça azul-marinho boca de sino e uma blusa branca com botões perolados, Elisabeth parece elegante. As pessoas a veem caminhar; homens viram a cabeça para olhar para ela. Por um momento eu me preocupo de as pessoas observarem Elisabeth e então acabarem vendo William. Era diferente quando eu fui para a Plataforma 7 da última vez. Sou boa em ser invisível — as pessoas não olham duas vezes para mim.
— Você pode parar de rebolar o traseiro quando anda? — peço. Elisabeth ri. — Preciso que as pessoas não olhem para nós. William é tímido.

– Ah, bonequinha – Elisabeth começa.

– Você é bonita demais para ser invisível – digo.

– Bem, pare com seus giros também. Você é bonita quando gira – Elisabeth elogia. Ela para de caminhar, abaixa-se e tira seus sapatos amarelos, então os pega e corre na minha frente na plataforma, eu rio.

São oito e meia quando chegamos ao final da plataforma. Coloco a caixa de papelão no concreto frio.

– Aqui atrás – digo, enquanto ando nas sombras e me inclino contra o trem que dorme. Elisabeth me segue. Ela revira os olhos para mim, mas está sorrindo, então sei que não está brava de fato.

Dentro de um minuto vemos a linha de pesca e o anzol tentando levantar a caixa de papelão, mas claro que a caixa é pesada demais e toda tentativa fracassa. Elisabeth ri. Dou uma encarada para que ela fique quieta.

– Faço isso quando estou nervosa – diz, levando a mão que está livre à sua boca numa tentativa de parar de rir. – Que cheiro é esse? – Elisabeth pergunta. Eu olho feio para ela ficar quieta.

Dou um passo à frente.

– William – digo. – Trouxe minha amiga Elisabeth hoje. Ela te fez um pãozinho de creme. Esperamos que goste de seu piquenique. – Eu me movo para a caixa de papelão e começo a levantar os itens um de cada vez, apenas erguendo-os e dizendo o que são. Posso sentir o fedor azedo do Willliam. Sei que ele deve estar perto. De tempos em tempos escuto um risinho vindo das sombras. Não estou certa se é William ou Elisabeth. Quando termino de mostrar as coisas, coloco todos os itens de volta na caixa e fico de pé.

– Pode ficar com a garrafa térmica, John – Elisabeth diz. Ela sai das sombras e dobra os braços sobre o peito. Eu me pergunto se ela está com frio ou com medo. – Vamos, vamos te levar para casa – chama ela.

William sai das sombras. Seus olhos oscilam de Elisabeth para mim. Está pisando de uma bota Chelsea para outra num sapateado nervoso. Sua vara de pesca está agarrada com ambas as mãos. Eu vejo

Elisabeth. Seus olhos estão buscando William, mas sua boca não se revira num sorriso. Não sei se ela está brava.

– William, pode me chamar de Elisabeth – ela diz. Daí faz uma mesura e um rodopio.

William dá um risinho. Ele gosta imediatamente dela, todo mundo gosta, mas posso ver que ainda está nervoso para se aproximar.

– Aproveite seu piquenique, William – Elisabeth diz. – Vamos voltar na mesma hora amanhã com mais.

Com isso, Elisabeth começa a se afastar, seus sapatos numa das mãos, e rebola sua traseira numa forma totalmente exagerada. Eu rio, aceno para William e dou um giro atrás dela. Só demos alguns passos juntos quando escutamos o som de botas Chelsea sapateando na plataforma. Nós nos viramos e olhamos para William. Quando ele nos vê, ele se abaixa, sua perna direita não dobra direito dessa vez, e ele coloca outro minúsculo soldado de cavalaria na plataforma.

– Não, William – digo. – São preciosos demais. Seus pais deram a você.

E é então que William coloca as mãos nas orelhas e começa a sacudir a cabeça. Deixa um lamento perfurante. Vem da alma e canta sobre a pior perda que uma criança pode vivenciar. Antes de eu poder reagir, antes de Elisabeth poder falar, William pega a caixa de papelão e desaparece nas sombras.

O solitário soldado de cavalaria de lata guarda a plataforma. Elisabeth se desloca à frente e o pega. Ela não fala, e eu não sinto vontade de girar. Caminhamos de volta para o café.

Coluna "Pela Cidade" no *Liverpool Daily Post*

E MAIS UM CASO SOBRE A MALA ENCONTRADA

A empolgação continua a aumentar em torno da chegada do australiano Max Cole com a bagagem de Mal Evans. Foi relatado que a mala contendo uma das mais valiosas e importantes coleções dos Beatles já arquivada está voltando para Liverpool esta semana.

Dizem que a mala inclui centenas de fotos nunca vistas dos Beatles, programas autografados de shows reunidos por Mal e páginas de gravações com o nome de Mal Evans estampado nelas. A ideia de um arquivo desse esplendor está deixando esta repórter com as pernas bambas.

Cole, 35, alegou que gravações descobertas na mala incluem versões alternativas de "We Can Work It Out" e "Hey Jude", que ainda têm de ser ouvidas em público. Mas possivelmente os destaques mais empolgantes do arquivo de Mal Evans são as supostas gravações rolo a rolo de John Lennon e Paul McCartney conversando, e gravações dos Beatles seladas em seus estojos da Abbey Road. A probabilidade de tal descoberta está causando muitas especulações entre entusiastas dos Beatles.

Mas não vamos ficar empolgados demais. Esse será o quarto caso da mala encontrada em muitos meses. Rumores por Liverpool são de que o fantasma de Agatha Christie já está escrevendo um novo suspense de Miss Marple baseado nesses acontecimentos.

Ainda assim, talvez o que confere credibilidade a esse caso é que o australiano Max Cole está investindo o próprio dinheiro suado em sua validação. É dito que o homem da vez saiu numa licença não remunerada de oito semanas de seu emprego, rapou suas economias e está voando para Liverpool em sua *magical mystery tour* para autenticar a mala pelo nosso especialista em Beatles residente, Graham Kemp.

Então, enquanto o resto do Reino Unido está derretendo com as altas temperaturas da onda de calor deste verão, fãs fervorosos dos Beatles têm alimentado os boatos e crenças de que *essa* mala e seu conteúdo podem ter sido anteriormente posse de Mal Evans, *roadie* e confidente dos Beatles.

Evans encontrou seu fim prematuro em janeiro deste ano, quando foi morto com um tiro pela polícia de Los Angeles. Após a cremação de Evans, seu amigo próximo, cantor e compositor, Harry Nilsson, concordou em mandar as cinzas de Mal de volta para sua família no Reino Unido. Desde então, chegaram relatos à imprensa de que o executivo da gravadora Apple, Neil Aspinall, fez ligações frenéticas para Nilsson sobre o fracasso do envio das cinzas ao país.

Escritórios de achados e perdidos por todo o Reino Unido têm procurado as cinzas perdidas, desesperados em devolver Mal à sua família.

A aparição de sua mala perdida, sem as cinzas, acrescenta um elo a mais a esse mistério já emaranhado.

O que achamos? Uma estranha reviravolta no fim dessa história? Poderia ser que Harry enviara a mala com as cinzas e ambas foram perdidas? As cinzas irão aparecer também num mercado de pulgas da Austrália? Terá realmente Max Cole a posse da coleção mais importante e valiosa dos Beatles já arquivada? E o que ele irá fazer se sua descoberta for revelada como sendo verdadeira?

Alarme falso ou um ingresso para a fama? Faça sua próxima jogada, Max Cole, o público está esperando.

Meus dias de semana parecem ter uma rotina. Acho que gosto que eles tenham.

Trabalho das oito da manhã até uma da tarde, daí vou à porta ao lado e almoço com Elisabeth. Depois disso, volto ao escritório de achados e perdidos – às vezes faço a papelada, outras trabalho um pouco mais ou leio na minha biblioteca ou arrumo o apartamento e faço lista das coisas que preciso que Elisabeth compre. Às vezes dou um pulo no quiosque de Jenny Jones, e ela me enche com toda a fofoca do mundo. Tenho muita fofoca para me atualizar. Então, volto ao café para conversar com George Harris quando ele sai do trem das 17:37 vindo de Chester. Às vezes como um de seus sandubas. Então, depois que George Harris parte, eu preparo um piquenique para William.

Na última semana, toda noite às oito e meia deixamos um piquenique para William e toda noite ele sai um pouquinho mais. Está ficando fora das sombras um pouquinho mais. William gosta de Elisabeth e gosta de mim também. E toda noite nos deixa pequenos presentes em troca do piquenique – fragmentos de pratos de porcelana, bolinhas de gude, pentes, tesouros que ele encontra para nós. Elisabeth diz que com cada presente ele está nos mostrando que aprecia a comida e que não aceita nossa bondade a troco de nada. Elisabeth diz que essa é a questão sobre alguém que foi desprovido de tudo, ela diz que cada pequeno detalhe é um grande gesto para alguém assim. E nessa última semana os risos que escaparam da boca de William foram permitidos soar; ele parou de tentar empurrá-los de volta para dentro com sua mão.

Gosto de William. Gosto dele mesmo que Elisabeth diga que ele é o homem mais fedido de toda a Liverpool.

– Você é uma criança presa no corpo de um adulto – Elisabeth disse a ele noite passada. – E Martha é uma adulta presa no corpo de uma criança.
– E quanto a você? – perguntei à Elisabeth.
– Eu? – Elisabeth perguntou. – Considero que você é possivelmente mais velha do que jamais me senti – Elisabeth me disse. Penso nas palavras dela, mas então a pergunta escapou antes de eu ter tempo de pensar mais sobre isso.
– Quão velha você se sente? – perguntei a ela.
– Acho que parei de envelhecer quando fiz quinze – responde. Olhei para William e revirei os olhos. William riu. Eu ri também.
– Sou uma causa perdida – Elisabeth disse, girando no lugar antes de dançar a Mash Potato.

Então, noite passada estávamos fazendo um piquenique na Plataforma 7. Nunca parei para me perguntar o que os funcionários da British Rail pensaram sobre nós. Eles nunca nos disseram para sair ou parar. Às vezes acho que podemos de fato ser invisíveis. Talvez William tenha nos dado poderes mágicos, talvez apenas aqueles que acreditam em "felizes para sempre" podem de fato nos ver. E talvez ninguém além de nós acredite realmente em "felizes para sempre". Talvez apenas pensem que acreditam.

No meu bolso há um pedaço de papel e nele anotei os dias até o despejo. Hoje eu cruzei o trigésimo primeiro, agora restam trinta dias. Ao lado do pedaço de papel, carrego o soldado de lata do William junto a mim o tempo todo. É a coisa mais preciosa que possuo, cada vez que passo meu dedo sobre a lata posso ver a escuridão que tem cercado William. Eu queria poder fazê-lo se sentir melhor.

– Vocês duas são parentes? – George Harris pergunta. – Porque vocês sempre parecem estar juntas.

Olho para Elisabeth. Ela está atrás do balcão. A máquina de expresso fumegando, e ela está empilhando guloseimas açucaradas sob cúpulas de proteção.

– Ela é minha melhor amiga. A Mãe odiou a Elisabeth desde o momento que ouviu sobre a abertura de um café, graças a Stanley.
– O namorado dela? – George Harris diz, e eu rio.
– O faxineiro da estação. A Mãe ficou horrorizada. Ela nos fez jejuar por setenta e duas horas, rezando a cada quatro minutos para garantir que Deus não perdesse nossas importantes notícias.
George Harris ri.
– Não funcionou, então – conclui. Está remexendo a cadeira plástica, tentando encontrar uma forma confortável de se sentar. Fica batendo na mesa com um braço ou uma perna, e eu espero ele se ajeitar.
"A Mãe escreveu várias cartas reclamando e até tentou telefonar para Harold Wilson para buscar apoio. Nada funcionou, levando a Mãe a acreditar que o Diabo estava *interceptando* as mensagens importantes dela tanto para o primeiro-ministro quanto para Deus!"
Penso em como as janelas do café foram todas cobertas com jornal quando Stanley contou a ela as "novidades profanas". A Mãe ficou cada vez mais preocupada a respeito de um "antro de iniquidade" abrindo ao lado, e, quando as luzes de neon com o nome "Lime Street Bar e Café" se acenderam, ela quase explodiu. Disse algo sobre bares sendo onde a música do Diabo era feita e como eram lugares para adolescentes se encontrarem e fornicarem nas mesas. Eu me lembro de que eu não tinha ideia do que ela queria dizer. Eu frequentemente não tinha ideia.
– A ideia de ter gente nova na porta ao lado me empolgou – revelei.
– Porque a Mãe não a deixava falar com ninguém? – George Harris cogitou.
– Exatamente! Mas como poderia me manter longe de gente que estava logo ao lado o tempo todo? – pergunto.
Nunca vou esquecer do começo da Parte Quarto – foi o dia em que o café abriu. Eu estava ajoelhada no chão de pedra no achados e perdidos, rezando para as almas das crianças da escola em Aberfan, mas ao mesmo tempo me esforçando para não pensar numa escola e

lar sendo enterrados por escória de carvão. A Mãe me contou tudo sobre isso, então me contou como todos na Estação Lime Street seriam enterrados vivos se eu fosse malvada e desse ao menos um passo para fora. Mas minha reza e meu vazio de ideias foram interrompidos pelo som da música ecoando. Eu me lembro das prateleiras sacudindo. Eu me lembro de bengalas saltando com a batida. Eu me lembro do meu corpo todo se arrepiando. A música nunca foi permitida na casa da Mãe. Ela ficou furiosa.

– Pra cima, JÁ! – a Mãe gritou. Eu saltei para cima e ela agarrou minha mão e me arrastou para fora do achados e perdidos. A Mãe parou e eu trombei com ela. Ela me deu um tapa na cabeça. A porta para o café estava aberta, e a Mãe irrompeu para dentro, me arrastando atrás dela. A Mãe não perdeu tempo. Começou a ralhar, tentando gritar mais alto do que a música. Num ponto ela começou a cantar. "I Surrender All". Fiquei boquiaberta, meus olhos absorvendo as visões mais lindas que já tinha visto. O lugar era exótico, parecia que eu entrava em outro país. A máquina de expresso parecia estar cheia de mágica. Vapor emanava e serpenteava do topo de cilindros de metal, todas essas alavancas altas com suportes pretos para baixar.

– Era tudo como agora? – George Harris pergunta, interrompendo meus pensamentos.

Eu olho ao redor do café.

– Não exatamente. As paredes eram amarelas como narcisos naquela época, não vermelhas como agora. O topo das mesas era de um branco mais vivo. Acho que foram substituídas por essas. – Corro minha mão sobre a superfície da mesa. – As mesmas cadeiras vermelhas, algumas giravam em bases de metal. Eram divertidas. Ainda me lembro de entrar pela primeira vez e tentar absorver tudo, meu olhar corria; eu me lembro de me esforçar tanto para impedir que minha boca se curvasse num sorriso. – Eu sorrio, e George Harris sorri também.

– Me parece um dia especial – ele diz.

Escuto minha barriga roncar.

– Com fome? – George Harris pergunta. – Bolo?
– Elisabeth costumava dizer que as pessoas vinham aqui e se sentavam o dia todo daí reclamavam que o café estava frio no final. Pode imaginar criar um lugar que faz as pessoas nunca quererem ir embora? – pergunto.
– Ela é uma das boas – George Harris diz.
Olho para Elisabeth, mas ela está muito longe para ouvir as palavras de George Harris.
– A Mãe nunca teria pensado isso. Ela a odiou desde o minuto que a conheceu – digo.
Me lembro de que começou com a Mãe dizendo algo sobre como as pessoas iriam pagar pela fornicação. E Elisabeth dizendo algo como: "Bem, querida. Eu não me importo que elas paguem pelo rango lavando a louça, mas me recuso que paguem transando nas minhas mesas", eu sorrio.
– O que você pensou quando a viu pela primeira vez? – George Harris pergunta.
– Que ela era linda. Seu cabelo enfiado sob um chapéu azul tipo turbante com um grande laço azul. Sua franja amarela era bem retinha, como é agora. Com um rímel grosso e os cílios mais longos que eu já tinha visto, sua maquiagem nos olhos era como das modelos que tinha visto rapidamente em revistas perdidas antes da Mãe jogá-las no lixo – conto.
Eu lembro que o vestido dela era de um amarelo como flor – um minivestido com um colarinho de renda e punhos combinando. Suas pernas longas e bronzeadas, e ela era alta em sapatos azuis com salto alto quadrado. Eu me lembro de cada detalhezinho. Nunca havia conhecido alguém igual a ela. Ainda não conheci.
– Ela é bem jeitosinha – George Harris diz. Ainda está sorrindo quando olha para Elisabeth. – Quando ela saiu de trás do balcão, tirou um avental azul e branco; colocou no topo do mostruário de vidro, ao lado das cúpulas dos bolos. Era a moça mais bonita que eu já havia visto.

"Você é bonita também – George Harris diz, então suas bochechas coram. Eu sorrio, mas George Harris está olhando para sua armadura e não para mim."

Penso sobre quando Elisabeth tirou seu avental. Perguntou meu nome, mas não ousei falar com ela. Foi bom, já que a Mãe veio ao meu lado. Seu aperto no meu braço foi forte, me puxando para sair. Eu não conseguia me mover. Então a Mãe disse algo sobre nenhuma filha dela frequentar o bordel de Elisabeth. E eu fiquei tão brava por ela ser grossa com a Elisabeth que deixei escapar meu nome.

Eu me lembro de Elisabeth dizendo: "Prazer em conhecê-la, bonequinha, sou Elisabeth". E estendeu sua mão. Eu não a cumprimentei. Sorri para ela e ela perguntou. – Conhece o Mash Potato?

Mas isso fez a Mãe dizer:

– Ela não vai trabalhar para você. – E foi quando ela tentou me arrastar para fora.

Elisabeth disse:

– Ah, rainha, por onde andou? Mash Potato é uma dança... – Então ela assentiu para alguém, um homem, acho, e Elisabeth começou a fazer coisas lindas com os pés. A Mãe parou de tentar me arrastar para fora, mas seu aperto ainda era forte. Não demorou muito antes de a música explodir, uma moça cantando sobre batatas. Elisabeth movia os calcanhares para dentro e para fora. Então seu joelho dobrava e um calcanhar se lançava no ar, daí voltava para o chão e os calcanhares se viraram para dentro e para fora. Então o outro pé chicoteava no ar. A metade de cima do corpo de Elisabeth ficava reta e alta, mas de seus joelhos a seus pés a mágica acontecia. Eu não sabia que as pessoas podiam girar e revirar e ainda ficarem eretas e tudo isso na batida da música. Acontecia tão rápido, tão perfeitamente no ritmo da música alta.

– Sabe dançar o Mash Potato? – pergunto a George Harris. Fico de pé e demonstro a dança. George Harris ri. É uma risada que vem direto de sua barriga.

"É questão de girar sobre os calcanhares", digo, dançando com o jogo de pés elaborado que Elisabeth me ensinou, para mostrar a

George o que quero dizer. Quando termino, faço uma reverência enquanto George Harris aplaude. As palmas fazem suas armadura chacoalhar. Estamos ambos sorrindo.

Claro que a Mãe não me deixou ficar e aprender a dança naquele dia. Naquela primeira vez no café, a música estava retumbando ao mesmo tempo em que a Mãe tentava cantar: "Alegre-se, o Senhor é Rei". A Mãe provavelmente ficou em polvorosa. Então disse: "Tape os ouvidos, Martha Perdida, minha querida!" Daí gritou: "TAPE! O Diabo se mudou para a porta ao lado". Claro que a música parou naquele exato momento, o café ficou em silêncio e todo mundo encarou a Mãe.

Mas eu não estava ouvindo os desvarios da Mãe, não estava olhando para o rosto bravo dela. Estava olhando para a jukebox, uma jukebox de verdade. Elisabeth deve ter me visto olhando.

– Gosta de música? – Elisabeth perguntou. Ela dançou um passo lindy hop pelo salão. Eu me peguei sorrindo, e uma risada escapou dos meus lábios.

A Mãe bateu a frente de sua mão na minha orelha – ardeu. Ela me arrastou pela sala e de volta para fora pelas portas do café. Enquanto eu partia, cravei os olhos em Elisabeth. Ela acenou timidamente, mas seus olhos pareciam tristes, e eu soube que ela poderia ser minha primeira amiga.

De volta ao achados e perdidos, a Mãe disse:

– O Diabo está sentado naquele café, Martha Perdida, minha querida. – E só para deixar claro para que eu entendesse as consequências por não fechar minhas orelhas para a música do café, naquela noite a Mãe bateu nas minhas costas nuas nove vezes com um cinto de couro e me fez dormir no chão frio de pedra do escritório.

– Sente saudades dela? – George Harris pergunta. Sua pergunta me confunde; quebrou meus pensamentos. Eu me calo por um instante.

– Sim – digo. – Eu me preocupo em esquecer o que é ser realmente infeliz e solitária. Que eu não dê valor a tudo o que tenho agora.

Escrito por Anônimo para Martha Perdida, em *The L-Shaped Room*, de Lynne Reid Banks, entregue por Drac, o carteiro, ao escritório de achados e perdidos.

Minha querida Martha,
A inteligência que emana de você me preencheu de prazer esta manhã. Seu pôster foi preciso e ofereceu a pergunta que eu ansiava que você me fizesse.
Como minha correspondência inicial com você informou, a mulher que você chama de Mãe é de fato uma mentirosa. Ainda assim, deve ser dito que um elemento do "era uma vez" que ela informou sobre você estava de fato mergulhado na verdade. A Mãe estava correta sobre você ser um achado, mas você foi, de fato, deixada na Estação Lime Street.
Naquela época você tinha respirado sozinha por três curtos meses. É verdade que sua mãe biológica te deixou do lado de fora do achados e perdidos, dormindo numa mala marrom. Também é justo dizer que ser deixada do lado de fora do achados e perdidos coincidiu com as rezas pessoais da Mãe para o Deus DELA por um sinal para continuar neste mundo. Também é um fato comprovado que a Mãe então a aceitou como dela e a criou da melhor forma que pôde. Ela era uma senhora de idade, comprovadamente religiosa. Sua mãe biológica considerou ser um ponto a favor da Mãe.
Devo enfatizar que sua mãe biológica acreditou que estava te deixando com uma senhora que iria amar e cuidar do bebê dela de uma forma cristã. Ficou horrorizada em descobrir que isso se revelou incorreto.

Sinto a necessidade de assegurá-la, minha criança, de que a Mãe era uma senhora cruel, perversa, ainda que produto de uma infância cruel e perversa. Devo declarar que a incapacidade da Mãe em amar e educar não era reflexo da sua existência, mas um reflexo da dor e do desespero que pesavam sobre a mente dela. Sim, minha criança, estou oferecendo um simples fato para esclarecer qualquer confusão ou fardo que possa estar pesando sobre você: a Mãe era doente.

Neste estágio dos meus escritos, suponho que você deseje saber mais sobre sua mãe biológica, aquela criança insensível que te entregou, ainda que sem consciência, nas garras de um monstro perverso. Ainda assim, temo que tudo o que eu possa oferecer a você seja uma declaração simples de que sua mãe biológica te abandonou na esperança de que ela pudesse voltar em noventa dias para te pegar. Como você se lembra, já mencionei a pouca idade dela, mas não detalhei que ela havia fugido do próprio lar abusivo. Seu relacionamento com os pais era perturbador e cheio de culpas.

Quando seus pais descobriram que ela estava grávida, sua mãe biológica foi expulsa de casa e teve que sobreviver com apenas as roupas do corpo. Ouviu histórias terríveis de lares para mães com crianças, e sabia que não iria sobreviver em um lar daqueles. Encontrando-se sem nenhum lugar para pedir ajuda, sua mãe biológica foi para Liverpool. Devo confessar que sua mãe biológica inicialmente buscou encerrar sua gravidez aqui em Liverpool, mas, na hora H, ela se escondeu num canto e cantou para você uma doce melodia irlandesa. Sinto que devo informá-la de que sua mãe biológica te amou, apesar de eu imaginar que compreender o conceito de tal amor que leva ao abandono não deve ser algo fácil.

É verdade que três meses após o nascimento de sua única filha, foi com grande tristeza e vivendo nas ruas de Liverpool, sem lar, que sua mãe biológica acreditou que não tinha opção a não ser deixá-la na Estação Lime Street. E desde aquele dia desesperado, você, minha querida, tornou-se propriedade perdida.

Não ofereço defesa para a ação de sua mãe biológica, mas posso dizer sem sombra de dúvida que as intenções dela foram motivadas por um desejo de te proteger. Ao perder você, sua mãe biológica deixou de ser uma pianista brilhante e abandonou seu amor pela literatura. Ela eliminou todo o prazer de sua vida. Eu temo, em retrospecto, que o julgamento dela tenha sido equivocado, e suas decisões, cheias de falhas. Ainda assim, naquele tempo, sua mãe biológica tentou fazer o certo para você.

Creio que você não ficará brava com minha opinião.

Cordialmente,
Anônimo X

Eles estão na minha frente, no lado do cliente do balcão. Um deles parece o Humpty Dumpty, redondo e brilhante. O outro é alto e magro como uma escada de madeira. O alto está agarrando um bastão de críquete, e o está batendo em sua mão. Ambos têm rostos raivosos. Acho que podem estar perdidos.

– Encontrou isso na estação? – pergunto, apontando para o bastão de críquete e pegando a caneta para começar a fazer anotações.

– Não, mas encontramos você – o altão diz.

Levanto o olhar para ele, tentando ver se suas sobrancelhas são grossas como as minhas. Eu fico de pé e me debruço sobre o balcão para olhar os tornozelos dele.

– Achou que você ia passar pela gerência, não achou? – o gordo diz enquanto vem balançando pela abertura no balcão, se vira de lado e se espreme por ela.

– Você não pode vir aqui atrás – digo, me inclinando para trás no meu banquinho. – A não ser que precise mesmo fazer xixi, então...

– Cale a boca, porra – o altão diz. Ele empurra o bastão de críquete no meu peito. Dói. Eu prendo a respiração. Às vezes, quando a Mãe me machucava, segurar o fôlego mantinha a dor dentro. Acho que pode ser um pouco como fingir de morta. Não entendo por que o magrelo quer me machucar.

– Poderia parar com isso? – peço, apontando minha caneta para o bastão de críquete. Minha voz está trêmula, falta ar. O gordão está ao meu lado. Tem cheiro de cerveja e meias sujas.

– Você foi uma garota má – o magrelo diz, empurrando o bastão de críquete no meu queixo. Acho que talvez ele queira atingir meu rosto. Acho que talvez queira deixar uma marca.

– Foi o Diabo que te mandou? – pergunto ao magrelo. Ele remexe as sobrancelhas um pouco e pisca para o gordão. Estou ainda mais confusa agora. – No começo, achei que você poderia ser meu pai, embora ele deva estar morto, mas agora estou torcendo para que não seja, porque...
– Estamos aqui para dar um jeito em você – o gordo diz. Está cutucando um pedaço de carne do topo do meu braço com seu dedo gorducho. Faz isso um milhão de vezes. Não olho para ele; ainda olho para o magrelo. O cutucão dói.
– Você é meu pai? – pergunto para o magrelo. Coloco minha mão esquerda no meu colo e cruzo dois dos meus dedos. Espero que a resposta seja não.
– Que porra? – o magrelo diz, empurrando o bastão de críquete mais duro no meu peito. Perco o equilíbrio no meu banquinho. Cambaleio de pé e dou um passo atrás. O gordo está próximo agora. Acho que ele quer me engolir; acho que ele poderia me engolir inteira.
– A gerência não está feliz. Querem você fora – o gordo diz.
– Gerência? – digo. Estou ouvindo agora, mas estou confusa. – Mas recebi uma carta...
– Você ignorou a carta, então eles mudaram de ideia. Nos mandaram dar um jeito em você. – O magrelo está ao meu lado agora. Estou caminhando para trás, mas logo vou estar na porta do meu apartamento. Não quero estar no meu apartamento com eles. Não gosto do cheiro deles.
– Eles acham que você é doida – o gordo diz, depois ri.
– Mas estou arrumando isso. Estou arrumando meu Seguro Social – começo a dizer.
– A gerência não acredita em você. Ouviram boatos de comportamento estranho neste escritório. Querem você fora – o gordo diz novamente.
– Mas sou o pássaro Liver da estação – tento dizer.
– E estamos aqui para ajudá-la a fazer as malas – o magrelo diz. Ele ri e o gordo ri. Não sei por que estão rindo.
– Tenho uma mala; posso arrumar sozinha... – digo.

O magrelo levanta o bastão de críquete no ar. Vai descer na minha cabeça. Vou quebrar num milhão de pedaços. Eu grito. Me jogo no chão e faço como uma tartaruga. Continuo gritando.
– Cale a porra dessa boca – o gordo diz.
Não estou ouvindo; ainda estou gritando.
– PETER BARRYMORE!
Eu paro de gritar. A voz continua gritando palavras rudes para os dois homens. Conto até sessenta, então eu viro a cabeça para ver quem é. É Jenny Jones, do quiosque. Ela é uma mulher minúscula, mas hoje é um gigante e parece que vai bater nos dois. Passou pela abertura no balcão e está nos encarando. Está com as mãos na cintura e os punhos cerrados. Caminha em nossa direção. Então vejo Drac e Stanley. Estão passando pela abertura no balcão também. Stanley mexe na caixa de tacos perdidos de hóquei. Drac solta sua caixa de cartas no chão e pega duas bengalas perdidas. Jenny Jones está bem ao meu lado, e bate na cabeça do gordo.
– O que está fazendo, Peter Barrymore? Sua mãe sabe que você gosta de assustar garotinhas? – Ela bate na cabeça dele a cada palavra.
O gordo bate na própria careca. Vejo que não é muito mais velho do que eu. Eu me pergunto se ele raspa a cabeça.
– Tia Jenny, cara, é meu trampo – ele diz.
– E esse *trampo* é uma amiga minha – Jenny Jones diz. Ela acena para mim e eu tento sorrir, mas minha boca não se vira para cima.
– A gerência quer ela fora. Ouviram coisas – o magrelo diz.
– E pode ficar quietinho também, Gary Baggott – Jenny Jones diz.
– Apenas vão mandar outra pessoa – o gordo diz.
– A gerência deu a ela vinte e oito – Drac começa.
– Vinte e nove – digo. Ainda estou enrolada no chão.
– Mais vinte e nove dias – Drac diz. Está ao lado de Jenny Jones agora, e acrescenta: – Então por que estão aqui? – Ele agarra duas bengalas, uma em cada mão, como se fosse um velho samurai.
– Ordens da gerência. Algo sobre o culto ao Diabo no porão e exibicionismo no saguão da estação. Mandaram alguém para trocar as fechaduras em meia hora – o magrelo diz.

– Chame a Elisabeth – Jenny Jones grita, e Stanley sai correndo.
– E você acha que é certo ameaçar uma garotinha? Não pensou em perguntar...
– Tenho minha carta – digo. Estou de pé agora, rastejando até o balcão.
– O que está havendo? – É Elisabeth. Suas pernas parecem a luz do sol em sua calça capri amarela, mas seu rosto está bravo. Não quero que ela fique brava comigo. – Peter Barrymore? O que você está fazendo aqui?
É então que Jenny Jones, Drac e Stanley contam a Elisabeth tudo o que Peter Barrymore e Gary Baggott fizeram. E é quando eu começo a chorar, basicamente porque não entendo por que todo mundo está gritando e por que o magrelo queria me machucar e por que a gerência mudou de ideia e me quer fora da minha casa.
– Mas eu sou o pássaro Liver da Estação Lime Street – sussurro.
Eles param de gritar. Elisabeth e Jenny Jones caminham em minha direção.
– Sinto muito por deixá-la brava. A Rainha não respondeu ainda – digo a Elisabeth.
– Não, bonequinha – Elisabeth diz. Sua voz é quase um cochicho enquanto se abaixa ao meu lado. – Não estou brava com você.
– Vão continuar mandando gente – cochicho.
– Ela está certa – Jenny Jones diz. – Se eles querem que ela saia, vão continuar mandando valentões.
Vejo Elisabeth olhando atravessado para Jenny Jones. – É só a gerência encrencando. Vou arrumar isso. – Ela se vira para Jenny Jones.
– Fique com Martha e guarde suas opiniões para si mesma. Vou ligar para Londres. Vou dizer a eles o que penso. E vocês dois... – Ela fica de pé e aponta para Peter Barrymore e Gary Baggot. – Vocês dois vão para a porta ao lado e esperem lá. Não terminei com vocês.
Então, antes que eu possa falar, as pessoas se movem ao redor e eu fico sentada no chão com Jenny Jones assobiando "What's New Pussycat?" e enchendo a chaleira com água.

A pergunta que Martha Perdida escreveu num pôster
que foi preso num painel ao lado da Plataforma 6:

Quem sou eu?

É claro que Elisabeth arrumou tudo. Ela ligou para a gerência, contou a eles sobre o ataque e disse que a polícia vinha tomar depoimentos. A gerência disse a ela para não denunciar o ataque à polícia. Elisabeth disse a eles que dois estranhos ameaçarem atacar uma garotinha tinha de ser denunciado. Elisabeth nunca mencionou que sabia que a gerência estava por trás da ameaça. Ela contou a eles sobre os "rumores" que ouviram e os deixou a par de algumas coisinhas. Elisabeth apostou comigo um bolinho com cobertura que ninguém ia aparecer para mudar a fechadura. Ela estava certa, mas ainda assim recebi um bolinho com cobertura.

Peter Barrymore e Gary Baggott voltaram ao achados e perdidos com Elisabeth e Jenny Jones. Nenhum dos dois olhou para mim; falaram olhando para o chão e pediram desculpas. Jenny Jones mandou eles se sentarem do lado de fora do quiosque dela pelas três semanas seguintes. Vão ficar fora do meu caminho, mas se algum valentão aparecer durante o dia, vão saltar e usar aquele bastão de críquete para me proteger. Não sei se isso faz com que eu me sinta protegida ou não.

Elisabeth diz que seria melhor se eu fizesse uma arma para mim, para quando os outros valentões aparecessem, só em caso de eles passarem por quem estiver de olho em mim. Ela disse que a gerência certamente mandaria mais alguém em uma semana mais ou menos. Disse que eu deveria pedir ao meu remetente anônimo de livros o número do meu Seguro Social e a certidão de nascimento agora mesmo, mas eu decidi que não vou fazer isso já. Só preciso de um pouquinho mais de tempo. Só tive três livros, apenas dois livros maravilhosos cheios de palavras escritas à mão, e só preciso descobrir o máximo que puder sobre meu passado antes de o remetente anônimo de livros desaparecer. Essa pode ser minha única chance de descobrir quem eu sou. Então eu faço uma arma. É um guarda-chuva com uma dentadura presa na ponta, com contas, pequenos sinos e lantejoulas costuradas por todo o tecido. Acho que algumas das lantejoulas podem se soltar se eu abrir o guarda-chuva. Está lá no andar de cima, debaixo do balcão. Vou mostrar mais tarde para Elisabeth.

Neste momento estou sentada no terceiro degrau do fim da escada em espiral lendo outro livro que George Harris encontrou. A dedicatória do livro diz: "Estava convencido de que você pouco se importava comigo, agora tenho esperança de estar errado." Desta vez ele pagou a pequena taxa para que eu pudesse ficar com o livro. O degrau não é dos lugares mais confortáveis para se sentar. O metal está frio através da minha saia. Queria ter almofadas aqui embaixo, mas não as tenho por medo de que os ratos abram buracos nelas e entrem aranhas ou algo assim. Meu bule de chá está vazio e eu estou correndo para chegar ao final do capítulo antes de ir encontrar o William. Não gosto de parar de ler antes de chegar ao final do capítulo.

Então escuto batidas. Uma batida alta, como a batida de um martelo, e não a de um punho delicado. Parece estar vindo de trás dos livros. Eu fecho meu livro, mesmo não estando no final do capítulo, e fico de pé.

Toque. Toque. Toque. Toque, toque, toque.

Eu desço os degraus que faltam e paro de pé no porão. Arrasto passos mínimos em direção de onde parecem vir as batidas, mas então paro de andar.

– O Diabo – cochicho. – A Mãe estava certa.

Toque. Toque. Toque. Toque, toque, toque.

Arrasto mais dois passos e alcanço a parede de prateleiras, a parede de livros. A batida parece vir de trás dos livros. Eu hesito. As batidas continuam – estão mais altas, mais frequentes e raivosas. As prateleiras estão lotadas. Não há fresta para espiar. Essas prateleiras estão cobertas de lombadas laranja. Meu olhar desvia para as lombadas enquanto tento me lembrar de quatro histórias de um livro com um título longo demais, mas então as batidas me fazem saltar de volta ao momento.

    Percebo que as batidas não vão parar, então começo a remover alguns dos livros da prateleira. Eu os empilho longe das prateleiras, perto da base da escada em espiral e, com as prateleiras vazias, percebo que elas estão presas a um forro, e não à parede. Tento mover a estante levemente, só para ter um vislumbre, só para ver o que há por trás. Com toda a minha força eu agarro o canto da estante e tento puxá-la. Não se mexe, nem de leve. Minha única escolha é remover mais alguns livros.

    Removo todos os livros que restam com lombada laranja, e então metade de uma prateleira de livros com lombada roxa. A estante está quase cheia pela metade, o caminho para a escada de metal é difícil de atravessar e meus dedos estão cobertos com uma fina camada de poeira de livro. Eu espirro e espirro novamente. Agarro o canto esquerdo da estante com minhas duas mãos. Movo a estante um pouquinho. Caminho até o vão e espio atrás da estante. E é então que vejo onde o Diabo estava batendo.

    Vejo uma porta de metal.

Leva uma eternidade para remover os livros que restaram na estante. Criei pilhas arrumadinhas de lombadas coloridas. As leves variações de uma cor começam de desbotada para viva. A maioria dos livros parece ter um tom de laranja, ainda assim são as lombadas roxas que me empolgam mais. São achados mais raros, de autores com nomes que eu luto para pronunciar. Mas felizmente Stanley nunca fica cheio das minhas perguntas. Às vezes eu acrescento um sotaque francês em palavras difíceis. Parece fazê-las rolarem da minha língua. Eu me pergunto se sou francesa.

    Há setenta e cinco livros aqui que eu nunca li e um livro na biblioteca que eu li duas vezes – tem dois marcadores feitos à mão, duas memórias para me levar de volta àqueles momentos de leitura. Há duzentos e três livros que comecei, mas não terminei. Às vezes acho que tudo bem conhecer personagens e criar a própria história para eles. Sei com certeza que há duzentos e três livros porque costumo anotar, pequenas marcas no painel falso debaixo do balcão lá em cima, mas sem títulos. Se um personagem é morto ou ferido de alguma forma e não fico feliz com isso, eu volto até logo antes dos acontecimentos terem uma virada ruim. Então releio aquele parágrafo, daí coloco o livro na posição correta na prateleira. A primeira vez que fiz isso foi quando li *Tess of the d'Urbervilles*.

Acho que eu poderia ter tirado os livros das prateleiras. Eu poderia tê-los empurrado numa enorme pilha no fim da escada em espiral. Acho que eu podia ter desarrumado eles todos e aproveitado bem a tarefa de criar a biblioteca novamente. Mas é tudo questão de respeito; é questão de ver a beleza deles.

Quando todos os livros forem removidos, eu posso agarrar as prateleiras e puxar a estante para longe da porta de metal. Estou coberta de poeira e cheia de pânico. Espero um bando de ratos pretos pularem para fora. Quase posso sentir seus olhos amarelos em mim. Quase posso senti-los esperando para dar o bote. E se é para ser completamente honesta, essa não é a primeira vez nos últimos cinco minutos que considerei que o Diabo pode ser um rato gigante, e nesse momento meu corpo todo está tremendo com a possibilidade de estar prestes a ficar cara a cara com ele.

Com a estante deslocada, eu olho para a grande porta de metal. É um retângulo perfeito, sem marcas, não há uma placa presa a ela declarando: "CAMINHO PARA O INFERNO." Estou levemente aliviada de que não haja placa. Em vez disso, há uma maçaneta redonda de metal e uma fechadura. Obviamente, se há uma fechadura, há a necessidade de me abaixar e olhar pelo buraco. Minha lógica é que, se o inferno está do outro lado da porta, então vou ser capaz de ver as chamas pelo buraco.

Então me ajoelho – e estou de fato segurando a respiração – e movo meus olhos para olhar pela fechadura. E é quando eu grito o grito mais alto que já saiu da minha boca.

Há um olho espiando pela fechadura diretamente para mim. Eu juro que é amarelo. Juro que é o Diabo. Juro que a Mãe estava certa e estou a um passo de ter a carne sugada dos meus ossos. Então faço o que eu deveria ter feito quando ouvi pela primeira vez a batida. Fico de pé. Eu salto sobre a pilha de livros e corro.

Eu grito enquanto corro subindo a escada em espiral, mas gritar e subir a escada requer muito fôlego, então fico ofegante ao chegar ao topo. Corro pelo achados e perdidos até estar de pé do lado dos clientes do balcão. O relógio na parede me diz que são quase oito da noite, quase hora de encontrar William, mas parada no achados e perdidos eu me encontro tremendo. Não estou pronta para me juntar ao Diabo e seus filhos no Inferno; eu não quero passar meus dias com um rato preto gigante.

Dou pequeninos passos para ficar com as costas na porta da frente de vidro. Olho na direção da porta que leva aos porões, mas estou tentando descobrir do que preciso para me armar. Acho que meu guarda-chuva com dentaduras, lantejoulas, sinos e contas talvez não seja útil contra o Diabo. Talvez nem um guarda-chuva normal da caixa de guarda-chuvas perdidos ou um bastão de hóquei da caixa de bastões de hóquei perdidos seria melhor. Queria que houvesse uma caixa de espadas perdidas. Ambas as caixas estão na extrema esquerda da sala, perto do bule. Não estou certa se minhas pernas ainda funcionam. Coloco as mãos nas bochechas – parecem quentes, e eu aposto que meu rosto é um grande e vermelho inchaço. Minhas roupas estão cobertas de poeira e teias de aranha, e minha respiração está desregulada. Percebo que estou ofegante como um poodle, mas também odeio a ideia do Diabo colocando suas patas de rato nos livros encontrados. Não aguento a ideia dos livros estarem perdidos e sozinhos e descartados novamente. Eu os decepcionei. Eles acham que eu os abandonei. Ainda assim estou presa, de castigo e estou irritando a mim mesma. Começo a pensar no Diabo bagunçando minhas pilhas de livros com lombadas de arco-íris. Começo a me perguntar se ele está subindo as escadas para o achados e perdidos agorinha mesmo. Começo a pensar se ele está prestes a sugar meu... Há uma batida na porta de vidro atrás de mim. Eu grito. Mergulho no chão. Eu me deito parada e finjo estar morta.

Segunda manobra. Estou segurando a respiração, assustada demais para respirar caso meu corpo se mova e o Diabo imagine que estou fingindo. A batida não acontece novamente, então imagino que eu tenha enganado o Diabo, mas então escuto uma voz. É um pouco abafada – está do outro lado do vidro, e estou deitada com meus pés tocando a porta de vidro. Minha cabeça no centro do achados e perdidos.

– Bonequinha, o que está fazendo? – escuto.

Fico parada me fingindo de morta; não vou cair num dos truques dele. A Mãe me avisou sobre tentação e trapaças e o quão astuto o Diabo pode ser. Mas é então que escuto Elisabeth rindo. Juro que ela vai fazer xixi na calça – as risadas são daquelas de mexer mesmo a barriga. Nunca ouvi a risada dela assim antes. Não posso evitar de sorrir, mesmo sendo um sorriso trêmulo.

Lentamente eu movo minha cabeça da posição de "olhar para o chão e me fingir de morta" para a esquerda. É só um leve movimento; estou torcendo para que não seja detectada se o Diabo estiver tentando me enganar, apesar de estar me sentindo menos desconfiada disso agora, porque acho que nem o Diabo poderia imitar a risada de Elisabeth. Abro os olhos e dou uma rápida olhada na porta de vidro. Por sorte, meu cabelo caiu sobre meus olhos, então estou olhando através do cabelo e percebo que posso ainda estar fazendo a coisa de me "fingir de morta". Elisabeth se inclina, está usando sua calça amarela Capri e ri como uma tonta. Levanto minha cabeça do chão, depois os braços, e em seguida estou sentada de pernas cruzadas encarando o vidro. Estou vendo Elisabeth saltitando.

Ela se junta a mim no chão, numa posição que imita a minha. A porta de vidro ainda está fechada e entre nós. Elisabeth não fala nada; em vez disso, está fazendo caretas. Está feliz, está triste, está confusa, surpresa, brava. É a melhor pessoa que já conheci.

– Eu estava me fingindo de morta – cochicho me inclinando para frente em direção ao vidro.
– Por quê? – ela pergunta. Ela parou de fazer caretas.
– O Diabo – cochicho, e é quando os olhos de Elisabeth mudam de felizes para tristes.
– Que tal me deixar entrar, bonequinha, e eu te faço um belo chazinho?
– O chá vai fazer o Diabo cair fora? – pergunto. Elisabeth assente. Então fico de pé, destranco a porta e deixo Elisabeth entrar.
– William – eu me lembro. Eu olho para a plataforma, mas não posso vê-lo. De repente tenho medo de que se perdê-lo um dia ele possa nunca mais voltar. Vai ficar com fome e odeio pensar nele com fome ou achando que eu o abandonei.
– Não se preocupe – Elisabeth diz. – Depois deixo para ele uma fatia de bolo de limão e um sanduba.

Mas é quando escuto a batida novamente. E é quando grito novamente. E é quando vejo a boca de Elisabeth se mexendo e dizendo palavras que não posso ouvir e seus olhos estão mais esbugalhados do que jamais os vi. Só posso ouvir meu coração martelando na minha cabeça e o eco do meu grito seguindo e seguindo no achados e perdidos. É como se eu fosse uma grande estrela da ópera, capaz de manter uma nota para sempre.

Mas claro, eu paro de escutar meu coração e meu grito ecoando, porque Elisabeth parece tão empolgada de uma forma boa, em vez de uma forma assustada. Ainda posso ouvir as batidas. É um padrão – três batidas separadas, então três batidas bem juntas. O padrão é repetido seguidamente.
– Código morse – cochicho. – O Diabo sabe código morse.

A batida é tão alta que posso ouvi-la no andar de cima e num outro cômodo. Olho para Elisabeth.
– Você escuta, não? – pergunto. Elisabeth assente, e então eu digo: – É o Diabo, ele veio atrás de mim.

– Não, bonequinha, está falando besteira – Elisabeth diz. – É alguém batendo para poder entrar.

Olho para ela como se ela fosse lelé da cuca, porque eu obviamente sei disso, mas é o Diabo querendo entrar. Ela ergue uma sobrancelha para mim e eu dou de ombros. Não tenho ideia do que fazer a seguir.

– De onde vem? – Elisabeth pergunta.
– Da porta de metal. Atrás da estante. Biblioteca – digo. Elisabeth assente.
– Túneis – ela diz. Eu faço que sim. – Pode ser alguém da gerência. Que tal a gente pegar uns tacos de hóquei e ir dar um alô? Então nós vamos, e o taco de hóquei que pego tem forma de J. Coloco no balcão e deixo meus dedos brincarem pelo bastão. Posso sentir como foi construído. Meus dedos encontram o gancho curvado na ponta de jogar, eles dançam pela superfície plana do outro lado e então na superfície curva do verso. Eu levanto o bastão do balcão, e meus olhos se fecham. Nunca jogaram com esse taco, e ele anseia por jogar. Posso sentir que o taco está triste e posso ver o momento em que foi comprado.

Posso ver um homem – tem barba preta e seus óculos pretos estão presos com fita adesiva na armação. Ele não tem carteira, e suas moedas e notas estão soltas no bolso. É um pai. Isso é um presente, algo extra para sua filha. O pai está empolgado em levá-lo para casa; é aniversário dela no dia seguinte. Ele está na Estação Lime Street. Vai comprar uma passagem. Não pode enfiar as mãos nos bolsos porque está segurando sacos plásticos brancos e o bastão de hóquei. Um dos sacos plásticos brancos está cheio de maçãs e laranjas do mercado St. John, o outro tem três costeletas de porco e dois nacos de bacon – o lanche de sua filha, o café da manhã de aniversário de sua filha. Ele coloca os sacos plásticos brancos e o taco de hóquei no chão. A pessoa na frente dele se vira para deixar o balcão; ela chuta as sacolas plásticas. Pede desculpas, itens espalhados, uma maçã, uma laranja, ele se abaixa para salvar a carne de ser esmagada. A pessoa na bilheteria grita:

– Não tenho o dia todo.

O homem se apressa para se levantar.

– Só ida para Edge Hill – ele diz. Então remexe no bolso buscando troco. Empurra as moedas pelo balcão e espera o bilhete.

– Vai ter de correr se quer pegar o das 5:10 – o atendente diz, então empurra o troco do homem pelo balcão.

Posso sentir o homem em pânico. O bilhete preso entre os dentes, o troco indo para o bolso, ele se abaixa para levantar suas sacolas plásticas enquanto levanta o olhar para ver qual é a sua plataforma. Esqueceu o taco de hóquei. Não está mais à sua vista. Foi chutado atrás de alguém que está duas pessoas atrás dele. Não sei se os outros na fila notaram ou se simplesmente não se importam. Ninguém parece estar oferecendo ajuda. Sou atingida por uma onda de tristeza porque ninguém ajuda...

– Martha? – Elisabeth interrompe meus pensamentos. Eu ergo o olhar.

– Desculpe – digo, cheia de tristeza. Mas não posso focar a minha tristeza por tempo demais, já que as batidas recomeçaram. Juro que estão mais fortes. Elisabeth está rindo, e seus olhos estão cheios de brilho. – Não está assustada? – pergunto enquanto andamos na pontinha dos pés até a escada que leva à minha biblioteca de livros perdidos. Estou tão nervosa que meus dentes começaram a bater. Elisabeth tirou seus saltos, estão no chão ao lado da porta de vidro. Olho para seus dedos do pé cobertos de náilon e me pergunto se ela não se preocupa em pisar numa farpa.

– Não – Elisabeth diz. – Quando a pior coisa imaginável já aconteceu com você, não há mais nada que te assuste.

Eu concordo, mas não consigo encontrar as palavras certas. Queria poder aprender a parar de ter medo. Eu me pergunto se há um livro de respostas adequadas para situações infinitas. Penso no que o livro poderia conter e o quanto eu adoraria lê-lo. Tem de haver algo sobre como lidar com...

– Bonequinha – Elisabeth diz. Eu parei de andar. Elisabeth está sorrindo. – Sério? Sonhando acordada agora, neste momento, sua maluquinha? – ela acrescenta. Eu apresso o passo para ficar ao lado dela no topo das escadas. A luz já está ligada, então não há necessidade de eu ir primeiro e saltar o corrimão para puxar a cordinha. Claro, Elisabeth vai na frente com seu taco de hóquei guiando o caminho e sua outra mão agarrando o corrimão que se curva pela escada em espiral. Estou segurando o taco de hóquei, torcendo para não terminar batendo na cabeça do Diabo com um taco de hóquei de uma garotinha. Essa seria uma má lembrança para dar ao taco. Chegamos ao fim da escada. Elisabeth solta o corrimão e leva um dedo aos lábios, me dizendo para ficar quieta, porque claramente ela não faz ideia de que minha voz parou de funcionar há alguns minutos. Ela entra na minha biblioteca de livros encontrados, então joga o taco de hóquei no chão. Faz um baque. Elisabeth rola para a frente, evitando os livros empilhados e quase batendo os pés numa prateleira baixa cheia de livros verdes. O rolamento termina com ela histérica caindo com as costas no chão, enquanto eu fico de pé no fim da escada em espiral, tremendo como louca e agarrando meu taco de hóquei.

    Mas não demora muito para eu rir também, e quanto mais eu rio, mais eu desejo ter ido fazer xixi antes de ter descido as escadas. Juro que Elisabeth é a pessoa mais engraçada que já conheci. Ultimamente, tenho visto com mais frequência Elisabeth repleta de felicidade. É como se a cada dia um pouco da tristeza que se esconde em seus olhos estivesse indo embora. E ver esses pedacinhos de tristeza caírem me deixa mais feliz do que nunca. Apenas sei que um dia não haverá mais tristeza dentro dela.

    Elisabeth se ajoelha. Toda a risada parou.
    Toque. Toque. Toque. Toque, toque, toque.
    – Escutou isso? – pergunto apontando para a porta. Elisabeth levanta as sobrancelhas, e nós duas nos esforçamos ao máximo para não rir, o que é um pouco ridículo, considerando que o Diabo ou mais homens com tacos de hóquei podem estar do outro lado da porta.
    – Vou abrir a porta – ela diz, e antes que eu possa dizer qualquer coisa como "NÃO ABRA A PORTA!", Elisabeth está em frente à porta de metal, segurando a maçaneta, virando e...

"Trancada", ela diz, então ri novamente. "Parece que nem o Diabo nem a gerência vão aparecer para um chazinho hoje." Mas eu já estou na metade do caminho das escadas, puxando a caixa de papelão que está na segunda prateleira do lado direito do achados e perdidos, a terceira caixa da esquerda, e já estou com a caixa descendo de volta pela escada em espiral para minha biblioteca. Elisabeth ainda está de pé na porta de metal com sua mão agarrada na maçaneta. Ela se vira para olhar enquanto eu carrego a caixa para ela e coloco a seus pés. Ela olha para a porta, então de volta ao meu rosto.

"Chaves?", Elisabeth pergunta.

– Chaves perdidas. Centenas delas – digo.

– Que saco – Elisabeth diz.

– Vou encontrar a certa.

Elisabeth assente. Eu me sento no chão de pedra e enfio minha mão na caixa de chaves perdidas. Deixo meus dedos dançarem sobre elas. Quando meus dedos tocam nas pontas das chaves, minha mente é tomada por imagens. Uma garota sendo carregada sobre o ombro de um homem, remexendo para virar a chave numa fechadura de uma casa novinha enquanto seu novo marido faz uma piada sobre o peso dela; uma chave num pedaço de corda ao redor do pescoço de uma menininha; uma chave para a casa do vizinho sendo usada enquanto o vizinho está no trabalho; a chave para um armário que contém mais dinheiro do que já vi na vida. Centenas de imagens passam pela minha mente. A Mãe aparece com a chave para uma caixa que nunca vi antes. Fico na chave da Mãe um pouco de tempo demais.

– Bonequinha? – Elisabeth diz. Ela deve ter visto minha hesitação. Levanto a chave da Mãe e coloco no chão. Elisabeth a pega.

– Não é essa – digo, antes de remexer de volta na caixa. Não demora muito até eu tirar uma chave. Não é extravagante, apenas uma chave simples de metal. Uma imagem da porta de metal salta na minha mente. Seguro a chave. Elisabeth a pega da palma da minha mão, com cuidado para não fazer nossos dedos se tocarem.

– É esta? – ela pergunta, a chave presa entre seus dedos, e eu faço que sim. Ela pega a chave e se vira para a porta. Ainda estou sentada no chão, então posso ver que a chave entra na fechadura. Ela assente – a chave serve. Vejo-a virar a chave. Escuto um clique quando ela vira a maçaneta. A porta abre lentamente. Acho que range. Acho que estou prendendo a respiração. Quando a porta para de se mover, eu olho para o espaço vazio, meus olhos tentando se ajustar à escuridão. Não há olhos amarelos espiando de volta para mim, não posso ver um rato gigante pronto para o bote, não há valentões enviados pela gerência. Na verdade, não consigo ver movimento algum. Parece a entrada de um túnel, e a lufada de ar frio que me atinge me faz estremecer. Eu fico de pé. Elisabeth não falou nada. Posso ver que ela está tentando imaginar para onde a porta leva, mas estou desesperada para saber se há alguém nos observando.

"Acha que deveríamos explorar?", Elisabeth pergunta, e eu balanço a cabeça.

"Qual é a pior coisa que poderia acontecer?", Elisabeth indaga. Eu fico de pé.

Estou pensando em estupro, assassinato, afogamento, ser enterrada viva e meu rosto comido por ratos, mas não digo nada, então Elisabeth parece achar que isso é uma confirmação de que eu quero explorar. Ela se virou e está olhando pela biblioteca.

– Tem uma lanterna? – Elisabeth pergunta. Sua voz ecoa pela biblioteca e sai pelo túnel. Mas antes de eu ser capaz de responder, a voz de Cilla Black toma a biblioteca, me fazendo saltar e fazendo Elisabeth dar gritinhos de prazer.

"Ai, bonequinha, eu amo essa música pra caramba", Elisabeth diz, correndo na escuridão.

– Espere! – grito. Entro no túnel e faço Elisabeth parar de correr e parar de cantar com Cilla Black. O ar é frio de doer; a umidade penetra por minhas roupas e me faz estremecer. Acho que nunca vou ficar quentinha de novo. O túnel estreito é como uma caverna, com ecos sinistros que me arrepiam.

– O quê? Não conhece essa? Você é minha... – Elisabeth começa.
– Não deveríamos fazer isso – digo. – Não deveríamos estar aqui.
– Onde está seu espírito de aventura? – Elisabeth pergunta.
– A Mãe estava certa. O Diabo vive no porão. Está nos atraindo com Cilla Black – digo.
– Bonequinha, me escute, se o Diabo estivesse tentando nos atrair, ele não usaria nossa Cilla. Cilla é o anjo de Liverpool.
– Elisabeth, não minta. Não está nem um pouquinho assustada? – pergunto.
– Não – ela diz, e então está cantando com Cilla de novo e me vejo sem alternativa a não ser segui-la na escuridão.

Viramos numa curva no momento em que entramos no túnel, então não há luz vindo de parte alguma. Elisabeth se apressa, e eu tento desesperadamente arranhar e fazer marcas nas paredes para quando corrermos por nossas vidas. Cilla para, e a voz de um homem retumba.

– Tom Jones! – Elisabeth diz. – Eu realmente gosto de um galês.

Eu não respondo. Estou ocupada demais tentando contar os passos e deixar marcas, enquanto me preocupo em quanto tempo temos até que sejamos sugados para a morte por um rato gigante. Eu juro que estamos num labirinto de túneis e corredores. Esses túneis são um reino de arenito debaixo da cidade, túneis perdidos escondendo passagens que levam a lugares desconhecidos. Eu toco meu nariz – ranho escorre dele. Há uma onda de calor lá fora, ainda assim nos túneis o frio faz as pontas dos meus dedos congelarem e meu nariz escorrer conforme andamos. Não tenho desejo de girar por esses túneis. A escuridão está nos cobrindo. Eu estremeço. E se nunca mais virmos a luz? Eu me pergunto se entramos num mundo diferente. Eu me pergunto se o inferno é mesmo gelado e se o Diabo é realmente um Rei da Neve. Esfrego o nariz na minha manga.

– Use o papel higiênico – Elisabeth grita. Eu reviro minha manga e pego o papel higiênico. Limpo o nariz novamente e me apresso em seguir Elisabeth. Meus pés estão úmidos, já que há uma camada de água cobrindo partes dos túneis. A água penetra pelo arenito e agora pelos dedos do meu pé. Não posso evitar de me perguntar se é dos banheiros públicos da estação. O túnel tem cheiro de xixi. Não posso evitar de me perguntar o quão encharcada a meia de náilon da Elisabeth deve estar. Ela está cantando com Tom Jones e eu imagino que esteja balançando sua traseira com as batidas do refrão.

"A música me salvou", Elisabeth grita.

– Do quê? – grito.

– De uma época em que... – Mas Elisabeth não conclui, porque naquele exato momento viramos numa curva e damos com a luz.

Estamos num cômodo. Estamos na sala de estar de alguém, porém de certa forma não estamos. Meus olhos estão se acostumando à luz, mas ao mesmo tempo não quero piscar, já que há um banquete de itens na minha frente e eu tenho medo de piscar caso eles desapareçam.

Quinquilharias estão empilhadas pelas laterais do cômodo; na verdade, acho que é mais como um túnel mais largo que foi transformado em cômodo. Tem uma forma de garrafa; pelo menos dez vezes o tamanho do achados e perdidos. É largo no fundo, onde estamos, formando um pescoço mais estreito. Quer dizer, não há porta para entrar e não posso ver uma para sair. As laterais do cômodo, acho que são paredes do túnel, têm um tipo de prateleira. Então, além de estarem enfileirados nas paredes, alguns itens são exibidos em prateleiras tortas. Nada combina, mas parece haver uma ordem. Posso ver antigas garrafas de diferentes cores e tamanhos. Há pratos e pedaços de pratos – todos parecem ter uma estampa com salgueiros azuis e brancos. Todo item é sujo, enlameado, bonito. Há montes de ferraduras de diferentes tamanhos, louça de barro quebrada que parece ter sido colada, e posso ver algumas máscaras de gás antigas. Há ossos, garrafas de cerveja de gengibre, potes de geleia, potes de tinta, frascos de veneno, garrafas de suco de limão Rose, garrafas Codd – há coisa demais para ver.

– Conchas de ostras – digo apontando para centenas de conchas sujas empilhadas no chão, perto da coleção de garrafas de cerveja.

– O banquete de um homem pobre – Elisabeth diz. Seus olhos dançam pelo cômodo: estamos as duas tentando entender o que encontramos. Na parede da direita está uma placa de abrigo antiaéreo da Segunda Guerra Mundial. Mas então a música começa novamente. Não está neste cômodo, mas já sei que vem de perto.

E é então que Elisabeth e eu olhamos uma para a outra. Elisabeth levanta as sobrancelhas; eu faço que sim. Sei que não temos escolha a não ser seguir a música até sua fonte. Vejo que Elisabeth não está mais sorrindo. Nenhuma de nós tem a menor ideia do que está acontecendo. Minhas mãos estão suadas de agarrar o taco de hóquei, mas de certa forma meu medo foi embora. Isso não parece obra do Diabo, e não vi nem ouvi nenhum rato desde que chegamos aqui.

Elisabeth tosse para atrair minha atenção, então começa a seguir em frente. Eu a sigo. Não estamos caminhando rapidamente, já que nossos olhos vão da direita para a esquerda. E é aí então que vejo. Eu paro. Elisabeth continua caminhando em frente. Está seguindo em direção à saída estreita, mas eu estou caminhando de lado em direção à parede esquerda. Caminho em direção a uma poltrona, um abajur alto, metade de um bufete e uma mesa de jantar com uma cadeira solitária nela.

E lá, sobre a mesa, que tem apenas três pernas sólidas, há uma casa de bonecas. Eu a alcanço sem me virar para ver se Elisabeth ainda está no cômodo. A parte da perna perdida da mesa parece estar apoiada com um cabo de vassoura. A casa de bonecas tem um formato retangular, não tem telhado, mas há luzes dentro. Há luzes em todo esse cômodo. Eu me pergunto como é possível, mas só por um momento. Estou atraída pela casa de bonecas. Eu me abaixo ao lado da mesa para dar uma olhada melhor dentro. E percebo, quando me aproximo, que a casa de bonecas não é de fato uma casa de bonecas, é uma réplica em miniatura da Estação Lime Street.

Então olho ainda mais perto e vejo que não é uma réplica de toda a estação. Há o achados e perdidos mas não o apartamento no andar de cima. Há o café da Elisabeth, minha biblioteca de livros encontrados e túneis levando para onde eu estou agora. Então posso ver a Plataforma 7 e o banco do lado de fora do escritório de achados e perdidos. O nível de detalhes é de tirar o fôlego. O achados e perdidos tem o número exato de prateleiras; há minúsculas caixas de papelão com pequenas etiquetas. Numa delas, quando retiro da prateleira, está escrito "tacos de hóquei". Na minha biblioteca de livros encontrados as prateleiras têm livrinhos minúsculos e são todos arrumados conforme as cores do arco-íris. Eu apenas sei que há miniaturas de cada livro que tenho. Eu não me importo que alguém tenha explorado o escritório de achados e perdidos e os porões. Gosto que alguém já tenha estado na minha biblioteca de livros encontrados. Há até uma porta de cor prateada que está aberta e duas minúsculas figuras no quarto em forma de garrafa. Coloco o taco de hóquei no chão e pego uma das figuras. Ela tem longos cabelos pretos num penteado desarrumado, como eu; seus olhos são castanhos como os meus. Acho que eu deveria estar tremendo, acho que eu deveria estar surtando, acho que eu deveria estar gritando e correndo de volta para minha biblioteca e fechando aquela porta para sempre, mas o que estou sentindo não é medo. É admiração, é gratidão, é o fato de que no minuto que peguei a minieu, eu soube quem a havia criado.

Escuto um fungar. Eu me viro levemente para ver Elisabeth. Ela se inclina sobre a criação, lágrimas pingando nela. Ela limpa as lágrimas.

– Tão lindo – ela diz. Ela pega a miniversão de si mesma e a leva até o seu café. É uma réplica perfeita do café. Ela abre uma pequena gaveta para encontrar facas em miniatura e garfos nela, outra tem cópias minúsculas de contas que ela tem evitado.

"Como?", Elisabeth pergunta, mas ela não precisa de uma resposta. Eu me viro em direção à entrada estreira. Aceno para onde temos de ir. Elisabeth acena de volta.

"Não está assustada, bonequinha?", ela pergunta. Coloco a mão no bolso e corro os dedos sobre o soldado de cavalaria das antigas.

Entramos num novo cômodo. Ainda assim, não é como nenhum cômodo que eu tenha visto antes. O espaço é vasto, possivelmente com sete metros de largura e pelo menos trinta de comprimento. Enormes arcos com no mínimo vinte metros de altura oferecem passagem para diferentes túneis, ainda assim, não tenho pressa para investigá-los. Parada na base desse cômodo, eu sinto como se estivesse num salão de baile palaciano subterrâneo. A área é dividida em diferentes partes, ainda assim, em vez de paredes sugerindo divisões, há mudanças na decoração. Meu olhar corre ao redor. O espaço é incrível. É como uma casa, mas sei que é um túnel e duvido que já tenha sido limpo. Acima da minha cabeça está pendurado o maior globo espelhado que já vi. É feito com fragmentos de espelhos misturados com fragmentos de vidro colorido, e eles emitem luz ao redor dessa área do salão.

À frente de nós há uma área com uma mesa, na qual há um velho gramofone. Ao lado dele há uma antiga poltrona, na qual está sentado um homem. O homem não levanta o rosto para reconhecer nossa presença em seu lar. Há uma vara de pesca aos seus pés.

– Bonjour, William – digo. Estou sorrindo. Elisabeth está ao meu lado. Ela não falou nada desde que entramos. William não olha na minha direção. Eu não sei se ele está bravo porque invadimos seu espaço, um espaço tão maravilhoso que esse homem criou ao longo do tempo e com paciência.

Onde William está sentado, naquele segmento específico do espaço, há um cômodo cheio de mobília e ornamentos e fotografias. Parece uma velha saleta e não combina com o globo espelhado sobre nós. Há uma enorme mesa de jantar – está preparada para um lanche para três pessoas. Eu perco o ar.

– O que é isso? – Elisabeth cochicha.

– Onde William está sentado, eu já vi esse cômodo antes – digo.
– Como? – Elisabeth pergunta. – Você nunca deixou a Lime Street.
– Aqui dentro – digo, batendo na minha cabeça, então pego o soldado solitário do meu bolso. Não posso formular uma explicação, mas Elisabeth entende e assente.
– Ele construiu uma réplica de onde certa vez ele viveu? – Elisabeth pergunta. Eu a escuto fungar novamente. – Sinto muito – ela diz. – A última coisa de que ele precisa é da minha piedade, mas...
Eu viro meu olhar bruscamente para as outras áreas. Um espaço com privada, uma cozinha, quatro quartos mesmo que ele só precisasse de um. Ainda assim, no meio dessa obra de arte brilhante, do mais belo tributo a seus pais, há o maravilhoso William.
William está sentado em sua poltrona. Está fingindo não poder nos ver. Ter visitantes claramente não é o costume. Está figindo ler uma revista em quadrinhos de 1940, e isso esconde seu rosto e então não podemos ver se ele está bravo com a gente.
Eu tusso.
Sem reação.
Eu grito.
– BONJOUR, WILLIAM!
William salta de sua poltrona. Seu cheiro azedo permanece no ar. Nos encaramos, ninguém ousa dar aquele primeiro passo à frente. Somos estranhos, ainda assim dividimos tanta coisa.
– William – digo. – Obrigada por isso. – Seguro o soldado solitário da cavalaria no ar. – É o presente mais precioso que já recebi – revelo.
William não fala.
– Sei o quanto é importante para você. Sei como foi dado por seus pais pouco antes...
– Sou William – ele diz, movendo-se pelo cômodo em nossa direção. Seu cheiro chega a nós antes dele, ainda assim ele vem mais próximo e eu estendo minha mão para ele. Elisabeth perde o fôlego.

– Você nunca dá as mãos – ela diz.

– Esta é uma ocasião especial. William tem uma voz – digo para Elisabeth e então para William: – Eu sou Martha. – Cumprimento a mão suja de William. Sua pele tem textura de areia.

– Você é o bebê perdido – ele diz lentamente. – Eu te vi. Sendo deixada.

Eu solto sua mão.

William se vira e aponta para uma grande mesa de jantar, então se vira e aponta para mim, então se vira lentamente para apontar para Elisabeth. Seus gestos são lentos e grandiosos.

– Você pôs a mesa para nós, William? – Elisabeth pergunta e William assente.

"Bem, é muita bondade da sua parte. Que tal fazermos um piquenique aqui esta noite?", Elisabeth indaga, e William assente novamente.

Numa era utilitária, acima de tudo, é uma questão de grande importância que os contos de fada sejam respeitados.

Charles Dickens

Então meu conto de fadas continua. Essa parte ocorre em agosto, ainda em 1976 e ainda num tempo quando gigantes podiam ser amistosos e dragões podiam ser domados. Talvez seja a Parte Sete da história da minha vida.

Agora mesmo estou parada na entrada do achados e perdidos. Há um homem usando o telefone público na frente da Plataforma 6, perto do painel. Não consigo ver seu rosto, apenas suas costas e sua bagagem, evitando que a porta da cabine telefônica feche. Está gritando, e seu sotaque é diferente de qualquer um que eu já tenha ouvido.

– É, cara. Bom dia, Graham. Max Cole relatando.

Ele para de falar. Eu queria poder ouvir o que a outra pessoa está dizendo.

– Nada mal, acabei de chegar em Liverpool.

Ele diz Liverpool de uma forma esquisita, então ri.

– Muito, cara. Não faço ideia de que dia ou horas são. Queria chegar aqui e marcar logo nossa reunião. Melhor que cuidemos da autenticação o quanto antes, sim?

Olho para Jenny Jones. Ela está inclinada para fora do quiosque, olhando também as costas do homem.

– Jenny Jones – grito e aceno quando ela olha para mim. Ela faz coisas estranhas com suas mãos, possivelmente o sinal para ordenhar uma vaca, então aponta para o homem ou talvez para a cabine telefônica ou talvez até para a placa. Eu dou de ombros.

– Show de bola. Dez da manhã está bom pra você? Merda, só um segundo, preciso colocar mais dinheiro aqui...

Ele solta o telefone. Bate no chão. Está enfiando as mãos em seus vários bolsos, tentando encontrar algum trocado.

– Alô? Alô?

Está segurando o telefone com uma das mãos e tirando moedas de suas calças com a outra. Ele consegue. Encontra uma moeda e a coloca. Eu junto minhas mãos e grito: – Muito bem! – mas ele não se vira. Eu me pergunto se preciso aprender a gritar um pouco mais alto.

– Desculpe por isso, estava lutando com minhas moedas. Estou semiacordado.

Ele faz uma pausa.

– Não, estou numa cabine telefônica, com toda a bagagem fora...

Ele faz uma pausa. Virou-se agora, mas ainda não consigo ver seu rosto. Está se abaixando, segurando o telefone no ar com uma das mãos, movendo a bagagem com a outra.

– Desculpe por isso, então... sim, fico no hotel Adelphi. Sim, vou perguntar... MERDA!

Ele está tentando se abaixar e virar para olhar para sua bagagem enquanto ainda grita. Ele não parece estar confortável.

– Não. NÃO!

Faz uma pausa.

– Posso te ligar de volta?

E é tudo o que escuto. Minha atenção está no Drac, que está me passando um envelope pardo e tem um enorme sorriso no rosto.

– Outro envelope para você, Martha – ele diz, passando o envelope em formato de livro como se já soubesse o quão precioso é.

– Outro?! – exclamo. Pego o envelope e vou para o banquinho atrás do balcão.

– Assim como os outros. Aposto que é outra resposta para aquele seu pôster – ele diz.

A notícia se espalhou. Todo mundo na Estação Lime Street está falando sobre meus pôsteres e sobre a gerência enviando valentões. Tinha gente entrando no achados e perdidos e dizendo que estava do meu lado, que ia me ajudar a enfrentar a gerência. Eu andava muito sorridente. Sei que deveria estar pressionando por detalhes e documentos que eu preciso para fazer a gerência feliz, mas finalmente estou conhecendo o que é ter prazer. Finalmente eu me sinto segura.

Segurando o envelope, sinto um tremular de nervosismo e alegria, e ambos estão misturados. Alguém se dedicou a ler meu pôster, então escolheu um livro e daí escreveu palavras no espaço em branco disponível, então enviou o envelope que agora está sendo entregue para mim pelo Drac. Não quero que essa comunicação termine, ainda não. Eu olho para o carimbo do correio.

– Carimbo de Liverpool – Drac diz. – Assim como das outras vezes.

Eu concordo. Olho para o nome e endereço no envelope arrumadinho. As palavas estão todas escritas em letras maiúsculas, tinta preta, sem pistas na caligrafia. Eu abro o envelope. Abro o livro, e meus olhos examinam as palavras enquanto viro as páginas. Meus olhos se enchem de lágrimas.

– Tudo bem? – Drac pergunta.

Eu faço que sim.

– Você tem o que precisa para tirar a chefia do seu pé? – Drac pergunta.

– Ainda não – digo, olhos ainda nas páginas. – Ainda há muito tempo: vinte e seis dias. – Minha voz parece entediada, mas eu não estou. Estou olhando a forma como a caligrafia se arredonda.

– Não espere tempo demais – Drac diz depois: – Estou indo nessa. – Drac parte, e eu aceno.

Observo as palavras. Desejo que elas dancem. Desejo que elas mudem para algo concreto. Elas sabem quem eu sou, há conforto nelas. Estou me comunicando com alguém que pode me ajudar com meu número do Seguro Social e certidão de nascimento. Há aquele minúsculo lampejo de esperança dentro da minha barriga. Quero afastá-lo. Não quero esperar.

Eu me pergunto se ainda estou perdida.

Coloco meu livro no balcão. Eu me debruço para ligar o aquecedor a gás; eu o puxei para perto de mim. É verdade que todo o Reino

Unido permanece deleitando-se com uma onda de calor perene, ainda assim, eu esfrego minhas mãos frias. Tento pensar sobre meu dia de trabalho.

Hoje devo tomar uma decisão sobre um isqueiro gravado e um furão morto que parece ter passado por taxidermia – o tempo deles acabou. Mas primeiro eu foco a borboleta perdida.

E é então que ele entra no achados e perdidos.

Eu o sinto me observando. Estou guardando uma borboleta imperador-roxo, uma alma tímida, difícil de capturar, mas guiada por sua necessidade de saciar sua sede. Tenho um livro na minha biblioteca – me contou tudo sobre borboletas. Essa foi capturada, mas não por mim. Meus dedos tremem levemente quando aperto o fórceps. Essa é macho; sua fêmea estaria se escondendo. Eu me pergunto quanto ela esperou por ele. Um alfinete de aço foi inserido pelo centro do seu tórax, e ele seria colocado num painel – não por mim. Tento não pensar sobre o passado dele ou deixar meus dedos o roçarem.

Eu o coloco numa cúpula – camadas de cortiça no fundo, o vidro captura sua beleza. A cúpula tem um fragmento de espelho posicionado para que ele possa ver a si mesmo. Suas asas batem com um reluzir roxo, elas dançam com a luz artificial do escritório. Ele não está mais perdido.

Um homem está parado na porta, a porta aberta. Está parado lá há uns bons cinco minutos, mas eu não ouso me virar ou falar; por enquanto meu foco tem de ser posicionar e proteger o imperador-roxo. Faz oitenta e nove dias desde que a borboleta foi perdida. Hoje foi encontrada.

A cúpula de vidro é segura; eu coloco meus fórceps no balcão. É quando ele fala.

– Por que o espelho, cara? – ele pergunta. Suas palavras são apressadas.

Olho para ele. É alto, cabelo ondulado, preto, caindo sobre os olhos. Seus olhos são de uma cor que nunca vi antes. São do azul mais puro, e fico encarando-o.

— É trágico — respondo. Devolvo meu olhar ao imperador-roxo.
— Como uma borboleta nunca pode ver a própria beleza. Você está perdido ou achado?
— Perdido — ele responde e ri.
— Não há duas borboletas idênticas — digo. O imperador-roxo segura meu olhar. — As leves variações de cor e desenho são difíceis de detectar, mas eu as vejo. Quanta beleza.

Coloco a cúpula com a borboleta na minha mala aberta no chão; mais tarde vou deixá-la viver na livraria de livros encontrados. É uma bela borboleta, e as palavras escritas a mão que acabei de ler carregam ainda mais peso: *"Para você, minha querida Martha, uma borboleta. Me dói que, como as mais notáveis das borboletas, você talvez nunca veja sua verdadeira beleza."*

Sei agora que quem quer que tenha me mandado sabe sobre meus planos para essa borboleta. Quem quer que tenha enviado aquele livro deve estar me observando, mas ainda não posso saber quem poderia ser. É justo dizer que conto a todos que quiserem ouvir tudo sobre os itens que são perdidos, então minha borboleta não é um segredo. Elisabeth certa vez me disse que se algo tem sua história ouvida, então esse algo nunca pode realmente ser perdido.

Eu me viro e olho para o homem. Vejo seus olhos e sei que ele está ansioso. Parece um pouco suado e sem fôlego.

— Sinto muito — digo. — Em que posso ajudá-lo?

— Perdi uma mala. Uma mala muito importante, possivelmente a mala mais importante do mundo. — Já ouvi seu sotaque antes.

— Você acabou de usar o telefone público? — pergunto, e ele assente.

— Está aqui de férias? — indago, olhando a bagagem no chão.

— Trabalho — ele diz, e então: — Bem, pesquisa. Eu escrevo. Cheguei de avião há algumas horas. Bem, quero escrever... Venho da Austrália. A mala contém a chave para tudo.

— Um escritor australiano sem sua pesquisa — digo, e então faço minha expressão mais séria. — Venha se sentar no meu banquinho e me deixe ver o que posso fazer para ajudá-lo.

Escrito por Anônimo para Martha Perdida, em *I Know Why the Caged Bird Sings*, de Maya Angelou, entregue por Drac, o carteiro, ao escritório de achados e perdidos.

Minha querida Martha,
　Meu deleite em ver seu pôster esta manhã me levou a pegar a caneta e tentar aliviar parte da confusão e tristeza que macula seu sorriso.
　Se eu digo que te observo diariamente, não quero te causar medo nem ansiedade, é mais que com minhas visões diárias sinto que sou capaz de oferecer uma descrição sua que é ao mesmo tempo honesta e criteriosa.
　Seu pôster fez uma pergunta simples: quem sou eu? Uma questão que poucos da sua idade iriam verbalizar, uma pergunta não respondida que eu temo que te deixe confusa e solitária.
　Sim, minha querida Martha, é verdade que sua curta vida foi salpicada de tristeza e dor, mas isso não define quem você é. Pois você, minha querida Martha, é uma borboleta. E me dói que, como a mais notável das borboletas, talvez você nunca veja sua verdadeira beleza. Você é sábia, compassiva e cheia de bondade, minha criança. Seu físico delgado, quase de menino, é um presente da sua mãe; sua magia é um presente do seu pai.
　Se eu pudesse ter coragem, eu sugeriria que você não perguntasse quem você é, ou quem você pode ter sido, mas, em vez disso, que você olhe para o seu futuro, para tudo o que você vai se tornar.
　Cordialmente,
　Anônimo X

Quando eu vi um pequenino soldado romano sobre o pequenino banco do lado de fora da maquete da Estação Lime Street, eu sabia que William estaria de acordo se convidássemos George Harris para conhecê-lo. Fizemos isso. Os garotos ficaram meio sem jeito um com o outro inicialmente, mas é assim com todo mundo. Elisabeth diz que somos crianças perdidas, motivo pelo qual o traquejo social não parece importar e por que temos dificuldade em nos adequarmos.

Hoje temos um chá da tarde na mesa de jantar do William, em vez de um chá de piquenique. Estamos todos no túnel do William. Ele está tocando músicas dos Beatles. George Harris ficou além de seu tempo normal; ficou a fim de descobrir mais sobre William. Agora William fala que quer nos contar tudo. Acho que ele apenas quer tentar tirar isso da cabeça. Estamos sentados ao redor da mesa de jantar do William. Ele conseguiu uma cadeira extra; não combina. A mesa está montada para quatro pessoas e há até um suporte para bolo remendado no meio da mesa. Elisabeth e eu passamos horas fazendo guloseimas – sandubas de ovos, carne em conserva, pãezinhos de creme, bolinhos, minitortas de cereja, pãezinhos de queijo, ovos cozidos e mais. Elisabeth trouxe seu próprio bule de chá – é um enorme – e insistiu em trazer louça limpa de porcelana, pratos e talheres. William não parece ligar. Posso sentir que ele está feliz que sempre voltemos. Gostamos de visitá-lo.

Acho que, para estranhos, devemos parecer um bando esquisito. William, em sua longa casaca mal ajustada, o chapéu-coco na cabeça e botas Chelsea nos pés. Sua barba marrom é longa e emaranhada e se retorce na ponta. Ele ainda fede e está sujo. Duvido que ele tenha tomado banho nos últimos anos. Elisabeth senta-se ao lado dele. Ela é glamurosa. Seu cabelo está sempre num coque perfeito, usa calças slim, uma gola rolê preta, um colar de pérolas e sapatilhas de balé. Não há um grão de poeira ou farinha nela. Suas roupas parecem ter sido passadas nela, sem nenhum amassado. Não tenho ideia de como ela pode ser tão perfeita, mesmo correndo pelo café o dia todo. George Harris senta-se na frente de William. Está vestido exatamente como um soldado romano; parece nunca tirar sua armadura para relaxar. Então estou ao lado de George Harris. Uso um vestido vermelho e branco fechado no pescoço estilo rock anos 1950, um pequenino cardigã branco e saltos altos brancos. São um presente de Elisabeth. Ela fez o vestido para mim, junto com uma anágua de tela que assobia quando eu giro. Imagino que, se alguém desse com a gente, ficaria curioso. Somos um bando desconexo, um chá do Chapeleiro Maluco, e ainda assim nos encaixamos perfeitamente.

A conversa é entrecortada. Além da dificuldade de William, continuamos saltando de um assunto para outro. Eu compartilhei *I Know Why the Caged Bird Sings* com todos eles. Leio as palavras escritas a mão e, quando termino, William bate palmas.

– Ela nunca saiu – Elisabeth diz em resposta ao comentário de George Harris sobre a onda de calor chegando ao fim. Há uma aridez agora. Elisabeth me deu um rádio, e eu escutei as notícias esta manhã.

– Vou sair logo – digo. – Só preciso encontrar uma forma de levar a Estação Lime Street comigo. E quando isso estiver resolvido, acho que vou com minha pequena mala detonada vagar por Liverpool. Vou fingir que sou turista.

– Estive pensando – William diz – o que você poderia levar. – Ele busca debaixo da mesa, então senta-se ereto e coloca um grande bloco de arenito na sua frente. É tão largo quanto um prato de comida e alto como uma das xícaras de Elisabeth.

– Onde encontrou isso? – pergunto a William.

– Túneis. Lá embaixo, muito longe, o coração da Estação Lime Street – William diz. – Carregue-o para fora?

– Oh, William – digo –, você está certo. É perfeito. – Tenho de usar ambas as mãos para levantar o pedaço de pedra. Coloco no meu colo. É pesado, e o peso aperta minhas coxas.

– Não acha que vai ser um pouco esquisito carregar isso por aí, bonequinha? – Elisabeth diz, apontando para meu colo.

Sorrio para ela e ela ri.

– Eu poderia ajudá-la a carregar – George Harris diz. Eu olho para ele, mas ele está olhando para a armadura, não para mim. Olho para Elisabeth, ela ri e eu sorrio enquanto olho o pedaço de arenito no meu colo.

– O coração da Estação Lime Street – cochicho. – Obrigada, William – digo me virando para ele. – Não vou colocar na minha mala, vou...

Olho para William, mas ele não está olhando para mim. Olho para os outros. Elisabeth sorri. George Harris sorri também. Mas o rosto de William parece triste, como se sua mente estivesse em outro lugar.

– Onde está sua vara de pescar, William? – pergunto.

– Num lugar seguro – ele diz.

– Rei da Pesca da Estação Lime Street – George Harris diz. Eu rio e Elisabeth ri. William não ri.

– Outras crianças evacuaram. Pequenas malas marrons – William diz. Ele não quer falar sobre varas de pesca. – Algumas mulheres, muitas crianças. As crianças estavam empolgadas. Saindo de férias. Uma fazenda, no País de Gales. Eu não ia. Mamãe e Papai... Mamãe e Papai queriam me manter. Seguro. Com eles.

– Durante a Guerra? – Elisabeth diz, mas não acho que William esteja ouvindo. Está cutucando o pão branco de seu sanduba de ovo com seu dedo encardido. Marcas pretas dos dedos mancham o pão. Eu encaro. Espero que ele não o coma.

– Tinha túneis debaixo da nossa casa. Nenhuma bomba Jerry[*] iria nos ferir. Papai era marinheiro. Marinheiro real, da Marinha Real. Não

---

[*] "Jerry": gíria inglesa para "alemão". (N. do T.)

chegou a ganhar uma medalha, mas era um bom marinheiro. Não teve de lutar novamente. Papai era um herói de guerra. Ele não deixaria coisa ruim alguma acontecer comigo ou com a Mamãe.

– Como se lembra de tudo isso, William? Você era tão novo quando...

– Eu me lembro. Encontrei jornais, nos entulhos...

– Oh, William – Elisabeth diz, mas William não quer solidariedade, quer que suas palavras sejam ouvidas. Não imagino que muitos as ouviram. As pessoas julgam os outros pela aparência.

– Eu assisti. A janela do meu quarto, com redes. Assisti. A família da frente, os Davies, seus filhos, fora da casa, com malas. Havia seis crianças. Meus amigos. Não sabia se os veria novamente.

"Laura e Mary enviaram cartões-postais. De Gales. Eu não sabia escrever ou ler. Pequeno demais. Mas a Mamãe disse que ajudaria e eu podia desenhar uma figura para colocar dentro. Eu tinha cinco.

"Acenei. Laura e Mary, caminhando pela rua. Elas não acenaram de volta. Pequenas malas marrons e máscaras de gás. Estavam empolgadas. Indo para uma aventura. Queria que voltassem logo."

– Uma mala como essa? – perguntei. Aponto para a pequena mala marrom e a máscara infantil de gás que está no aparador. William se levanta, arrastando sua perna esquerda atrás de si desta vez, e as pega. Ainda está falando.

– Um mês. Toda noite a Mamãe enchia panelas e potes com água. Panelas e potes, caso os Jerries viessem nos pegar. Desenhei uma figura todo dia, a primeira semana. Para Laura e Mary. A Mamãe disse que daria para o senhor e senhora Davies. Sem filhos, mais nenhum em nossa rua, em nenhum lugar. A Mamãe riu. Disse que ela e o Papai me salvaram da flauta... do Flautista de Hamelin.

– Tinha ratos? – perguntei.

– Ele não está falando sério, bonequinha – Elisabeth diz, e eu dou de ombros.

– Um dia o sr. Davies veio. Uma carta para mim. De Laura – William continua, e então dizia... que estavam se divertindo. As pessoas lá falavam engraçado. O ar fresco e sem barulho de trânsito. O único ruído que Laura ouvia era de um córrego, da montanha atrás da casa onde ela estava. Eu tentava pensar em como soava um córrego. Não conseguia. Perguntei à Mamãe, ela ligou a torneira, me molhou com a água da torneira. A carta ficou molhada.

William ri. Interrompe a conversa e corre seus dedos sujos sobre a máscara de gás.

– Eles voltaram? – George Harris quebra o silêncio.

– Voltaram – William continua. – Nada de ruim aconteceu no mês. Quando as crianças foram embora. Nenhuma bomba em nossas casas. Ninguém foi morto pelos Jerries. Não perto de nós. A Mamãe disse que era um busto... um embuste. Achei então que talvez a guerra tivesse acabado. As crianças voltaram. Os Davies. Mary e Laura, brincando novamente na rua. A Mamãe disse que eu poderia sair para brincar também. Elas me contaram tudo sobre uma garota na fazenda, disseram que tinha olhos azuis. Cabelo negro. Oito, talvez nove, e costumava dar beijos por um trocado. Mary e Laura estavam chocadas. Fiquei feliz que elas voltaram. Tudo estava normal. Quase normal. A Mamãe e o Papai sugeriram um lanche de aniversário, para meu aniversário. Eu faria seis. Prometeram salsichas. Papai disse que poderia me arrumar algumas. Salsichas por baixo do pano.

– Por baixo do pano? – pergunto.

– Racionamento – Elisabeth diz, e eu concordo.

– Tem certeza de que quer continuar? – pergunto a William. Posso ver que a lembrança o está deixando ansioso. Ele salta de uma bota Chelsea para a outra.

– Então um ataque – ele continua. – Uma bomba, em Prenton, sobre a água. O relato de uma perc... perda. A Mamãe ouviu que era uma empregada alemã. As pessoas estavam, as pessoas pareciam felizes. Porque os Jerries mataram um dos seus. Papai riu, e a Mamãe olhou feio para ele. Laura e Mary, de volta a Gales. Mary era mais velha, tinha quinze. Sem garotos, sem filhos. Quando partiram, Mary me deu um táxi. Um carrinho de ferro londrino, um pouco gasto, mas ainda bom. Ela sabia que era quase meu aniversário. Eu a abracei. Ela disse que queria que eu fosse com elas. A Mamãe e o Papai não queriam uma estranha cuidando de mim. A Mamãe disse que o Papai iria me manter seguro.

"Não tínhamos muito, não como as pessoas agora. Tínhamos as coisas das quais precisávamos. Coisas boas. A Mamãe disse que nossa louça era a melhor. A melhor que o dinheiro podia comprar. Disse que iria usar os melhores pratos para o lanche do meu aniversário. Apenas a Mamãe, o Papai e eu como convidados. Tínhamos uns aos outros. Era tudo do que precisávamos. Tomávamos conta. Conta do que amávamos."

Lágrimas escorrem pelo rosto de William. Elisabeth fica de pé e anda lentamente até ele. Ela estende os braços, e William permite que Elisabeth o segure. Eu observo. Ele soluça, e Elisabeth o mantém seguro.

A pergunta que Martha Perdida escreveu num pôster que foi preso num painel ao lado da Plataforma 6:

Qual é meu verdadeiro nome?

Ligo para o Adelphi quando o relógio da Estação Lime Street badala com o jornal das dez. Charlotte atende o telefone. Trabalha na recepção do Adelphi, mas na maioria das quintas-feiras ela toma seu chá no café ao lado. Elisabeth diz que ela é uma suburbana e meio que uma rapariga no tempo livre. Ela me passa para Max Cole, para que eu possa dar a boa notícia.
– Encontrei sua mala – digo.
– Bom dia? – Max diz.
– Desculpe, é Martha Perdida, do achados e perdidos – digo.
– Martha! Espere, seu sobrenome é Perdida? – ele pergunta.
– Longa história – digo. – Sempre que eu perguntava a respeito do meu "era uma vez", a Mãe me contava a história do trem leito de Paris, sobre os passageiros mordiscando seus *oeufs sur le plat* com presunto no...
– Mas você encontrou minha mala?
– Deus, sou uma pamonha, desculpe, Max. É o telefone, entro em pânico.
– Não se preocupe, boneca. Você não é... o que você disse, uma polenta? Mas... você realmente encontrou? Minha mala? – ele pergunta novamente.
– Está aqui agora. Estou olhando para ela – digo.
– Que beleza. Você é uma salva-vidas, Martha, salva-vidas mesmo – ele diz.
– Gosta de livros? Eu gosto – digo. – Terminei um livro na noite passada, e era tão bom que acabei dormindo com ele debaixo do travesseiro. Eu não queria dar adeus ao personagem principal. Eu me vi chorando com a ideia de colocar na prateleira.

– Livros? Não, para ser honesto, boneca, não consigo entrar nessa de ler livros – Max diz.
– Como isso é possível? – pergunto. Não falava sério, mas minha pergunta foi feita num grito. Eu precisava mesmo me lembrar para não gritar com estranhos. Elisabeth diz que pode ser um pouco desagradável.
– Bem, claro, livros são legais de se olhar – ele diz. – É só que não gosto de preencher minha cabeça com a voz de outro autor. Você vê, moça, quero que minha voz na escrita seja pura.
Um escritor que não gosta de ler. Isso parece um pouco esquisito para mim. Sempre achei que escritores amassem livros. A explicação do Max não faz muito sentido. Mal posso esperar para contar a George Harris. Ele vai ficar chocado também. Aposto que ele acha que escritores gostam de ler livros.
– As palavras dos outros iriam diluir minha criatividade – Max diz. – Nenhum escritor gosta de ler.
Isso faz com que eu me sinta ridiculamente triste. Claro, não conto isso a Max. Não quero soar como a maior tola do mundo. Eu apenas odeio pensar num escritor que só conhece o mundo que ele criou.
– É como eu só conhecendo a Estação Lime Street – digo.
– Talvez, boneca – Max diz. Mas não estou certa de que ele entenda. Eu o escuto bocejar. É apenas que os livros me ajudaram a viajar além do achados e perdidos. Estou grata pelas terras que os outros criaram. Não conto a Max os meus pensamentos. Não quero que ele pense que estou de alguma forma zombando dele.
Quando ele relatou a mala perdida, perguntei a ele quando a viu pela última vez. Ele me disse que definitivamente a tinha num trem para a Estação Lime Street. Perguntei se ele estava certo de que havia pego a mala do trem. Ele não se lembrava, disse que estava acordado há horas, não estava certo de que a pegara da prateleira de bagagens, ele estivera distraído. Por isso que foi tão fácil achar a mala.
– Comecei a escrever outro livro – Max diz, e eu me pergunto se perdi parte da conversa. – Este é diferente.

— Você está longe de casa – digo. – Deve realmente amar os Beatles.
— Não suporto. Só recentemente escutei algumas músicas – Max diz. Ele ri. – Sou mais fã do Elvis. – Eu rio. – Acho que ele está fazendo graça. – Tenho oito semanas para fazer isso acontecer – ele diz. – Usei todas as minhas economias, tirei férias não remuneradas do trabalho. Isso vai mudar minha vida, cara.
— Mudar a vida? – pergunto.
— Ser publicado, desistir do meu trabalho diário, escrever o tempo todo, ser rico – ele diz.
— Parece bacana – digo.
— Isso mesmo. É por isso que você ter encontrado minhas coisas é uma salvação. Sou melhor do que tanta gente que já foi publicada – ele diz –, desculpe, eu não devia me gabar.

Então ele me conta como encontrou uma mala cheia de itens especiais que pertencera a Mal Evans. Elisabeth me contou sobre a morte de Mal Evans em janeiro. Ela chorou quando me contou.

— Há todo tipo de troço perdido dos Beatles que pode estar na minha mala. Paul fez uma porrada de filmes das férias que ele tirou em 1966, dirigindo pela França com um bigode falso, umas paradas loucas assim. Nunca foram encontrados. E quem estava na viagem com ele? Mal Evans! Estou te dizendo, essa mala vai se revelar um baú do tesouro.

Espero que Max pegue seu tesouro, mas algo nessa história deixa meu estômago cheio de tristeza. Dirigir pela França com bigode falso é o tipo de viagem com que eu sonho quando eu giro com minha mala. Mal Evans deve ter sido feliz naquela época – só para terminar tão triste depois.

— Posso olhar dentro da mala? – começo a perguntar. Elisabeth adoraria saber mais detalhes.

— NÃO! Não abra! – Max grita, então sua voz suaviza, e ele diz:
— Desculpe, Martha querida, mas você tem de entender, certo, eu

prometi a um especialista a primeira olhada. Não posso me arriscar a ninguém levar nada.
— Eu não roubo — digo, ofendida.
— Claro que não. Mas preciso ser cuidadoso. Sem a mala eu estaria perdido, cara — Max diz e eu faço que sim, não que ele possa me ver mexendo a cabeça. Encontrar a mala foi fácil para mim. Ele claramente a deixou no trem. Temos sistemas. Algumas ligações ontem e a mala estava aqui quando abri o escritório no turno da manhã. Esperei até as dez para lhe telefonar. Ele é criativo: não deve dormir nas mesmas horas que eu.
— Quantos anos você tem? — pergunto, e Max ri.
— Trinta e sete. Por quê?
— Achei que eu deveria perguntar — digo. Max ri novamente. Não entendo o motivo. Eu não estava tentando ser engraçada; estava vendo se a Mãe mentiu sobre ser falta de educação perguntar a idade de uma pessoa. Ainda não sei.

Ele é o primeiro autor que já encontrei. Estou me esforçando muito para ficar tranquila, mas fico pensando na minha biblioteca de livros encontrados e me pergunto se ele gostaria de escrever lá dentro. Mas até aí, se ele não gosta de ler livros, provavelmente é uma ideia idiota. Odeio não saber sempre como me comportar. Espero que Elisabeth me dê algumas dicas.

— Que tal bater um rango amanhã, por minha conta? — Max diz.
— Um rango? — pergunto.
— Comer. Vou aparecer agora para pegar a mala, mas poderíamos bater um rango amanhã. Vou reservar uma mesa para a gente lá embaixo. Seria legal dizer obrigado, cara.
— Termino o trabalho à uma hora — digo.
— Sem problema. Eu te pego então voltando de uma reunião. Podemos vir para cá juntos — Max diz.

Não conto a ele que nunca saí para almoçar antes. Não conto para ele que nunca saí da Estação Lime Street. Não conto que a estação pode começar a desmoronar no momento em que eu pisar lá fora, ou que se desmoronar vou ter de correr de volta para dentro e ficar sem um almoço chique. E já sei que não vou cobrar dele quando ele pegar a mala mais tarde. Busco na segunda prateleira do balcão e tiro o livro de contabilidade da Mãe.

Gastei a última hora tentando passar rímel, fechando o achados e perdidos, correndo para cima para me trocar, correndo para baixo, destrancando a porta e tentando passar rímel novamente. Tenho corrido em círculos. Era disso que eu precisava – uma razão para testar minha ideia de levar a Estação Lime Street comigo –, mas minha barriga ainda está revirando. Não estou certa se estou mais nervosa em sair para comer num lugar chique ou pisar fora do meu mundo. Olho para o coração da Estação Lime Street no balcão e envio um pedido aos deuses dos pássaros Liver para que isso funcione para mim.

Elisabeth entra pela porta aberta. Está carregando um prato de papel com um pãozinho de creme e uma fatia de torta merengue de limão. Está atrasada hoje. Só falta uma hora para eu terminar o trabalho.

– Desculpa, bonequinha, tenho corrido sem parar – ela diz. – Dois bolos para te sustentar até o almoço. – Ela sorri, mas seus olhos me examinam de cima a baixo. Ela detectou uma mudança, e estou esperando que ela pergunte. O negócio é que Elisabeth beliscando bolos a cada dia é parte da nossa nova rotina, tem sido assim há semanas. Nós não perguntamos; nós supomos. Eu suponho que ela vai aparecer, e ela supõe que eu quero bolo, então mais tarde nós almoçamos juntas. Nossas vidas são tocadas e retocadas na batida do relógio. E gosto disso. Quero dizer, gosto mesmo que seja assim. Nos últimos meses, nossa rotina me mantém sorrindo.

No entanto, hoje é diferente. Eu deveria ter contado a ela mais cedo, mas não contei. Acho que pensei que ele iria cancelar. Acho que eu pensei que eu iria arregar de sair. Acho que eu estava tentando evitar o rebuliço.

– Acha que merengue é uma palavra chique? Quero dizer, é bem difícil de...

– Vou sair para comer – digo. Eu deixo escapar e interrompo Elisabeth no meio da frase.

– Sair da Estação Lime Street? – ela questiona. – Com quem?

– Sabe o homem que perdeu a mala anteontem? – pergunto.

– O homem que é velho o suficiente para ser seu avô? – ela pergunta. Eu rio; Elisabeth não ri.

– Ele tem trinta e sete. Vai me levar para *bater um rango*. Isso quer dizer almoçar.

Elisabeth olha para o bolo que acabou de entregar, então dá de ombros e sorri. Eu sorrio também.

– Para onde ele vai te levar? – ela pergunta.

– O Adelphi – digo.

– Que diabos, bonequinha. Ele é um lorde ou coisa assim? – ela pergunta.

– Ele está hospedado lá – digo. Estou sorrindo o sorriso mais largo.

– É por conta dele ou precisamos fazer uma vaquinha pela estação? – Elisabeth pergunta. Eu rio. Então ela diz: – Está saindo da estação? – Eu faço que sim. O rosto todo de Elisabeth se ilumina. Posso ver a alegria dela. Um nó se forma no fundo da minha garganta. Acho que preciso chorar.

– Desculpe – digo, empurrando os pratos de papel de volta pelo balcão em direção a Elisabeth. Estou distraindo minhas lágrimas. – Hoje eu e o coração da Estação Lime Street partimos à uma hora.

– Tão cedo! – ela diz. – Devo ajudar com seu cabelo?

– Você poderia? E passar rímel é impossível. Fico acertando meu olho. Tenho uns vinte minutos – digo.

Elisabeth corre para a porta ao lado e volta com uma sacola cheia de maravilhas antes de eu poder contar até sessenta. Ela vai para trás do balcão, coloca a sacola no chão e começa a tirar os itens.

– Fique parada – ela diz, parada ao lado do banquinho. – Vou te fazer parecer com Cilla Black rapidinho.

Eu me sento e deixo Elisabeth fazer sua mágica com rímel e delineador, blush e sombra. Ela até prende os cílios falsos e tudo mais antes de eu poder me preocupar em pisar lá fora. Ela bagunça meu cabelo, penteia para trás e aplica meia lata de laquê. Após cinco minutos, ela me mostra num espelho, mas não acredito de fato que seja eu.

– Está ofuscante – Elisabeth diz.

– Posso ser alguém diferente hoje, alguém que já tenha saído da Estação Lime Street um milhão de vezes antes – digo.

– Mas dê pequenos passos, bonequinha. Não fique assustada – nada de mau vai acontecer. O Adelphi é logo ao lado – Elisabeth diz. E se houver um problema, diga a Charlotte para me ligar e eu apareço e te trago de volta.

E é quando eu o vejo. Eu o vejo com o canto do olho. Viro a cabeça. Escuto Elisabeth. Seu suspiro me diz que ela o viu também.

Estamos as duas olhando para Max. Ele está de pé do lado de fora do achados e perdidos. Seus sapatos são roxos. Está cinco minutos adiantado. Eu me viro para Elisabeth. Ela parece preocupada. Está encarando o Max. Sua boca está reta, sem uma única gota de felicidade em seu rosto. Agarro meu casaco, então agarro o chapéu e o cachechol debaixo do balcão, então agarro o coração da Estação Lime Street. O arenito precisa de duas mãos para ser carregado.

– Não está tão frio lá fora – ela diz, tirando de mim o chapéu e o cachecol. – Eu tranco aqui. Não se preocupe com a velha euzinha.

Eu rio quando corro pelo balcão e saio pela porta até Max.

– Caminhe, não gire – Elisabeth grita para mim, e eu aceno.

– Eu te procuro mais tarde – grito para ela e volto minha atenção para Max.

Vamos sair da Estação Lime Street juntos. Ele não tem ideia do quão grandioso é isso. Sei que as pessoas estão me observando. As pessoas estão segurando a respiração para ver se a Estação Lime Street vai desmoronar ao redor deles. Jenny Jones está no quiosque.

Stanley está varrendo, mas seus olhos estão em mim. Drac está entregando cartas, e até Elisabeth saiu do achados e perdidos para o centro do saguão. Viramos à direita. Não estou girando; em vez disso, caminhamos em direção à entrada principal. Conto os números da plataforma com meus passos – passando seis, indo para nove. Depois de passar pelo quiosque de Jenny Jones, eu me viro e, com ambas as mãos, aceno com o coração da Estação Lime Street para todo mundo enquanto saio para minha aventura.

Stanley começa a bater palmas. Ele grita: – Vai nessa, garota!

Eu os vejo todos dando um passo à frente, nos seguindo para a saída. Percebo o olhar de Max. Ele parece confuso, possivelmente por causa do coração da Lime Street, possivelmente pela pequena multidão se reunindo, e eu dou de ombros, tento uma piscadinha esperta para Elisabeth, só para ela saber que eu sei que ela está me observando. Eu me pergunto se eles vão comemorar quando eu sair.

Eu busco a saída. É uma entrada também – um arco aberto. Eu paro, só por um segundo, na lateral da estação que ainda está segura. Penso sobre aquela linha invisível em que me mantive dentro a minha vida inteira. Max dá mais alguns passinhos. Está sob a luz do sol. Ele se vira e dá de ombros. Eu sorrio, e ele sorri de volta, me convidando para sair, para pisar lá fora, para pisar no mundo real. E eu piso. Eu e o coração da Estação Lime Street saímos do abrigo do telhado da Lime Street em direção à Liverpool.

E ninguém comemora, e a estação não começa a desmoronar atrás de mim. Eu levanto o olhar para o céu. Max provavelmente acha que vou comentar sobre o clima; ele não sabe que estou sentindo o clima pela primeira vez, que estou me sentindo mais viva do que jamais senti. Quero ficar parada ali até minha pele ficar rosa e todo mundo perguntar se saí de férias. Quero saborear cada segundo desta primeira vez. Quero contar a Max, mas não conto. Tenho vergonha. Sou um pouco diferente demais. Isso é o mais feliz que já me senti.

– Aposto que você está feliz que a onda de calor quase já tenha terminado – Max diz. Ele parou de andar e está me observando com uma expressão que é ou de confusão ou preocupação de que eu seja doida. Dou mais dois passos à frente, escutando qualquer som de desmoronamento.

– Vai deixar essa rocha em algum lugar aqui fora? – ele pergunta.

– Não. É o coraçao da Estação Lime Street – digo.

Ele dá de ombros. – A mesa está marcada para uma e dez. Melhor nos apressarmos, cara – ele diz.

E com essas palavras aquela primeira experiência termina e corremos pela rua ao lado da estação. No final da rua está o Adelphi. Estou a céu aberto em Liverpool, mas ainda é perto o suficiente da estação para que eu me sinta segura.

Conforme andamos, Max fala, e eu percebo que meus braços já estão doendo.

– Estive pesquisando o Mal Evans esta manhã – Max diz –, sobre quando os Beatles estiveram em Amsterdã para alguns shows. Acontece que antes dos shows, os Beatles contrataram barcos e passearam pelos canais de Amsterdã. Multidões se reuniram nas margens, bem, você pode imaginar, não pode, cara? A Beatlemania estava se espalhando pelo mundo todo nessa época! Enfim, em algum lugar na multidão que acenava, George Harrison avistou um sujeito usando – Max verifica um pedaço de papel amarrotado no seu bolso – uma "capa de aparência descolada". E Mal, uma devida lenda, certo, ele saltou do barco e nadou até a margem! Três horas depois, Mal aparece no hotel dos Beatles com a capa. Ele comprou do sujeito. Pode imaginar fazer isso para alguém? O cara é maneiro ou o quê?

Posso imaginar. Elisabeth me contou que Mal Evans deveria ser um *roadie*, de fato, e conduzia os Beatles por aí e se certificava de que o equipamento deles funcionava, mas que ele sempre fazia coisas extras para eles, tipo levar malas cheias de feijões em lata para a Índia, ou encontrar carros com portas extra largas para eles embarcarem fugindo das fãs histéricas, ou fazer efeitos sonoros com despertadores para as músicas deles. Elisabeth fica com uma expressão quando fala sobre Mal Evans que me faz pensar que, se Mal não estivesse morto, então as coxas de Kevin Keegan teriam concorrência.

– Você pode pesquisar qualquer coisa? – pergunto. Estou me sentindo um pouco enjoada; caminhar, ouvir, carregar o coração da Estação Lime Street, absorver tudo ao meu redor e conversar é opressivo. Eu paro.

– Certeza de que posso. Pesquisa é minha área – Max diz, e então:
– Vamos, lerdinha, estamos quase lá.

– Acho que preciso pesquisar sobre a época em que fui perdida – digo e continuo caminhando.

– Perdida? – Max pergunta.

– Fui abandonada – digo, e Max assente. Ele não pede detalhes.

– É fácil, cara – ele diz. – Você só precisa buscar arquivos de jornais locais perto da época em que você foi encontrada.

Eu concordo, mas estou parada na frente do Adelphi e me pergunto se o hotel vai desmoronar e me engolir inteira.

– Pode acreditar que este lugar antigamente foi um dos hotéis mais luxuosos fora de Londres? Ficou meio largado agora, não acha? – Max pergunta.

– Acho lindo – digo.

Estamos sentados aqui por pelo menos cinco minutos, com o coração da Estação Lime Street pesado no meu colo, mas estou sem palavras. Estou absorvendo tudo o que há ao meu redor.

Há uma mesa entre nós. É baixa e nela há uma delicada travessa de bolo de porcelana branca, com pratos, copos, pires e uma pequena jarra de leite combinando, um pequeno prato de limões fatiados e pequenas tigelas contendo nacos de manteiga numa e uma seleção de sabores de geleia em outra. O bule e o coador aguardam para serem usados.

– Sabe quando passamos pela porta giratória? Sabe aquele salão, no topo das escadas, de frente quando você entra? – Max pergunta.

Eu faço que sim, mas não sei realmente de qual salão ele estava falando. O saguão era grande, opressor, era tudo de mármore e couro e madeira e bronze. Acho que segurei o fôlego enquanto ele falava com Charlotte no balcão de recepção. Havia muita gente ao redor, chegando ou partindo. Eu queria que o chão me engolisse.

– É a suíte Sefton. É uma réplica exata do salão de fumantes do Titanic, querida – Max diz, me trazendo de volta ao presente.

– Sério? – digo e Max assente. Mal posso esperar para contar à Elisabeth mais tarde. Eu me remexo em minha cadeira, tentando ficar confortável, mas estou me sentindo muito deslocada. – Qual é o nome deste salão? – pergunto. Quero tentar me lembrar de tudo, para que eu possa contar a Elisabeth, George Harris e William.

– Saguão Hypostyle – Max diz. – A gata na recepção disse que costumava ser um pátio aberto com salões de primeira classe ao redor.

– Ele aponta ao redor e eu faço que sim. O salão é de tirar o fôlego, várias enormes colunas de mármore preto e branco se estendem para cima até o estuque dourado. Eu levanto o olhar; os detalhes no gesso são maravilhosos.

"Vai com tudo. O confeiteiro acerta em cheio", acrescenta Max.

Olho para a travessa de minissandubas e uma seleção de doces em miniatura. Estou esperando Max fazer a primeira seleção; não quero cometer um erro.

– Todas as pessoas famosas ficaram aqui – Max diz. – Franklin D. Roosevelt, Winston Churchill, Frank Sinatra, Laurel e Hardy. – Penso em Stanley e sorrio. – Tiveram até um cavalo hospedado certa vez. Acho que o nome era Tigger.

– Trigger. Eu me lembro de Elisabeth ter me contado. E agora eles podem acrescentar seu nome à lista – digo.

– Certíssima – ele diz sorrindo. – Vou ter a mala autenticada em breve, mas eu me perguntava se você pode me ajudar em algo mais – Max acrescenta. – Bem, duas coisas, na verdade.

– Eu apenas sou boa em encontrar coisas perdidas – digo.

– Perfeito, cara – Max diz. – Ouviu falar de Mal Evans? – Eu faço que sim. – E ouviu sobre as cinzas dele estarem perdidas? – Max diz, e eu faço que sim novamente. – Bem, eu me perguntava se você gostaria de me ajudar a encontrá-las? O boato é que estão num achados e perdidos em algum lugar da Inglaterra. E se eu as encontrasse, seria a cereja na mala. – Max ri.
– Sabe onde foram vistas pela última vez? – pergunto.
Max assente, pega o saco plástico no chão e me passa um recorte de jornal. Eu leio o artigo.
– Janeiro? – digo. Max assente, e então acrescento: – Não deverá ser problema. Vai me ajudar a encontrar...
– Sério? Sua gracinha – Max diz. – Promete?
– De pés juntos – digo, passando meus dedos sobre as costelas. Eu sorrio. – Sou uma pequena descobridora. – Max não sorri; em vez disso, ele pega um triângulo de sanduba de pepino e enfia na boca. Eu faço o mesmo.
Max termina de mastigar o pepino.
– A outra coisa que eu queria pedir – Max diz, pegando um triângulo de sanduba de presunto. – Eu gostaria muito que você me mostrasse alguns pontos turísticos locais, cara. Você teria tempo de...
– SIM – grito, cuspindo pedacinhos de pepino no rosto de Max antes de considerar que não faço ideia de onde ficam os pontos turísticos. Vejo Max levantar um guardanapo de pano do colo e limpar o pepino do rosto.

Escrito por Anônimo para Martha Perdida, em *A Taste of Honey*, por Shelagh Delaney, entregue por Drac, o carteiro, ao escritório de achados e perdidos.

Minha querida Martha,
De todas as perguntas que eu suspeito que você possa ter, esta é uma que eu não esperava. Ainda assim devo expressar primeiramente alívio e gratidão de que tenha continuado a se comunicar comigo. Ver seu pôster a meros trinta minutos atrás me preencheu de alegria. Eu temia que a opinião direta no meu último livro escolhido pudesse ter te levado a cessar toda correspondência. Eu agradeço, minha criança, por me permitir essa voz.
Então para sua pergunta, e hoje ela é despretensiosa. Seu nome, minha querida menina, sempre foi Martha. É o nome que sua mãe biológica escolheu para você, o nome que foi dado a ela pela avó dela. Martha é um nome de família que comunica gerações de mulheres fortes; foi oferecido a você como um presente.
Sinto que este é o momento oportuno para compartilhar com você o fato que temo que não tenha sido comunicado no conto de fadas que a Mãe criou ao redor de sua chegada na Lime Street. Minha querida Martha, quando sua mãe biológica partiu da Estação Lime Street sem você, ela deixou uma carta para a Mãe cobrindo alguns fatos e exigências simples. Sua mãe biológica deixou seu nome completo e sua data de nascimento nesses detalhes. Se a Mãe desejasse pesquisar sua origem, teria

sido uma tarefa simples de completar. Você existe, minha querida. Você sempre existiu. Você traz deleite a todos que cruzam seu caminho.

Aguardo a pergunta que sei que você anseia e precisa perguntar.

Cordialmente,
Anônimo X

– Desde quando consigo me lembrar, a Mãe me contou a história de como eu me tornei dela. Eu não tive um dia que eu não estivesse perdida. Acreditei que esperei noventa dias para que minha mãe biológica ou meu pai me pegassem. Eu me sentei na prateleira por esses noventa dias – digo e aponto para a prateleira.

– Ao lado da caixa de cachecóis perdidos? – Max pergunta. Ele está apoiado no lado de fora do balcão. Estou sentada no meu lugar de sempre.

– Provavelmente aninhada sobre uma caixa de dentaduras – digo.

– Sendo a Mãe gerente do achados e perdidos e eu tendo sido encontrada no trem e passada para ela neste escritório isso fazia um sentido perfeito para mim. Ninguém me pegou. Ninguém me quis. A Mãe se ofereceu para cuidar de mim.

– Tem mais desses biscoitos de gengibre, cara? – Max pergunta.

Eu me abaixo para a prateleira de cima do balcão do achados e perdidos, tiro dois biscoitos de gengibre do pacote que guardo ali embaixo e coloco no balcão. Max sorri para mim, pega um e começa a molhar no chá. Não estou certa de que ele esteja ouvindo, mas seus dentes são muito brancos, e seus olhos, muito azuis.

– Uma vez perguntei à Mãe se ela achava que minha mãe biológica tinha sido estuprada. Li sobre estupro num dos meus livros e não consegui tirar as imagens da minha mente. A Mãe deu de ombros. Ela disse que não tinha mais respostas e me mandou parar com as perguntas, então parei.

– Então você é provavelmente produto de um estupro – Max diz.

Eu estremeço, e meu estômago revira.

– Mas a Mãe mentiu. Porque a Mãe sabia da verdade. Os documentos foram dados a ela. Foram trancados. Há uma certidão de nascimento... não sei onde ainda, mas é a única coisa que tenho para seguir. Acho que não sou registrada por um médico. Nunca fiquei doente o suficiente para ir a um médico – digo.

– Sorte a sua – Max diz, e o biscoito de gengibre empapado cai no balcão.

– Então eu sei que a Mãe sempre soube quem eu era e foi escolha dela não me contar. Ela me deixou viver num mundo de faz de conta – digo.

– Faz de conta é mais divertido do que a vida real. Não entendo qual é seu problema – Max diz. Eu me pergunto se é porque eu não me expliquei muito bem. Ele é um escritor; está acostumado a contar as histórias devidamente. Ele só apareceu para uma xícara de chá e para pedir um favor.

– Qual é o favor? – pergunto. Tenho falado demais. Não o estou deixando dizer o que ele queria.

– Finalmente – Max diz. – Sei que você e aquela sua pedra me mostraram alguns pontos turísticos ontem, mas gostaria de me mostrar a cidade à tardinha? Seria lindo se pudesse, querida. Fiz uma lista...

– Desculpe, não estou me sentindo lá muito bem hoje – digo. A verdade é que preciso pelo menos de uma noite para preparar a rota que farei como guia. Fiquei acordada a maior parte da noite passada depois que voltei do Adelphi, me preparando para a pequena excursão de ontem, e foram só dez minutos de caminhada. – Que tal pensarmos onde você gostaria de ir amanhã e fazemos uma lista? – pergunto.

– Sem problema, cara – Max responde. – Charlotte disse que estaria livre mais tarde, então...

– Você viu meu pôster? – pergunto. Meu pôster está no balcão perto dele. Max assente; ele não faz muitas perguntas.

Observo os olhos de Max desviarem para o pôster e depois de volta para as prateleiras. Olho para as rugas ao redor dos olhos dele. Ele parece cansado, e não estou tão certa nesta luz se ele é bonito. Eu me pergunto se ele está preocupado sobre encontrar as cinzas. Nunca tive um namorado antes. Não sei de fato se tenho um e definitivamente eu não vou perguntar. Um homem de trinta e sete anos de idade pode ser um namorado? Nem posso imaginar ter trinta e sete – é bem velho. Quando Max se inclina, posso ver um círculo onde seu cabelo rareou, e seu couro cabeludo é rosa.

– Quer que eu prenda seu pôster no painel quando eu sair? – Max pergunta.

Eu balanço a cabeça. – Não, obrigada. Não quero quebrar o encanto – digo. – Eu tenho um nome.

– Martha, sim, eu... – Max começa.

– Significa que eu existo mesmo.

Max ri.

– Você acha que se der nome a algo ele passa a existir? – pergunto.

– Você ainda está com essa tontice? Você tem dezenove, cara, existiu por dezenove anos – Max diz.

– Dezesseis. E não é isso que estou falando – começo a dizer, mas olho para Max e percebo que ele não está ouvindo. Seus olhos estão vagando ao redor, olhando para as etiquetas na frente das caixas de coisas perdidas. Eu paro a frase antes de terminar, para ver se ele vai olhar para que eu continue. Ele não olha.

– Vai colocar as cinzas numa caixa e escrever "Cinzas Perdidas" na frente? – Max pergunta e ri.

– Todos os achados têm o sobrenome Perdido – digo.

– Você já disse isso outro dia, sua tonta – Max diz, virando seus olhos bem azuis para mim novamente. – Percebe que é ridículo, não?

Eu levanto meu novo pôster no balcão. Poderia levar à resposta de uma pergunta que me empolga. Há uma perspectiva de eu ter irmãs, de ter outros que possam ser meus amigos. Coloquei o número de telefone do achados e perdidos no pôster, mas, se eu for sincera, não estou esperando uma ligação. Não espero nada, ainda assim eu me vejo querendo outro livro. Odeio que eu vá ficar decepcionada se nenhum livro chegar. Levei minha vida sem expectativas, ainda assim a busca está me mudando. Eu sei que a gerência vai mandar alguém me pegar em breve, mas em vez disso eu imagino alguém sentando-se e pensando a meu respeito pelo tempo todo que buscam o livro para o espaço em branco e preenche esse espaço com palavras só para mim. É de pirar. Isso me impede de fazer as perguntas que eu sei que deveria estar fazendo.

Olho para o telefone. Está em uma pilha de jornais na prateleira abaixo do bule. Desejo que toque. Não toca. Sinto o braço de Max no meu ombro. Ele veio para trás do balcão. Eu me pergunto se ele entende o que é estar perdido. Quero ajudá-lo a encontrar as cinzas. Quero ajudá-lo a ser rico e famoso e parar de parecer cansado, mas principalmente quero que Mal Evans encontre o caminho de casa. Acho que isso faria Elisabeth feliz também. Não conto a Max esse motivo; tenho impressão de que ele vai me achar uma tola.

– Acho que nunca encontrei alguém como você – Max diz.

Estou curiosa – as pessoas dizem muito isso.

– É uma coisa boa? – pergunto. Max assente. – O que achou quando me viu pela primeira vez?

– Que você tinha um rosto interessante – ele diz. Ele beberica o chá. Seu braço ainda está ao redor dos meus ombros e seus olhos passeiam ao redor das caixas. Está falando no espaço aberto.

– Isso é tudo? – pergunto.

– Creio que você não seja meu tipo costumeiro – Max diz.

– Um tipo? – pergunto, e Max ri. Não entendo por que ele ri.

– Me deixe ajudá-la, cara – ele diz. – Sou brilhante em pesquisa.

– Não estou certa ao que ele está se referindo, se são às cinzas ou me ajudar a deixar de ser despejada ou descobrir quem eu realmente sou. Seu braço parece pesado no meu ombro.

– Acho que a Mãe tem uma caixa fechada. Eu tenho a chave – digo.

– Acha que as cinzas estão numa caixa? – Max pergunta.
Eu viro meu rosto para olhar para ele. Ele vira a cabeça para mim e seus lábios roçam os meus. Meu primeiro beijo nos lábios – um raspar que mal toca. O contato com meus lábios não faz imagens saltarem na minha mente. Fico feliz que não. Seguro a respiração por um segundo. Espero minhas pernas cederem ou ele irromper com paixão e me jogar no balcão. Livros me prometeram mais do que isso. Eu espero. Olho para Max, mas ele não está olhando de volta para mim. Seus olhos estão fixos numa Elisabeth de cara fechada; está bloqueando a entrada do achados e perdidos.

A pergunta que Martha Perdida escreveu num pôster que foi preso num painel ao lado da Plataforma 6:

Tenho irmãos ou irmãs?

– Você perdeu o George Harris noite passada. Ele deixou isto para você. – Escuto as palavras dela, mas me recuso a olhar para ela. Max se desculpou no minuto em que ela entrou; não houve repetição do beijo enquanto ele correu do achados e perdidos o mais rápido que eu já vi alguém correr daqui. Eu me pergunto se algum dia ele vai me beijar novamente. Não acho que eu tenha gostado do primeiro beijo, mas talvez seja questão de costume, como azeitonas, então eu retorno com os pensamentos para Elisabeth.

– Estava com o Max, eu te disse – começo a dizer.

– Imaginei – ela diz antes que eu possa terminar a frase. Ela coloca um livro preto gasto no balcão. – Ele disse que encontrou isso no trem.

– Chegou mais cedo hoje – digo, olhando acima do painel de partidas, daí percebo que ela não tem nenhum prato de comida.

Acho que ela lê minha mente. Ela é mesmo estranha.

– Não sabia se você estaria com fome – ela diz. – Pensei que talvez você fosse sair para comer novamente. – Eu olho para ela. O rosto dela está bravo e não gosto de fazer o belo rosto dela menos belo.

– Desculpe – digo. – Vou ficar aqui hoje.

Ela sorri. Seu rosto inteiro muda, e a máscara de raiva despenca.

– Gosto mais do seu rosto quando você não está brava – afirmo.

– Não gosta de mim quando estou brava? – ela diz.

– Não gosto que quando não sou boa o bastante eu te faça ficar feia.

– Feia? – Elisabeth ri, uma devida risada de estômago. – Desculpe, bonequinha, só estou sendo superprotetora. Ele tem quarenta. É velho o suficiente para ser seu pai; ele deveria ter noção.

– Não – digo, e Elisabeth assente. – Trinta e sete – acrescento.

– Esqueça. Sou uma desmancha-prazeres. Vou compensar para você com um almoço extraespecial.

– Sanduba de geleia? – pergunto, mas, antes que ela responda, estou olhando para o livro que George Harris encontrou e digo: – Outro preto.

Eu me aproximo do romance e corro meu dedo pelos vincos brancos dançando na lombada. A capa mostra um homem mastigando um longo fio de palha. A capa não oferece pistas da história que explode dentro. As bordas das páginas estão manchadas de amarelo. Eu abro o romance e dentro há uma dedicatória: "Para lembrar que estou sempre pensando em você." Sorrio. Eu me pergunto quem escreveu as palavras. Eu me pergunto se o livro foi perdido ou deixado. Espero que o livro seja procurado, mas, se não, eu sei que minhas prateleiras o manterão a salvo. Meus dedos não estão pegando nenhuma pista. Tudo o que posso ver é uma prateleira; o livro não está dizendo que foi perdido. Eu me pergunto onde George Harris o encontrou. Eu me esforço para lembrar de perguntar a ele.

– Você vai gostar desse – Elisabeth diz, me tirando do meu romance. – Então teve um encontro?

Eu dou de ombros.

– Fomos turistas, eu, Max e o coração da Estação Lime Street – digo. – Não fomos muito longe, passando o Adelphi. Então por Mount Pleasant, só até Paddy's Wigwam, então pela rua Hope... – Passo meu dedo pelo balcão, mostrando a direção da rota que tomamos.

– Você se lembra do nome de todas as ruas – Elisabeth observa.

– Na outra noite, eu fiquei na cama e repeti seguidamente. Provavelmente estava repetindo no meu sono – digo. – Eu me sinto viva.

Elisabeth sorri. – Pequenos passos – ela diz.

Eu faço que sim. – Eu não espero que seja tão bonito – digo. – Há um mundo todo fora dos livros e da Estação Lime Street.

Elisabeth sorri, mas não em seus olhos.

– Este é o seu "era uma vez" – ela diz.

Meu rosto se contorce numa careta, e Elisabeth ri.
– Não é não – digo, minhas palavras teimosas.
– Fez algum progresso com a gerência? – Elisabeth pergunta.
– Max vai me ajudar – digo. Vejo Elisabeth fazer uma careta.
– Aposto que não – diz Elisabeth. – Não pode ficar dependendo dele. Você só tem mais...
– Vinte e dois dias – completo. Elisabeth assente.
– Eles podem mandar alguém qualquer dia desses. Sua mente deveria estar focada em encontrar sua certidão de nascimento e seu número do Seguro Social e não num parasita que acha que é o galo de Liverpool – Elisabeth diz, sua voz cheia de raiva.
– Por favor, não – peço.
– Desculpe – Elisabeth diz. Ela para. – Sabe, bonequinha, eu só o vi por um segundo, mas ele não parece nada um bom-bocado. Já ficou doente depois de comer um bom-bocado?
Eu balanço a cabeça e vou em direção ao bule.
– Hora do chá – anuncio.

É justo dizer que acabo de ter o pior dia da minha vida.
Prometi a Max que eu o levaria para ver o 36 da rua Falkner, onde John e Cynthia ficaram durante a lua de mel estendida deles, então ele quis visitar o 9 da rua Percy, onde Stu Sutcliffe viveu, depois o 3 da Gambier Terrace, onde já foi o apartamento do John, onde morava com Stu Sutcliffe e Rod Murray. Max disse que foi durante o tempo que os Beatles estavam se formando, lá quando eles experimentavam diferentes nomes como Johnny and the Moondogs e os Silver Beetles. Então Max me contou tudo sobre onde ele queria ir antes, me dando tempo para que eu me sentasse na noite passada e memorizasse as rotas e os caminhos que teríamos de pegar. Quero dizer, era tudo no centro da cidade, tudo a uma caminhada da Estação Lime Street. Eu me senti confiante quando eu e o coração da Estação Lime Street fomos encontrá-lo no Adelphi esta manhã.

O problema foi que, quando eu cheguei lá, ele decidiu acrescentar alguns outros lugares à excursão. Queria ver o Jacaranda Club na rua Slater, porque os Beatles tocaram alguns shows no almoço lá, e Hessy's na rua Stanley para falar sobre uma dívida que Brian Epstein havia saldado. Seus pedidos não eram absurdos, e para qualquer morador de Liverpool normal eles seriam um acréscimo fácil à excursão.

Mas estraguei tudo. Eu estava tão tomada de pânico, preocupada em como imaginar a nova rota, que esqueci a velha rota e terminei nos fazendo ficar devidamente perdidos. Acho que a pior coisa foi que eu não levantei as mãos e admiti para Max que eu não tinha ideia de para onde eu ia. Em vez disso nos mantive seguindo pelo caminho errado, e terminamos seguindo em direção ao Sul de Liverpool.

– Tem certeza de que esse é o caminho certo, cara? – Max perguntou várias vezes. Eu fiquei fazendo que sim, caminhando com a cabeça bem erguida, como Elisabeth me disse para fazer, mesmo que carregar o coração da Estação Lime Street estivesse me matando. Acho que ela chamava isso de enrolar. Após uma hora de caminhada sem ter visto nada da turnê, Max parou. Eu não percebi por alguns passos, então me virei para olhar para ele. Seu rosto era uma bola vermelha de raiva.

"Não sei qual é o seu maldito jogo, mas já tive o suficiente dessa merda", Max disse, então ele se virou e caminhou de volta pelo caminho em que viemos. Ele me deixou no meio do nada, com os braços doendo de carregar o coração da Estação Lime Street, e eu não tinha ideia do que fazer a seguir. Finalmente, decidi que tinha de falar com meu sotaque francês e acabei pedindo indicações sete vezes. Eu estava soluçando como uma boboca toda vez. Até tive de tirar meu salto alto, que estava raspando atrás dos meus calcanhares, e minha meia-calça estava toda rasgada e coberta de cocô de gaivota.

Por todo o caminho até minha casa eu pensava sobre Elisabeth e como ela iria deixar tudo melhor, mas agora estou parada do lado de fora da entrada do café. No saguão da estação, as pessoas correm passando por mim, um homem acabou de gritar para eu me mexer.

Eu não me mexi. Eu realmente não sei quanta porcaria mais posso aguentar num dia só.
– Já tive uma boa cota de canalhas com olhares sedutores nesses anos todos, John – ela diz. – Aprendi a detectar aqueles que só falam merda e ele é bem...
– Cheio de merda – George Harris diz. Elisabeth ri.
– Ele chega em Liverpool, é meio um parasita, em crise de meia-idade, porque tem quarenta, ou quase isso, que seja. É um aproveitador, um mulherengo – Elisabeth diz. – Dinheiro fácil, mínimo esforço, ele quer ser o bambambã!
– Ele está tendo uma bela reputação – George Harris diz.
– Você tem falado com Charlotte do Adelphi também? – Elisabeth pergunta. – Ela conhece o Max um pouquinho melhor do que a nossa Martha...
– O canalha – George Harris diz.
Claramente eles não sabem que estou parada do lado de fora da porta do achados e perdidos e posso ouvir tudo o que eles dizem dentro do café. Estão tão absortos na fofoca que nem notaram quando eu passei pelo café. Elisabeth não espera me ver. Ela acha que estou fazendo a excursão com o Max e depois comendo com ele. Claramente não tem como ela saber o quanto Max está furioso comigo por ser tosca e que talvez eu nunca mais o veja. Claramente ela não sabe que levou duas horas para eu encontrar o caminho de casa, que minha meia-calça está arruinada, que meus braços estão doendo ou que tudo o que quero é uma fatia de bolo e ver o rosto feliz dela. Não posso evitar que minhas lágrimas escorram; quero que tudo volte a ser feliz. Não quero que Elisabeth fique brava comigo. Quero que ela goste de Max, quero que George Harris goste de Max. Quero que tudo seja feliz para sempre, e nem acredito em felizes para sempre.
– Ele está fazendo nossa Martha se matar de trabalhar mostrando Liverpool para ele. A pobrezinha ficou acordada até tarde da noite memorizando mapas...
– Ela é especial – George Harris diz.

Não posso evitar sorrir mesmo que eu ainda esteja chorando. Eu me pergunto se eu pareço um arco-íris. Eu sorrio novamente.

– Nossa Martha é maravilhosa pra caramba. E ela merece mais do que aquele pamonha – Elisabeth fala. Eu rio, mas acho que eles não escutam, enquanto ela continua: – Mas realmente ele está focado em encontrar as cinzas perdidas. E quando Martha encontrá-las, você acha que ele vai dar a ela qualquer reconhecimento?

É quando eu entro. Elisabeth me vê imediatamente. Suas bochechas estão cobertas com o ruge mais brilhante que já vi.

– Eu não diria isso na sua cara – ela diz, me encarando.

– Mas não disse. – Lágrimas escorrem pelo meu rosto. Percebo que meu rímel borrou pela bochecha e eu devo estar uma beleza. George Harris se vira para olhar para mim. Nenhum dos dois está sentado, estão de pé perto da porta, fofocando sobre mim e Max. De alguma forma, mesmo que ele tenha pelo menos um metro e noventa e cinco de altura, George Harris parece um anão quando está envergonhado. Ele murmura algo sobre precisar dar o fora e corre para longe do balcão. Vejo como sua armadura romana tremula quando ele caminha. Ele esbarra em duas cadeiras plásticas vazias no seu caminho para o balcão e se desculpa com ambas.

– Que foi? – Elisabeth pergunta, sua voz cheia de calma, amor e tudo de que preciso neste momento. Ela me olha de cima a baixo. Vê que estou segurando meu salto alto e o coração da Estação Lime Street, vê meus dedos do pé saindo pela meia-calça rasgada. E mesmo que eu queira estar brava com ela e mesmo que eu queira gritar com ela e dizer que ela está sendo injusta e cruel com Max, não o faço. Porque Elisabeth é a única pessoa no mundo para quem eu posso contar sobre meu dia horrendo. E Elisabeth é a única pessoa no mundo que pode fazer com que eu me sinta melhor.

"Vamos, bonequinha, dê para mim." Ela pega o coração da Estação Lime Street e meus sapatos. "Deixe-me pegar uma xícara de chá para você e uma fatia de bolo de limão."

* * *

Max não entrou em contato hoje, acho que eu não esperava que entrasse. Quer dizer, ele é um homem ocupado. Pagou todo aquele dinheiro para estar em Liverpool e não deveria estar gastando seu precioso tempo com alguém extravagante como eu. Espero vê-lo novamente. Não acho que vou, mas acho que tudo bem esperar. Passei esta tarde seguindo pistas sobre as cinzas perdidas. Acho que estou um passo mais próxima de encontrar Mal Evans. Acho que elas podem estar em Liverpool. Acho que devo ao Max ajudar o máximo que eu puder, para compensar o desperdício do seu tempo e ter sido péssima beijando.

Tenho me sentido ridiculamente com pena de mim mesma, mas então, cerca de uma hora atrás, um homem entrou. Tinha uma barba preta, e seus óculos pretos eram presos com fita adesiva na armação. Eu o reconheci instantaneamente.

– Você perdeu um taco de hóquei – eu disse antes mesmo que ele dissesse olá.

– Diabos, rainha, você é boa – ele disse, e antes de ter tempo de fazer qualquer pergunta, eu passei a ele o taco de hóquei da filha dele.

– Espero que ela tenha tido um bom aniversário – eu disse enquanto o homem virava e saía do achados e perdidos, agarrando seu taco de hóquei com ambas as mãos e parecendo um pouquinho desnorteado. Eu não gritei com ele para voltar e o cobrei pelo achado. Vou preencher um cheque. Me pareceu certo deixá-lo voltar para casa com uma história e tanto.

Mas agora mesmo estou com George Harris no café de Elisabeth, e estamos sentados na nossa mesa de sempre. Planejamos descer no túnel de William mais tarde. Estou ansiosa por passar algum tempo no mundo de William, só nós quatro, longe do quão caótica a Estação Lime Street está parecendo.

George Harris tem se remexido para ficar confortável em sua cadeira de plástico e me contando como o tempo está ameno para setembro. Está falando basicamente para sua armadura. Não quer olhar para mim hoje. Elisabeth está no balcão; o homem do seguro de vida não está falando com ela. Ele vem semanalmente para seu lanche, mas recentemente tenho o notado aqui quando não está usando seu terno de trabalho, e é bem óbvio que ele está interessado nela. Elisabeth está sacudindo a cabeça. O homem do seguro ajoelhou numa das pernas. Elisabeth está rindo, mas ainda balança a cabeça. Provavelmente ele a convidou para sair novamente ou talvez a pediu em casamento. Não entendo por que ela diz não para todo homem que a convida para sair. Acho que talvez ela esteja esperando por alguém realmente especial. Acho que talvez, em algum momento, alguém partiu mesmo o coração dela.

Não olho para Elisabeth quando falo.

– Às vezes nossas próprias histórias são as mais difíceis de se contar, não são? – pergunto a George Harris.

É a primeira coisa que eu disse a ele desde que nos sentamos há cinco minutos. Ele parece confuso.

– Mas se a história não é contada, ela se torna outra coisa – digo.

– Ela se torna esquecida.

George Harris concorda.

– Quando uma história não é contada, sim, ela se torna outra coisa, mas, mesmo quando é contada, ainda pode ser esquecida.

– Como pode ser esquecida? – pergunto.

– Porque nem todas as histórias são lembradas, e às vezes eu não acho que as pessoas escutem realmente.

– Eu me questiono se as pessoas se esqueceram de Mal Evans – revelo. Olho para George Harris, e ele sorri.

– Algumas pessoas nem sabem que ele existiu – George Harris diz. Ele coloca seu sanduba na mesa e o desembrulha.

– Mas ele desempenhou uma parte tão importante no sucesso dos Beatles – pondero.

– De acordo com você. Outros dirão que ele era um mero empregado – George Harris diz, e continua: – Você sabia que ele até assinava autógrafos em nome dos Beatles?

– Queria que houvesse uma forma para que ninguém nunca fosse esquecido e que a história de cada pessoa fosse capaz de ser contada – digo.

– Não acho que vou encontrar alguém como você – George Harris diz. – Meu avô costumava trabalhar com Mal Evans. Eu me lembro de tê-lo visto uma vez, quando eu era pequeno. Eu me lembro dele como um gigante, mas era um sujeito bacana. Ele bateu nos meus ombros.

– Você deveria conversar com Max. – George Harris não responde; em vez disso, mastiga um enorme pedaço de seu sanduba. – Max está escrevendo sobre Mal – digo. – Deveria contar a ele que conheceu Mal Evans. – George Harris não responde. Acho que murmura algo, mas sua boca está cheia demais, e tenho certeza de que ele é educado demais para falar com a boca cheia.

"Suas pernas nunca ficam frias?", pergunto, olhando para suas pernas nuas saindo debaixo da armadura de romano.

George Harris engole, então ri. Gosto da risada dele, vem direto da barriga e faz seus olhos brilharem.

– Principalmente depois que chove – George Harris diz. – Mas gosto de marchar na chuva, me faz sentir como um verdadeiro romano.

Gosto de George Harris. Ele entende como meu cérebro funciona. Tem essa tendência maravilhosa de encontrar coisas de que preciso ou que me empolgam.

Ele escutou na outra noite. Mesmo comendo seu sanduba, ainda escutou enquanto eu falava com ele e Elisabeth sobre eu ser uma guia de excursão desastrosa. Depois de um tempo, ele disse:

– Mas todos os guias carregam mapas e livros.

– Carregam? – perguntei.

– Claro – ele disse. – Seria um desastre completo se o guia de excursão fosse um perdido. – Nós todos rimos. Minha risada veio do fundo da minha barriga, e acabei soluçando por dez minutos depois que terminei.

E agora, agora mesmo, ele coloca um guia atualizado de Liverpool ao meu lado, até tem um mapa enfiado nele. Ele não disse nada, apenas o colocou ao lado do meu prato. Eu o levanto. Folheio e há notas escritas à mão sobre onde os Beatles tocaram e até onde eles costumavam sair antes de serem megafamosos. Claramente já foi usado antes, mas quando toco o livro nenhuma imagem aparece.

– Encontrei no trem – ele disse.

Se eu pudesse fazer todo esse troço de "abraçar pessoas" eu abraçaria George Harris. Juro que ele é incrível em encontrar coisas. Eu queria que ele viesse trabalhar no achados e perdidos comigo. Eu nem me importaria se ele usasse seu traje de soldado romano; eu podia me vestir como a rainha Boudica. Esse guia deve ter pertencido a um turista – talvez deixou de propósito, talvez deixou de precisar. Às vezes as pessoas fazem isso. Deixam coisas para trás quando não precisam mais delas. As pessoas fazem isso com itens e fazem umas com as outras. Isso me deixa triste. George Harris nem pareceu empolgado quando colocou o livro na mesa – era quase como se ele não tivesse percebido o quão perfeito era.

Corro meus dedos sobre a capa lustrosa enquanto falo com ele.

– Sinto como se o mundo estivesse se abrindo para mim – digo.

– Não um "era uma vez" – George Harris diz e sorri.

– Não, mais como Liverpool me encontrando. Acho que sinto prazer.

George Harris me encara, só por um segundo. Acho que está prestes a dizer algo importante, mas então muda de ideia. Suas bochechas ficam rosadas, e ele está olhando de volta para sua armadura. Eu abro o guia de bolso de Liverpool e vejo uma dedicatória escrita do lado de dentro da capa. Diz "All You Need Is Love". Eu sorrio, pensando em quantas histórias de amor devem ter começado em Liverpool. Fecho o livro.

– Escreveu nele? – pergunto apontando para o livro na mesa.

– Só um pouquinho – ele diz, sem olhar para mim. – Vi que havia outras anotações nele, e por acaso conheci algumas locações... lugares onde Mal Evans costumava ir. Vi que elas não haviam sido marcadas, achei que você não se importaria...

– Claro que não me importo – digo, então me inclino e dou a George Harris um beijinho na sua bochecha. Suas bochechas ficam coradas.

– Preciso ir – ele diz, saltando e quase caindo no chão enquanto revira sua mochila.

– Mas vamos ver o...

Mas ele já saiu pela porta do café.

– Te vejo amanhã, John – Elisabeth grita atrás dele, então observo o olhar dela, e ela pisca para mim. Eu faço minha piscada dupla de olhos fechando e abrindo e vejo Elisabeth rindo.

Então me viro para olhar pela entrada de vidro, para ver se pego um vislumbre de George Harris. Eu não o vejo. Eu me pergunto quando ele vai parar de se sentir perdido. Eu me pergunto quando todos iremos. Eu me pergunto se estar perdido tem mais a ver com esperar para ser achado.

Querida Angela,
Onde eu começo?
Não consigo afastar o quão cansado estou, tudo parece errado. Eu me preocupo com que minhas decisões nos arruinem. Eu não poderia nem começar a explicar quando telefonei antes. Sinto muito que eu não tenha me entusiasmado com o seu dia. Isso tudo vale a pena? Vale o maldito custo? Não posso nem me situar em Liverpool, então como posso descobrir os segredos da vida de outro homem?

Mas o que mais eu posso fazer? Percebo que vim tão longe e já arriscamos tudo. Devo apenas continuar em frente. Todos precisamos fazer sacrifícios para chegar aonde estamos indo.

Você perguntou o que eu estava tramando e o que descobri. Eu hesitei e sinto muito. É só que estou com medo. Já sou diferente aqui. A resposta agora quando eu coloco no papel para você é que, desde que comecei a pesquisa, eu terminei com mais perguntas do que respostas. Sobre tudo. Com cada naco da verdade que descubro, percebo que revelei centenas de outras perguntas não respondidas.

Mas para registrar isso e dividir tudo com você, como prometi, isso é o que eu sei (ou acho que sei):

Mal Evans era parte dos Beatles. Você já sabe disso. Mas cheguei num enigma sobre qual parte REAL ele desempenhava na banda. Qual era seu trabalho? Roadie? Não faz sentido. O que isso significa em si? Como um trabalho tão subalterno pode resultar no que aconteceu, o que as pessoas disseram que aconteceu de todo modo, sobre quão importante ele se tornou *para os integrantes da banda? Ele é mais importante do que eu pensava?*

Há uma forte sugestão de que ele era BEM amigo de pelo menos um dos Beatles. Mas qual? George é meu maior palpite, mas e quanto a Paul? Ele não adorava um transviado? Ele não adotou John? Mas por que Mal? Os Beatles podiam ter ficado amigos do mundo, então por que escolheram Mal? Por que ele era um scouser (nativo de Liverpool)? Isso basta? O que Mal ofereceu?

Isso me assusta. Sei tão pouco.

Como ele era antes dos Beatles? Estava perdido antes de conhecê-los? É como se sua vida começasse com um encontro no Cavern Club, como se fosse ele o Nowhere Man. Então o Cavern é a resposta? Percebo que parece sempre voltar àquele maldito lugar. Aquela espelunca poderia realmente esconder segredos?

Aparentemente o Cavern Club foi usado como um abrigo antiaéreo durante a Guerra. É uma rede de túneis e cômodos, que eram acessados por dezoito degraus de pedra da rua Mathew. Descobri que a primeira aparição dos Beatles no Cavern foi numa quinta-feira, 9 de fevereiro de 1961. Não foi anunciada, e eles receberam £5. As pessoas dizem que o show foi um sucesso e eles foram imediatamente escalados para quatro shows por semana na hora do almoço. Foi um desses shows que Mal Evans viu quando foi pela primeira vez ao Cavern.

E descobri que os Beatles frequentemente brincavam durante suas apresentações, contando piadas e até saltando na plateia. Eles também cantavam jingles de comerciais ou temas infantis de programas de TV. Meu primeiro pensamento foi de que eles provavelmente estavam bêbados, mas não estavam! Não havia álcool sendo servido em 1961; o Cavern não tinha licença para álcool naquela época. Aparentemente John Lennon era frequentemente visto comendo um cachorro-quente e bebendo Coca!

Mas não vejo como descobrir esse tipo de coisa vai me ajudar a descobrir quem foi Mal Evans. E quanto à sua gata e sua família? O que o levou a deixá-los para trás e terminar levando um tiro em Los Angeles? Isso ao menos importa?

Ele se mudou para a América depois que os Beatles se separaram. Por quê? Ele estava arrasado com aquilo, foi isso, ou estava fugindo de algo? O que leva um gigante gentil a morrer tão longe de casa? É verdade? Ele foi assassinado? Ele realmente carregava segredos? Se carregava, quais segredos e sobre quem?

Odeio que esse maldito mistério guarde tanta esperança. Odeio que ele tenha me pegado. Eu te disse que Mal tinha quarenta anos quando morreu? Só alguns meses mais velho do que eu. Estou fugindo como ele? É isso que os caras fazem quando se preocupam em envelhecer? Odeio a tristeza que sinto quando descubro mais sobre Mal Evans – ele parecia um bom sujeito.

Como eu disse, neste momento tenho mais malditas perguntas do que respostas, mas não vou desistir. Não se preocupe com isso, não há mais volta agora.

Love me, do.

Max

Mais tarde, com um lanche de piquenique na mesa de jantar de William, conto a eles sobre Max e sobre sua pesquisa e sobre a urna perdida contendo as cinzas de Mal Evans.

– Alguém brincou sobre estarem num depósito de cartas perdidas, mas imagino que não estejam muito errados – digo.

– E faz sentido que as cinzas estejam em Liverpool, porque foram mandadas de volta para a família de Mal. A urna foi registrada nos nossos livros no começo do ano? – Elisabeth pergunta.

– Não que eu possa encontrar, e a Mãe raramente estava por perto, então eu teria cuidado disso.

– Eu posso ajudar. Verificar as sacolas, os sacos de coisas perdidas nos túneis – William oferece. – Vou fazer isso. Encontrar as cinzas vai curar corações. Os corações da família de Mal Evans. – Eu faço que sim. Não posso pensar bem numa razão pela qual teria terminado aqui embaixo, mas todas as pistas voltam ao achados e perdidos da Lime Street.

"Onde está George Harris?", William pergunta, olhando ao redor da sala. Eu me pergunto se ele acha que George Harris possa saltar para fora a qualquer momento. Às vezes até o menor dos movimentos torna o cheiro de William opressor. Tento não respirar até que ele se ajeite e pare de se remexer olhando ao redor. Torço para que Elisabeth traga tudo para limpar William em breve.

– Martha o assustou tentando dar um malho nele – Elisabeth diz. William assente com a cabeça, como se fizesse perfeito sentido, e Elisabeth ri. Eu não rio. Olho feio para Elisabeth, mas isso a faz rir ainda mais.

– Acho que é assim que os cavaleiros se sentiam quando estavam buscando o Santo Graal – digo.

– Max Cole não é nenhum cavaleiro – Elisabeth diz. Lanço meu olhar feio para ela, mas ela pisca, e não posso evitar de sorrir em resposta. É quando olho para William. Apesar de ele estar se juntando à nossa conversa, seus olhos estão cheios de tristeza esta noite.

– Você podia se barbear – digo. Quero cortar os grandes pedaços de lama, ou possivelmente cocô e cascalho de sua barba.

– Nunca aprendi a me barbear – William responde. Então suspira. Hoje ele está rachado, perdeu seu brilho. Achei que ele estaria fazendo progressos.

– William – Elisabeth diz –, você sabe que tudo bem se sentir mal. Você é uma criança no corpo de um homem. Está apenas começando a lidar com a morte de seus pais. Está se encontrando. Tenho certeza de que há um belo sujeito escondido sob todo esse cabelo e... troço.

-- Elisabeth se estica e coloca sua mão sobre a mão de William. Ela dá um aperto. Os olhos azuis de William se enchem de lágrimas. Não quero que ele chore. Quero fazê-lo feliz. Queria poder fazê-lo feliz.

– Essa bondade sua... – William respira fundo.

– Está seguro agora – Elisabeth diz.

– Está em família – digo. – Uma família meio esquisita, cheia de crianças perdidas, mas eu não a mudaria por nada no mundo.

– Tem algo incomodando você? – Elisabeth pergunta, e William assente.

– Cinzas – William diz.

– Cinzas? – pergunto, minha voz cheia de esperança. Elisabeth olha feio para mim. Eu dou de ombros.

– Quer nos contar o que aconteceu? A sirene da calmaria tocou? – Elisabeth pergunta. William assente.

– Após as bombas, as pessoas sem casa, sobreviventes, tiveram de ir para os centros de descanso. A prefeitura. Famílias bombardeadas. Então o Papai disse que você foi "realocado". Você foi para uma nova casa, uma vazia – William diz.

– Sim, eu me lembro de ouvir algo sobre isso quando eu era pequena. O povo perdeu tudo – Elisabeth disse. Ela ainda está apertando a mão de William. Olho o quão delicada a mão dela é, quão longos e finos são seus dedos. A brancura dela contrasta com a imundice que é parte de William.
– Eu saí pelos túneis – William continua. – Achei que a Mamãe e o Papai estariam na prefeitura. Esperando por mim. Imaginei que o Papai saberia sobre os túneis estarem bloqueados, das bombas Jerry, mas ele saberia que eu era um bom escavador. Ele conheceria uma saída. Não sei quanto tempo eu levei.
– Você é um sobrevivente – afirmo. Elisabeth olha para mim e sorri.
– Eu escalei para fora. Poeira e luz do sol nos meus olhos, doendo. Mãos sujas do túnel. Esfreguei os olhos, a poeira os arranhou. Eu chorei. Me sentei na rua. Chorei porque meus olhos doíam. Então abri os olhos. Vi pessoas, não bem pessoas, corpos sendo carregados. Portas transformadas em macas. Eu não sabia para onde elas estavam indo. Queria o Papai e a Mamãe... – Ele faz uma pausa, sua voz oscilando, lágrimas escorrendo mesmo com ele tentando ser forte. E então: – Nenhum lugar parecia com o que costumava. Coisas quebradas, tijolos, pedaços de muros, mobílias, roupas, corpos. Corpos demais. Eu estava todo empoeirado. Minhas roupas, cobertas de fuligem e poeira, em cinzas. Dentro da minha boca também, poeira. Grudava na minha garganta. Eu me preocupei. Achei que eu iria me transformar numa parede. Mas era um bom dis... disfarce, ser cinza. Achei que eu poderia ser cinza. Achei que eu poderia ser invisível. A primeira vez sendo invisível.
– Mas não a última – Elisabeth diz e assente.
– A poeira era uma poeira diferente. Diferente de tudo o que eu havia visto. Diferente de tudo que vi desde então. Não como uma camada fina na porcelana da Mamãe que a fazia estalar a língua. Essa poeira era uma mistura: fuligem, pó de tijolo, pó de cimento, pó de

argamassa. Pó de gente. Papai disse que a argamassa na nossa casa, em todas as casas, tinha pelo de cavalo. As bombas podiam fazer coisas engraçadas. Podiam atingir atrás da casa, explodindo janelas e portas para dentro, então as janelas e portas da frente iam para fora. Havia muito vidro, vidro quebrado, na calçada, nas ruas. Eu olhei ao redor. Sacos de areia, tábuas de madeira, morros feitos de tijolos e paredes. Nada era o mesmo de antes.

– E você tinha medo – digo.

– Eu só pensava que o ar fedia – William diz. – Eu deveria ter pensado na Mamãe e no Papai. Mas então, meu nome, alguém chamou. Achei que poderia ser a Mamãe. Braços de adultos vieram, estavam me pegando e me abraçando muito forte, mas o abraço não parecia com o da Mamãe. Era a sra. Davies. Estava soluçando. Não como a Mamãe quando chorava às vezes, quando discutia com o Papai. A sra. Davies chorava com o corpo todo. Eu queria que ela me soltasse. Queria encontrar a Mamãe e o Papai.

– Ela explicou? – Elisabeth pergunta.

– Acho que ela disse "sinto muito" e "vamos encontrar alguém para cuidar de você". Mas eu não escutei. Não de fato. Eu perguntei qual era o fedor.

– O que era? – pergunto. Elisabeth olha feio para mim. Eu balbucio "o quê?", mas tudo o que ela faz é balançar a cabeça e revirar os olhos.

– Cordi... cordite, ela disse. Acho que era dos canhões antiaéreos – William diz.

– Como sabe tudo isso? – pergunto. – Você é tão esperto.

– Livros – William diz. – Eu encontro alguns, às vezes. Sei ler um pouco, da escola. Escutei as pessoas e pratiquei.

– Você deveria conhecer o faxineiro Stanley, ele é bom em ajudar a falar palavras difíceis – digo.

– Canhões antiaéreos? – Elisabeth pergunta, trazendo William de volta à sua história.

– Um cara esperto aí decidiu fazer cortinas de fumaça para que os bombardeiros não pudessem nos ver. Queimavam óleo para fazer fumaça.
– A sra. Davies te ajudou? – Elisabeth perguntou.
William balança a cabeça. Gotas de lágrimas caem de suas bochechas e uma aterrissa na minha xícara de chá. Eu vejo ondas no chá. Faço um pedido para que William se sinta melhor em breve.
– Eu me debati para me soltar. Aterrissei na calçada, estava tudo quebrado. Eu não queria que ninguém cuidasse de mim. Queria encontrar a Mamãe e o Papai. Eram minha família. A única família que eu tinha – William diz. Então sua voz fica mais alta. Posso ouvir a raiva rugindo dentro dele. – Outra moça veio ao meu lado. Tinha um xale reto sobre a cabeça. Ela disse "pobre garotinho órfão" e apontou o dedo para mim. Eu não sabia o que era "órfão". Ela parecia uma bruxa. Então ela olhou para o céu e disse "eu me pergunto se o Jerry vai acabar esta noite".
– Oh, William – Elisabeth diz. William empurrou sua cadeira para trás da mesa de jantar. Está ficando de pé e praticamente saltando de uma bota Chelsea para outra.
– Eu corri, saltei sobre as coisas – ele disse. Está saltando agora, acrescentando ações para suas palavras. – Eu caí duas vezes. Aterrissei no vidro. E tijolo. Meus joelhos estavam arranhados, sangravam. Eu precisava da Mamãe. Rastejei por baixo de uma porta e rezei a Deus. Acreditava em Deus naquela época, todo mundo acreditava. A Mamãe disse que as pessoas precisavam de Deus nos momentos tristes e assustadores. O Papai disse que "ateísmo é um luxo a que não podemos nos permitir ".

E é tudo o que ele diz. Ele não quer que vejamos a dor que está escorrendo dele. Ele sai do cômodo, arrastando sua perna direita desta vez, para dentro de um túnel diferente.
– Melhor pra fora do que pra dentro – Elisabeth diz, soltando um suspiro profundo. Seus olhos estão tomados de tristeza, e ambas nos sentimos perdidas e sozinhas.

– Ele não comeu o lanche dele de piquenique – comento, porque alimentar William e fazê-lo se sentir menos sozinho é o que eu quero fazer.

– Vamos subir e assar uma torta de cereja para ele, bonequinha. Tenho uma lata de leite condensado que ele pode comer com isso – Elisabeth diz.

E enquanto caminhamos de volta pelos túneis de William para minha biblioteca de livros encontrados, eu dou uma pequena olhada na casa de bonecas de William. Hoje posso me ver com Elisabeth no café dela. Ele nos colocou dançando, e George Harris, no seu traje completo de soldado romano, está sentado nos observando. Eu olho ao redor da casa de boneca, mas não há sinal de Max.

Estou praticando meu assobio quando ele vem com um maço de cravos cor-de-rosa. Ele não pede desculpas, não menciona meu fracasso como guia de excursão. Em vez disso pergunta se estou livre esta tarde.

– Falta pouco menos de uma hora – digo, levando os cravos ao nariz e dando uma bela cheirada. Eles não têm cheiro de nada. – Podemos explorar Liverpool juntos. – Eu memorizei algumas rotas, só por precaução.

– Graham Kemp me telefonou mais cedo – Max diz, e eu dou de ombros. Eu não o conheço. – O especialista, o cara que sabe tudo sobre os Beatles – Max conta.

Eu coloco as flores no balcão. – Ele tem novidades? – pergunto.

– Não, claro que não. Vai levar semanas. Eu expliquei isso para você, querida. – Max diz, sua voz soando um pouco brava, então eu assinto e peço desculpas. – Enfim, ele me telefonou para dizer que Rocky Hooper quer me levar para tomar uns drinques esta noite.

– Quem é Rocky Hooper? – pergunto.

– Por onde você tem andado, cara? Ele é tipo o grande cara da sua cidade. Vai me encontrar no Dickie Lewis às dez. Tem alguma ideia de onde é isso?

Eu sorrio: essa é fácil. – Atravessando a rua do seu hotel. Deve ter visto a estátua do homem nu? Está acima da entrada principal para o Lewis. O escultor, sir Jacob Epstein?

– Ele é parente de Brian? Bote água para ferver, Charlotte – ele diz. Eu olho para ele e ele sorri. Eu me pergunto se devo corrigi-lo, mas não digo nada. Em vez disso eu faço uma xícara de chá-inglês, e ficamos atrás do balcão conversando sobre Brian Epstein.

– Deitada na cama durante a noite passada – digo. – Tentei contar quantas vezes ele pode ter entrado e saído da Estação Lime Street, sobre o quanto ele batalhou para fazer com que as gravadoras se interessassem pelos Beatles.

– Em que número você chegou? – Max pergunta.

– Caí no sono – digo.

– Cara, eu queria te perguntar sobre as cinzas... – Ele faz uma pausa. Eu espero uma pergunta. Ele assente para eu responder.

– Eu vou encontrá-las – prometo. – Estão mais perto a cada dia.

– Eu vou te amar para sempre se você encontrá-las – ele diz, e eu rio.

– Para sempre? – pergunto.

– Pode apostar, querida – ele responde.

– Conseguiu pesquisar alguma coisa sobre eu ser uma criança perdida? – pergunto.

Max balança a cabeça.

– Ainda não – ele diz. – Desculpa, gata, estou com a cabeça cheia.

– Vi Peter Barrymore brigando com um homem hoje, lá fora, no saguão. – Eu aponto. Max não se vira para olhar para onde estou apontando. – Eu me pergunto se a gerência mandou outro...

– O que faz a Martha funcionar? Do que gosta e desgosta, diga.

Paro para pensar o que incluir e o que guardar para mim. Tomo um gole do meu chá.

– Gosto de borboletas e chá-inglês. E de devolver coisas perdidas. Gosto de histórias que não começam com "era uma vez". – Max ri.

– Vou anotar isso – ele diz.

– Gosto de geada, gosto de "faz de conta". A palavra "pertencer" é minha favorita.
– Pertencer a alguém? – Max pergunta.
– Talvez, só que mais do que isso. Gosto de luzes de Natal. Gosto de xícaras de porcelana de ossos, mas não de pires. – Max ri, eu continuo: – Gosto de desenhar rostos sorridentes em condensação. Gosto da mala marrom detonada... O que mais? Gosto da Torre Eiffel, mas nunca a vi. Gosto do gosto de flocos de neve, mas nunca os provei...
– Vocês não têm neve aqui? – Max pergunta. Eu faço que sim, mas Max não faz mais perguntas sobre isso.
– Gosto do trem das 17:37 de Chester – digo.
– Especificamente esse. Por quê? – Max pergunta.
– É o trem de George Harris – digo, mas desejo não ter falado. O rosto de Max muda, e ele parece bravo, quero fazê-lo sorrir.
"Gosto de falar com sotaque francês", digo essa com sotaque francês, então volto para minha voz normal. "Gosto de pombos que moram nas vigas. Budgie vive lá em cima também. Gosto de sandubas de geleia..."
– Sandubas?
– Sanduíches – digo. Max assente.
"Gosto de dedicatórias em livros", continuo.
– Você e seus livros, cara – Max diz. Está sorrindo seu sorriso gostoso novamente. Eu decido não dizer mais coisas de que gosto. Não digo que gosto de Elisabeth ou de girar ou assobiar ou sorrir. Não digo que gosto da minha biblioteca de livros encontrados. Não digo que gosto quando alguém se senta ao meu lado no banco em frente ao achados e perdidos e a forma como seu peso faz o banco se mover para cima e para baixo. Não digo que gosto quando bexigas flutuam até as vigas da Estação Lime Street. Não digo que gosto do sinal de feminino na porta do banheiro, porque acho o vestido dela bonito. Não digo que gosto do tique-taque de um relógio ou quando as pessoas cruzam dois dedos para fazer um desejo de boa sorte. Não digo que gosto de silêncio ou beber ruidosamente as bebidas ou que

gosto do estalo de agulhas de tricô ou que gosto da forma como a água fica quando está sendo sugada pelo ralo. Mantenho todas essas coisas na minha cabeça. Mantenho todas essas coisas dentro de mim porque estou tentando não ser eu. Estou tentando ser madura e mais velha, tentando fazer com que Max goste de passar o tempo comigo, mas não que ele goste de me beijar. Eu me pergunto se deveria tingir meu cabelo para deixar da mesma cor do cabelo da Charlotte. Eu vi Max piscando para ela quando eu o encontrei no hotel.

Em vez disso eu pergunto: – Do que você gosta?

Ele não responde imediatamente. É como se estivesse realmente pensando sobre o que ele gosta e possivelmente não dizendo em voz alta os pensamentos que surgem na cabeça dele. Queria ter feito o mesmo. Queria ter sido madura e misteriosa.

Finalmente ele diz:

– Gosto de Liverpool.

Eu não falo nada. Espero que ele diga mais coisas, mas, em vez disso, ele me encara e não diz nenhuma palavra.

– E? – pergunto.

– E gosto da ideia de encontrar aquelas cinzas, cara – ele diz.

– Isso vai te deixar feliz? – pergunto.

– Correto. Isso e a ideia de nós dois fazendo safadezas – ele diz.

– Safadezas?

– Sexo – Max diz. Não sei se ele está brincando. Estou insegura se eu ter permitido um rápido selinho sobre meus lábios foi um código para dizer que eu faria sexo. Espero realmente que não. Então ele diz:

– E quanto ao que desgosta?

– Desgosta? – pergunto.

– Tonta! As coisas de que não gosta – ele explica. Eu rio. Sei o que a palavra significa, é só que eu não acho que já tenha tentado agrupar as coisas de que não gosto. Fico quieta por alguns minutos. Max me encara o tempo todo.

– Me sentir perdida – digo, e então: – E formigas. Realmente desgosto de formigas. E não gosto da quaresma, porque é sobre desistir das coisas.

– Não gosta de desistir das coisas? – Max pergunta.
– Elisabeth diz que a vida é curta demais para restringir as coisas de que você gosta. Ela não acha que você se torna uma pessoa melhor se você abrir mão de bolo por quarenta dias, sem incluir os domingos – conto.
– Não sei. Eu não gosto mesmo de bolo, de todo modo – Max diz. Eu o encaro. Não tenho palavras. Eu me pergunto se é uma coisa australiana. Não consigo pensar em um único bolo do qual eu não goste.
– Queria ter uma visão limitada – digo.
– Isso não é um desgostar – Max diz.
– Desgosto de não usar óculos. E desgosto de finais.
– E quanto a finais felizes? – Max diz.
– Não existe tal coisa – afirmo. – Tudo morre, e isso não é feliz. Não acho que gosto de outono ou primavera porque não são nem uma coisa nem outra. E não gosto de desenhos de giz.
– Desenhos de giz? – ele pergunta.
– Eles podem ser borrados. E desgosto de promessas desfeitas. E desgosto de dizer adeus.
– E quanto à Mãe? – Max pergunta.
– A Mãe está morta – digo, e então paro de me debruçar no balcão do achados e perdidos e caminho até o bule. – Outra xícara de chá? – pergunto.
– Claro. É melhor colocar suas flores na água. – Eu faço que sim. Eu me abstenho de acrescentar que não gosto que as pessoas comprem flores, que não gosto que no momento que elas são pegas elas estão esperando para morrer. As flores devem falar a língua do amor, ainda assim tudo o que eu vejo nas flores nos vasos é que elas estão de luto e se aproximando da morte.

Está tarde agora, horas depois do fechamento, então eu realmente não devia estar atendendo, mas alguém fica ligando para o escritório do achados e perdidos. Percebo que se acham que é importante o suficiente para ligar tipo um milhão de vezes, então eu realmente deveria me esforçar para falar com eles.

Eu atendo.

– Estou na droga da droga do caminho de volta, boneca – ele diz.

– A droga da testemunha-chave. Cerveja... Estou aqui fora, droga, querida, preciso mijar.

Seguro o telefone longe da orelha.

– Estava bebendo? – pergunto.

– Que droga isso tem a ver com você? – Max pergunta. Está gritando, sua voz está brava agora, e então: – Preciso da droga daquelas cinzas, Charlotte.

– Martha – digo.

– Já encontrou a droga daquela droga, querida? – Max pergunta, mais baixo agora, mas ainda dizendo "droga" sem parar. Suas palavras estão enroladas, como se ele estivesse cantando. E está falando arrastado.

– Quase – digo.

– Quase não quer dizer droga nenhuma – Max diz. – A droga da minha carreira de escritor está acabada se eu não encontrar essa droga...

Escuto o sinal.

– Não consigo encontrar a droga do meu troco – Max diz. – Estou aqui fora, droga. Quero dar uma droga de mijada na droga da sua privada. Vamos, querida, abra a droga da porta.

– Não pode usar o banheiro público da esta... – começo.

Então a linha cai. Olho para o gancho, então olho para a porta de vidro do achados e perdidos e o vejo dançando pelo saguão. Eu destranco a porta.

– Já era hora, droga – Max diz. – Comi uma droga de uma porcaria na cidade. Droga de testemunha-chave.

– Você disse – comento. Ele dá um passo em minha direção, eu dou um passo atrás, e ele dá um passo à frente. Acho que isso pode ser uma dança. Posso sentir o cheiro de álcool em seu hálito. Eu me viro. Caminho pelo vão no balcão e para a porta branca que leva ao apartamento. Está aberta, e eu aponto para a escada do apartamento, para o banheiro. Ele cambaleia pelas escadas e ri. Abre a porta do apartamento. Ele se vira. Ele me puxa para ele. Pressiona seus lábios nos meus. Eu torço meus lábios e rosto. Não quero os beijos dele. Tem cheiro de batata frita velha, e ele enfia a língua através dos meus lábios. Ele me beija, e eu me desvencilho dele.

"Use o banheiro", digo.

– Droga de frígida cabeça-oca – Max diz. – Vou tomar uns drinques agora, com a droga do Rocky Hooper. Ouviu falar do Rocky?

Eu faço que sim – já tivemos essa conversa. Eu aponto para o banheiro, e ele cambaleia para o quarto. Deixa a porta aberta. Posso ouvir seu mijo caindo na privada. Ele não lava as mãos.

– Por aqui – digo enquanto ele sai do banheiro. Eu desço as escadas e vou para o achados e perdidos. Quero mesmo que ele vá embora. Ele desce a escada. Ele me puxa para ele e prende meus braços quando volta para o achados e perdidos. Ele me beija novamente. É um beijo pesado, provavelmente um beijo bruto. Sua barba por fazer arranha meu queixo. Eu luto com ele e me desvencilho. Ele lambe minha bochecha e não é legal.

– Segure a droga da minha mão, querida – Max diz.

– Você está bêbado – digo.

– Você é feia pra cacete – Max diz.

– Posso estar no seu livro? – pergunto.

– Não é esse tipo de droga de livro, sua droga de tonta – Max diz.

– Mas posso?

– Não. Talvez. Encontre a droga das cinzas e eu vou contar a todo mundo que droga de grande ajuda você foi.

– Vou encontrar.

– É bom que sim – Max grita. – Ou então... – Eu rio, mas Max não está rindo.

Eu me viro e vejo Elisabeth na porta aberta. Sinto alívio. Ela está lá, a porta não está mais trancada, a placa não está mais mostrando fechado. Elisabeth olha para mim e olha para Max. Seus olhos estão cheios de raiva.

– Acho que é melhor você ir – ela diz a Max.

– Acho que é melhor você se foder – ele diz para Elisabeth, mas está cambaleando pelo vão no balcão em direção à porta. Elisabeth espera até ele estar fora do achados e perdidos, então se vira e sai caminhando. Eu vou até a porta. Vejo Max caminhando em zigue-zague pelo saguão em direção à saída. Eu fico esperando, torcendo para que Elisabeth volte e venha falar comigo. Ela não volta. Eu não vou para o café.

Escrito por Anônimo para Martha Perdida, em *Grandes esperanças*, de Charles Dickens, entregue por Drac, o carteiro, ao escritório de achados e perdidos.

Minha querida Martha,
Como sempre a visão do seu pôster me encheu de calor e afeto, ainda que eu deva admitir que, quando absorvi sua pergunta, tive curiosidade sobre o propósito da sua comunicação. Não é um fato que você tem uma data marcada quando deverá trazer evidências de sua identidade? Quando vai perguntar sobre seu número do Seguro Social de que precisa tão desesperadamente para permanecer no emprego? Temo que você esteja mantendo essa comunicação evitando preocupações mais urgentes.
Posso te assegurar, querida criança, que não tenho intenção de desaparecer. De fato, seus pôsteres são um deleite. Eles iluminam meus dias e evitam meu pacífico repouso, com a esperança de que você responda aos meus escritos. Posso te contar um segredo? Devo? Antes de eu responder sua última questão. É verdade, minha querida, que eu desejo retirar os pôsteres e mantê-los comigo. Quero rasgá-los do painel e levá-los para casa como tesouros. Mas não vou, é claro, porque sei que está observando e sei que você tem amigos que estão esperando para descobrir a identidade misteriosa daquele que escreve estas palavras a você. Espero que, um dia, possa me revelar para você, minha querida criança.
E agora, para sua pergunta, uma simples questão em relação a irmãos que podem ou não existir. Posso confirmar que sua

mãe biológica não foi abençoada com outros filhos depois do seu nascimento, que ela está viva e que nutre todas as esperanças de reencontrar você. Seu pai, que o Senhor tenha sua alma, teve dois filhos com sua esposa. Os filhos, dois meninos, não sabem da sua existência, nem a pobre esposa. Foi escolha da sua mãe biológica proteger tanto você quanto seu pai e essa família do escândalo, assim ele nunca foi informado sobre ela ter tido uma criança. É verdade que os pais de sua mãe biológica souberam da gravidez dela, ainda assim eles nunca foram informados da identidade de seu pai.

Temo que, se desejar seguir nessa rota de investigação, eu não serei capaz de fornecer mais detalhes em relação a seu pai. Sua mãe biológica escolheu proteger uma família inocente e ela desejaria que você de coração respeitasse esse desejo.

Perdoe-me, minha querida criança, por guardar esse conhecimento de você. Só posso torcer para que você se comunique comigo novamente e que entenda a gravidade de lançar segredos no mundo.

Cordialmente,
Anônimo X

– Eu te acordei? – pergunto.
 – Não, não se preocupe – ele diz. Sua voz está rouca, e ele tosse. Escuto muco se formando. Eu o escuto cuspir. – Ressaca do inferno.
 – Tentei te ligar mais cedo – digo. Já terminei o trabalho de hoje.
 – Desculpe, morri para o mundo – Max diz. – Foi a melhor noite da minha vida, cara. – Max começa a rir; não sei como reagir. Meu queixo está arranhado da barba dele. Ele prometeu falar comigo de manhã, mas não ligou. Eu me preocupei que eu o tivesse feito me odiar e perdido a chance de alguém me amar para sempre.
 Estava insegura sobre o que fazer. Telefonei para a recepção do Adelphi, e Charlotte atendeu. Ela me disse que ia vê-lo mais tarde e avisaria a ele que eu havia ligado. Eu queria saber como reagir a coisas assim. Nunca tive um namorado antes, então talvez isso seja normal, talvez seja isso que os romances queiram dizer quando falam sobre amor verdadeiro.
 – Ainda vamos sair esta tarde? – pergunto.
 – Você não vai nem perguntar como foi a noite passada? – Max diz.
 – Achei que se você quisesse me contar... – começo.
 – Rocky Hooper me levou para um jantar tarde da noite – Max diz.
 – O que você comeu? – pergunto.
 – O chefão da boate é dono da maior parte de Liverpool, conhece todo mundo, tem músculos de Cassius Clay e você pergunta o que eu comi? Sua tonta – Max diz. Sua voz está brava. Ele está irritado porque não fiz a pergunta certa. Eu queria saber qual seria a pergunta certa.
 – Uau, que incrível – digo.

– Isso mesmo – Max diz. – Ele vai querer conhecer você também... depois que você encontrar essas cinzas, cara.
– Estou chegando lá – digo. – E então, ainda vamos sair esta tarde?
– De tardinha, certo – ele diz.
– Ganhei outro livro, do Anôni...
Ele me interrompe: – Estou ansioso para te encontrar, Martha. Mas... – Ele para de falar. Eu o escuto tossindo novamente.
– Você está bem? – pergunto.
– Um pouquinho doente. O negócio é que eu preciso mesmo te contar uma coisa. Eu preciso mesmo te contar agora mesmo.
Eu faço que sim para o telefone, prendo a respiração, deixo-o falar, escuto.
– Eu acho que eu te amo. Acho que não posso me segurar – Max diz.
– Obrigada – digo. Max ri.
– Sei que há uma diferença de idade para se preocupar, você tendo dezenove e eu trinta e sete...
– Dezesseis – corrijo.
– Mas eu te amo. Nunca me senti assim antes – Max diz.
– Obrigada – digo.

– Mas acho que você precisa saber que sou divorciado. E tenho dois filhos.
– Você já foi professor de piano? – pergunto.
– Não, pare de dizer bobagens – Max diz, ele ri, e então prossegue: – Meus filhos são preciosos.
– Meninos ou meninas?
– Um de cada, mas isso não muda nada entre nós, cara. Somos um time, somos um time de busca de cinzas – Max diz.

A pergunta que Martha Perdida escreveu num pôster
que foi preso num painel ao lado da Plataforma 6:

Quem é você?

Querida Angela,
Liverpool é diferente do que eu havia imaginado. Mais sombria? Mais dura? A cidade está ao mesmo tempo viva e morta. Ser eu mesmo não é o suficiente aqui, e eu tenho de tentar ser outro alguém, alguém melhor do que eu, creio. O problema é que eu continuo fazendo errado. Quer dizer, uma coisa é mentir sobre minha idade (não é como se os jornais fossem conferir) e outra é mentir sobre minha vida com você. Fico tomando decisões erradas. Sou um idiota.
    Ontem fui para a balsa, mas subi no ônibus errado. Desci e estava perdido. Caminhei por horas. Rua após rua. Numa rua eu dei com casas bombardeadas, fileiras inteiras de casas faltando, como dentes arrancados, terra enlameada escura no lugar, lixo nas sarjetas e pivetes sujos desvairados. Mas então virei a esquina e encontrei pequenos arrulhos de vida, gente feliz em conversar, feliz em ajudar, feliz em si. Olhei para cada porta pela qual eu passava, me perguntando quais segredos guardavam.
    Sei que devo começar do começo. O Cavern Club é o lugar natural – afinal, foi onde tudo começou. Mas vou ser sincero – talvez pela primeira vez eu a escuto dizer, com aquela risadinha que você solta quando tenta deixar claro seu ponto –, o Cavern me assusta. Não sei por quê. Passei por ele quatro vezes no outro dia. Subindo e descendo a rua Mathew, cabeça baixa como um garotinho de escola. Aquela porta escura, aquele buraco no chão.
    O lugar é só uma casca agora, fechado com seus segredos trancados dentro. Tantas respostas em potencial se foram. Eu

finalmente reuni coragem (depois de algumas brejas) para conversar com um dos seguranças da rua Mathew. Ele parecia impressionado por eu vir da Austrália e ficou feliz em conversar. Ele disse que não conheceu Mal, mas sabia "sobre ele". Ele disse que Mal havia trabalhado no GPO (é o correio) antes de arrumar um trabalho temporário como segurança no Cavern. Ele disse que o chefe dele conhecera Mal, mas eu fugi como um coelhinho assustado quando ele entrou para chamá-lo.

Então, peguei a saída mais fácil. Voltei para antes do começo. Tenho de ser fuxiqueiro, revirar por aí, fazer perguntas. Consegui encontrar o prédio do GPO e esperei do lado de fora até a hora do fechamento. Então segui alguns dos caras até o pub. Você devia ter me visto, eu estava como um verdadeiro detetive particular. Igualzinho aos caras que você vê nos filmes. Comecei a conversar e depois de algumas geladas (é como eles chamam as brejas), conheci uns caras que conheciam o Mal. Contei a eles que eu estava escrevendo um livro sobre os Beatles, e eles pareceram felizes.

Um deles me contou sobre a primeira vez que os Beatles pediram a Mal para levá-los para Londres. Sei que Mal era roadie, mas eu não sabia que começou porque o motorista de sempre dos Beatles estava doente. Aparentemente, no caminho de volta, as condições estavam ruins, com neblina densa cobrindo a estrada – acho que ele disse que era na M1. Enfim, o sujeito disse que houve um estrondo, e uma pedra atingiu o para-brisa da frente. O vidro rachou, tornando impossível enxergar, mas sem parar Mal cobriu a mão com o chapéu e socou um buraco no vidro. Mal acabou tendo de dirigir trezentos quilômetros só com o acostamento da estrada como guia, enquanto os Beatles deitavam-se atrás só com uma garrafa de uísque para se aquecer. Pode imaginar o frio que Mal sentia? Mas ele seguiu em frente. Ele era como eu, Angela, ele não desistia facilmente.

Também conheci um velho cara do GPO que costumava jogar dardos com Mal nas noites de terça. Acontece que Mal e sua futura esposa se conheceram e se apaixonaram num parque de diversões num lugar chamado New Brighton. É um resort litorâneo do outro lado da água – é como eles chamam o rio Mersey, a água. Como se fosse o único rio do mundo ou sei lá. Sabe, Liverpool fica ao lado desse rio monstruoso cinza e liso. Dá para ver a terra do outro lado, erguendo-se da água. O Wirral, é como o chamam. New Brighton fica no topo do Wirral, um dedo no mar da Irlanda. Acontece que é um lugar popular para scousers (pessoas de Liverpool) no verão. Eles gostam de saltar na balsa, daí pegar um trem e passar a tarde tomando sorvete, remando no mar e caminhando no calçadão. Lembra daquela música: "Ferry Cross The Mersey"? Ouvimos naquele baile ano passado. O DJ era um cara inglês.

Acho que tenho de ver New Brighton. Estou com uma sensação, por assim dizer. É o tipo de coisa que um escritor faz quando está tentando entrar na mente de seus personagens. A onda de calor está no final aqui, então posso tentar pegar as últimas gotas de sol. Vou para a balsa. Dá para ir por baixo d'água num túnel, mas é só para carros. Acho que a balsa vai ser mais autêntica, e é onde eu ia ontem quando me perdi.

Outro fato. Acontece que Mal teve um filho logo depois de se casar. Um garoto chamado Gary. Um cara se lembra dele como um "sujeitinho animado". Não acho que seja importante, mas me fez pensar no nosso Stephen.

Eu me perguntei se Gary tinha orgulho do pai e então me perguntei o que Stephen deve achar de eu estar do outro lado do mundo. Espero que eu possa deixá-lo orgulhoso. É só a promessa de dinheiro misturada com um pouco de cerveja, não é uma boa combinação, mas estou tentando tirar algo disso. O povo parece esperar algo de mim também. Isso ao menos faz sentido? Acho que estou interpretando um papel aqui em

Liverpool, e meu público quer que eu me comporte de certa forma.

Mas sei que vamos ficar bem, porque eu e você somos firmes, não somos?

Love me, do.

Max

Tenho tentado pensar numa forma de conversar com Elisabeth sobre Max ser divorciado e sobre seus filhos e sobre ele dizer que estava apaixonado por mim. Mas a questão é que toda vez que começo a formular as frases na minha cabeça, não consigo fazê-las soarem nada bem. Não consigo fazê-las soarem como se eu não estivesse sendo uma tola. Elisabeth deve aparecer a qualquer minuto. Ela disse antes que comeríamos um sanduba juntas e nos atualizaríamos. Olho para a porta e a vejo conversando com um cara de terno no saguão. Eles ficam olhando para o achados e perdidos. O homem de terno parecia bravo inicialmente, mas agora está sorrindo. Elisabeth tocou seu braço duas vezes e está abrindo um sorriso falso. Não tenho ideia do que ela está tramando.

Elisabeth caminha em minha direção. Eu fico atrás do balcão, e o homem fica onde está, mas ele está observando Elisabeth quando ela faz um rebolado extra só para ele.

– Bambambã de Londres – ela diz, quase num cochicho.

– O quê? – pergunto.

– Gerente, de Londres. Ele apareceu para te dar uma dura, mas deu um pulo no café antes, para um sanduba de bacon.

– Ele vai me bater com a mala dele? Vou ser despejada?

– Vai ser despejada se não correr e dar a eles o que eles querem – Elisabeth diz.

– Estou tentando – digo. – Ainda tenho... – Tiro o pedaço de papel do bolso. – Dezessete dias.

– Bonequinha, você tem um amigo por correspondência e está rindo – Elisabeth diz. – Isso é sério. Eles precisam do seu número do Seguro Social. Você precisa selar essa questão ou picar a mula daqui.

Eu rio. A situação não é engraçada, mas juro que Elisabeth inventa essas frases.

– Picar a mula? – repito. Elisabeth assente, então se vira e olha para o cara, então se vira de volta para mim e cochicha. – Bota o rosto sério agora.

O homem de terno entra no achados e perdidos e cruza o balcão. Deixo meu rosto numa expressão séria. Ele está ao meu lado. Estou sentada no meu banquinho. Eu me estico para tirar meu guarda-chuva com dentaduras, sinos e contas. Vejo Elisabeth sacudindo a cabeça; seus olhos dizendo NÃO. Devolvo minha arma para debaixo do balcão.

– Martha Perdida, eu presumo – ele diz.

Acho que ele está esperando uma resposta, mas eu não estou bem certa do que ele está perguntando.

– Sim, senhor – digo.

– Martha, temos um problema. Estou envolvido em outros negócios, mas decidi dar um pulinho aqui eu mesmo e ter uma palavrinha com você cara a cara. Porque a felicidade da nossa força de trabalho importa.

– Gostaria de uma xícara de chá? – pergunto. – Ou talvez um conjunto de dentaduras? – Escuto Elisabeth abafando um risinho. Eu não pretendia ser engraçada. É só que enquanto ele falava, eu não conseguia evitar de encarar a boca dele e notei que faltavam dois de seus dentes da frente. Eu não estava sendo cruel, só fazia sentido para mim perguntar se ele queria revirar a caixa de dentes falsos.

– Não – ele diz. Não estou certa se é não para o chá ou para a dentadura, então ligo o bule só por precaução.

"Martha, este escritório tem a maior taxa de achados de todos os nossos escritórios de achados e perdidos. Este escritório vai além da meta, se é para ser totalmente honesto, e não temos dúvida de que isso é devido a seu trabalho duro. Suponho que tenha recebido uma carta nossa?", ele pergunta, eu faço que sim.

– Ela recebeu e está preocupada com isso desde então – Elisabeth salta na conversa. Ela passou para este lado do balcão também.

– Preocupar? – o homem de terno diz. Eu me pergunto qual deve ser seu nome. Ele parece um John, mas eu decido não dizer isso a ele. Por enquanto esqueci da pergunta dele, então eu assinto para a chaleira, e não para o cara de terno.

"Você entrou no país ilegalmente?", o homem de terno pergunta.

– Não tenho certeza – digo. Eu viro da prateleira onde está o bule e ligo meu sotaque francês. – Posso *serr*, sabe, eu cheguei aqui de *Parris* quando eu tinha...

Elisabeth interrompe: – O que Martha quer dizer é que desde a morte da mãe dela, que Deus proteja sua alma, Martha teve muito com que lidar. Ela não foi capaz de localizar sua certidão de nascimento ou seu número de Seguro Social. A mãe de Martha os colocou em algum lugar para ficar em segurança, e estamos tentando localizá-los. – Sua voz é diferente. Ela está falando com o sotaque de Blundellsands, tentando impressionar a gerência.

– Você só precisa pedir uma segunda via – o homem de terno diz, mas seus olhos parecem confusos.

– Eu sei, ela só tem sido um pouco... – Elisabeth começa e então cochicha: – Perdida, desde que a mãe morreu. Mas vou te dizer uma coisa, John...

– Seu nome é John? – pergunto. Estou sorrindo, e minha expressão de seriedade se foi.

– Não, é Simon – o homem de terno cochicha. Seus olhos oscilam entre mim e Elisabeth.

– E como você mandou aqueles dois atacá-la... – Elisabeth começa.

– Não fiz nada disso – o homem de terno nega.

– Tenho uma declaração assinada de cada um deles, John, detalhando como você disse a eles para "mandá-la para fora" e "use a força que for necessária" – Elisabeth diz.

– Posso assegurar que... – o homem de terno começa.

– Ela – Elisabeth aponta para mim – foi ameaçada com um taco de críquete. Você – ela aponta para o homem de terno – a acusou de adorar o Diabo. Ela foi encontrada no chão...

– Eu estava sendo uma tartaruga – começo, mas Elisabeth olha feio para eu ficar quieta.

– E desde aquele dia ela está vivendo com medo. Carrega uma arma com ela o tempo todo – Elisabeth diz, e eu lanço meus olhos para minha arma sob o balcão. Acho que precisa de um nome. – Ela tem dezesseis anos de idade – Elisabeth acrescenta.

– Nunca foi minha intenção – o homem de terno começa.

– Enfim, John – Elisabeth diz. Eu rio. – Eu te dou minha garantia pessoal de que Martha vai arrumar todos os detalhes de que você precisa nas próximas quatro semanas.

– Ela precisa de tempo adicional? São mais vinte e oito dias – o homem de terno diz. – Pelos nossos cálculos ela tem mais dezessete dias.

– Que tal dividirmos a diferença, John? Digamos vinte e um dias e esquecemos tudo sobre como você pagou dois caras para atacá-la? Ah, e não vamos esquecer sobre os dois valentões que você mandou mesmo tendo um acordo – Elisabeth diz e pisca para o cara de terno.

– Outros dois? – pergunto. Elisabeth sorri para mim.

– Eu realmente não acho... – o homem de terno começa.

– E eu coloco umas fatias de bolo também – Elisabeth diz. – Você parece ser um cara que curtiria um bolo glaceado.

O homem de terno sorri.

– Tá, tá. Ela tem vinte e um dias, começando hoje, ou não vamos pagar o salário dela – o homem de terno começa.

– Você não pode... – Elisabeth começa.

– Acho que você vai descobrir que podemos. Certidão de nascimento e número de Seguro Social em vinte e um dias, senão...

– E temos sua garantia de que nenhum outro valentão vai aparecer – Elisabeth diz.

– Vocês têm – o homem de terno diz.

– Ou eu vou para a polícia – Elisabeth ameaça.

– Vai me despedir? – pergunto.

– Você está nos deixando sem opção – o cara de terno diz. – Ou recebemos esses detalhes, ou você vai perder tanto seu emprego quanto seu lar, Martha. Os outros estão falando em relatar isso a estâncias ainda superiores.

Estou escutando, mas já estou distraída.

– Tem um livro na sua mala? – pergunto, olhando para a pasta de couro preto no chão.

– Sim – ele diz. Eu olho para ele. Ele sorri.

– E quase terminou? – pergunto.

– Estou na metade. Tenho um extra, caso eu termine – ele diz. Eu sorrio. Gosto dele.

– É divorciado? – pergunto.

– Sim – ele diz.

– Tem filhos?

– Dois meninos. São tudo para mim.

– Sinto muito por fazê-lo vir até aqui.

– Vinte e um dias, Martha – ele diz.

– Excelente – Elisabeth diz –, chegamos lá por um leve desvio. Agora, Simon, sobre seu bolo glaceado. Creio que você prefira com uvas-passas?

Coluna "Pela Cidade" no *Liverpool Daily Post*

OS BEATLES ESTÃO DE VOLTA À CIDADE?

Os boatos nas ruas são de que há uma onda de memorabilia dos Beatles sendo vendida pela cidade na última semana. De suéteres, bonés, cachecóis e bandeiras. Os Beatles estão tendo um grande momento. Talvez seja devido ao rumor borbulhando de que a banda está voltando. Mas não vamos nos empolgar demais – afinal, este será o sétimo relato de "Os Beatles estão de volta à cidade" em algumas semanas.

O homem do momento, Max Cole, foi até visto usando uma camiseta branca escrito "O que aconteceu com Mal?" mais cedo hoje – um detalhe interessante na onda de memorabilia. O australiano de 35 anos estava elegante em sua nova vestimenta, que foi inspirada por sua recente descoberta da mala.

Foi visto andando com o proprietário da boate do nosso centro da cidade, Rocky Hooper, mas Max não estava disponível para comentários. Enquanto isso, há fortes rumores de que Max Cole deve informar o paradeiro das cinzas de Mal Evans, uma descoberta que vai garantir que ele tenha a chave da nossa cidade e de nossos corações.

Mais tarde, estou com George Harris e Elisabeth, e estamos lá embaixo no túnel do William. William não é bem ele mesmo novamente. Parece nervoso e infeliz. Não fui capaz de contar a nenhum deles sobre Max ter filhos ou como eu quero impedir que ele me beije, mas que gosto bem da ideia de ele me amar para sempre. Não venho aqui embaixo há dias. Sinto saudade de estar aqui, mas tudo parece diferente, tudo parece estranho. Quero conversar sobre isso, mas o clima não está muito claro. Acho que estou brava com todos eles. Acho que estou brava porque preciso fazê-los se sentir melhor, e nenhum deles está tentando. Em vez disso, nós todos notamos que William está muito ansioso.

Então pergunto a ele:

– O que há de errado, William?

Ele não responde; em vez disso, ele se faz de ocupado, sentado de pernas cruzadas no chão remexendo num caixote de novos achados. Ele nem sequer reconhece minhas palavras. Acho que ele pode estar emburrado, Elisabeth e George Harris passaram algum tempo sem mim. Não sei o que andei perdendo.

Estou sentada na mesa de jantar com George Harris e Elisabeth. Olho para Elisabeth, e ela revira os olhos.

– Você preferiria que nós fôssemos embora? – pergunto, e é quando do William solta um uivo terrível. Cubro meus ouvidos com as mãos. Olho e vejo que George Harris e Elisabeth fizeram isso também.

"Que é isso?", indago, quando ele para de gemer. Eu desço da minha cadeira e me ajoelho no chão ao lado dele. O chão está frio e sujo. Penso nos ratos.

– Vocês vão me deixar – William diz.

– Quê? – pergunto.

– Ouvi o homem. Ele disse que vocês vão ter de me deixar – William diz.

– Não, isso não vai acontecer – Elisabeth diz, mas William não desvia de seu caixote de tesouros.

– Eu me escondi no dia. Lugares escuros, becos. De noite eu voltei para o metrô. Procurei por todo lado pela Mamãe e pelo Papai. Voltei onde achei que nossa casa deveria estar. Não sei se era o lugar certo. Tudo estava diferente. Terra demais. Muitos prédios todos despedaçados no chão. Eu tinha meu táxi londrino de brinquedo todo gasto. Era a única coisa que eu tinha. Estava usando minhas roupas de aniversário. Calças curtas, eram cinza, e um jérsei de lã. Eu tinha um cinto. Era meu favorito, meu cinto. Era elástico com uma fivela em forma de S, aquela fivela parecia uma cobra. Todos os meninos tinham o cinto com S. Mas o meu era especial. Para mim.

– William – Elisabeth diz. Mas William não quer ouvir o que Elisabeth tem a dizer.

– Onde ficava nossa casa, eu vi o sr. Davies e o homem da casa ao lado, o sr. Peters, carregando um corpo pela porta da frente. O sr. Davies me viu. Achei que eu estava escondido. O sr. Davies era bom em procurar. Ele disse que a sra. Davies estava procurando por mim. Ele sentia muito por meus pais. Disse que eram gente bacana.

– Não vou te deixar – cochicho, mas William não está ouvindo. Ele não quer minhas palavras. Ainda não.

– A sra. Davies disse para a sra. Peters que não era lugar para um moço. Disse que meus pais deveriam ter me mandado com os outros moleques. Eu a odiei por ter dito isso. Perguntei se os Jerries estavam voltando novamente. O sr. Davies os chamou de Canalhas de Cabeça Quadrada. Disse que eles voltariam.

– Isso deve ter te assustado – Elisabeth diz.

William assente. – Eu não entendi o que o sr. Davies e o vizinho disseram sobre a Mamãe e o Papai. Eles não ficaram para conversar mais. Estavam carregando uma pessoa morta. Eu podia ver a mão. Achei que se moveu. Eu gritei e corri de volta para o metrô.

– Oh, William – Elisabeth diz. – Você deve ter ficado com tanto medo.

William assente. Lágrimas caem em seu caixote. – Ouvi uma moça dizer que havia túmulos coletivos. Mas se você fosse uma família, você podia arrumar um só para sua família, se alguns deles estivessem mortos. Após alguns dias em lugares escuros, imaginei que a Mamãe e o Papai foram mortos pelas bombas Jerry. Eu era pequeno. Não consegui arrumar um túmulo para eles serem uma família. Não sei onde a Mamãe e o Papai estão descansando. Seus corpos não disseram adeus. Eu me escondi e esperei.

– Eu posso ajudar – digo.

– Não, não acho que possa – William diz. – Alguns corpos nunca foram encontrados. Mas se você desaparece por muito tempo, você é presu... presumido como morto. Estou presumido como morto. Não existo agora. Costumava me esconder em túneis porque achei que se cometeram um engano, com Mamãe e Papai estando mortos, então é onde eles viriam me procurar. Não aqui, mas nos túneis debaixo da nossa casa.

– Mas nunca procuraram? – Elisabeth pergunta.

– Não, foram embora, como vocês todos irão... – William fica de pé e corre de nós, mancando com sua perna esquerda. Ele corre nesses túneis, para a segurança.

– Mas eu nunca vou te deixar – cochicho. Queria que ele pudesse me ouvir.

Então eu o escuto gritando:

– Max é casado. – Eu levanto o olhar para ver tanto Elisabeth quanto George Harris olhando para mim.

– Divorciado... – começo a dizer.

Escrito por Anônimo para Martha Perdida, em *Orgulho e Preconceito*, de Jane Austen, entregue por Drac, o carteiro, ao escritório de achados e perdidos.

Minha querida Martha,
Temo que eu tenha revelado minha identidade a você. Você imaginou seus olhos em mim esta manhã? Temo que seu encantador pôster tenha me feito interromper o meu curso e encarar as palavras que você formou em uma pergunta. Temo que eu tenha feito viajantes alterarem seus caminhos para a Plataforma 6. Estava observando, minha criança? Não busca mais saber minha identidade? Suas palavras buscam uma resposta mais profunda? Alguém de nós realmente sabe quem é?
 Ainda assim você perguntou. Ainda assim eu contemplo. Quem sou eu?
 Está pedindo para eu dar meu nome a você? Você realmente quer saber a resposta? Minha identidade não fará minhas palavras terem menos peso? Um rosto para uma voz ou um nome para substituir "anônimo" alteraria os fatos que ofereço a você, minha criança? Por que busca uma revelação antes de ter coletado a informação necessária tanto no seu mundo profissional quanto pessoal? E se eu revelar minha identidade e você não quiser mais se comunicar comigo? Isso não significaria que você perderia seu lar, sua renda e seu emprego? Temo que você não tenha considerado as consequências dessa revelação neste momento, minha criança.

Ainda assim, posso oferecer um tipo de resposta. Minha criança, tudo o que você precisa saber é que sou seu maior admirador, que estou perdido, que espero que um dia sejamos amigos tangíveis. Não busco causar mal a você, meu propósito na Terra é sua proteção. É tudo o que você requer? Respondi suas perguntas, até então? Pois, Martha, sou o guardador de segredos, sou o Flautista de Hamelin, sou deslocado. Quem sou eu, Martha? Quem eu quero ser? Às vezes eu temo que nossas próprias histórias sejam as mais duras de contar.

Um dia, minha querida, eu vou me sentar e vou te contar a história da minha vida. Minha promessa a você é que minha história não irá começar com "era uma vez". Minha vida começou no dia que te encontrei. Começou no dia que aprendi como amar.

Minha querida Martha, hoje você me fez uma pergunta que sacudiu meu âmago. Revelar a mim mesmo neste momento da nossa comunicação iria impedir as respostas para perguntas mais urgentes. O tempo corre para você, minha doce criança. Quando vai fazer as perguntas que exigem respostas que posso dar?

Aguardo sua pergunta,
Anônimo X

Estou sentada no balcão do café. George Harris acabou de chegar. Ele arrasta um banquinho que arranha o chão de linóleo.

— Levante, John — Elisabeth grita. As bochechas de George Harris ficam rosadas, e eu continuo a falar.

— Não foi como se fosse um momento romântico — digo. George Harris coloca sua cadeira ao meu lado. Ele sorri e balança no banquinho. — Não foi nem um debate caloroso. Foi essa tarde. Ele estava me fazendo uma xícara de chá na cozinha da Mãe.

— Ele? — George Harris pergunta, colocando seu capacete no balcão.

— Max — Elisabeth diz, revirando os olhos para George Harris.

— Estávamos vendo a pesquisa dele. Eu estava sentada na saleta da Mãe. Eu te contei que Elisabeth levou o crucifixo? — pergunto. George Harris assente.

— Deu para Jenny Jones no quiosque. Ela gosta de um bom crucifixo. A abestalhada disse que iria trazer boa sorte a ela — Elisabeth diz. Ela serve uma xícara de chá para George Harris enquanto fala.

— Sorte da Jenny Jones — George Harris diz, e Elisabeth ri.

— Nós espalhamos suas notas de pesquisa pelo chão e estávamos tentando entender o mistério — continuo. — Ele estava gritando para mim da minha cozinha. Ele me chamou pelo nome da ex-mulher.

— Qual é o nome da mulher dele? — Elisabeth pergunta.

— Ex-mulher — digo e suspiro. — Angela.

— E o que você fez? — George Harris pergunta.

— Nada — digo. — Eu não sabia que era o nome dela até ele correr para a saleta da Mãe, sem a xícara de chá, e começar a se desculpar.

Eu não me importei realmente; ele me chamou de Charlotte uma porção de vezes.

– Ele é um babaca – Elisabeth diz.

– Você prometeu – digo, e Elisabeth revira os olhos novamente.

– Eu escutei o que ele tinha a dizer. Ele se sentou perto de mim no sofá da Mãe e foi quando ele me contou como eles se conheceram. Ele sorriu quando falou dela – acrescento.

– Você não o mandou parar? – Elisabeth pergunta.

– Eu o deixei falar. Mas quando ele terminou, sua voz ficou brava e ele disse: "Por que você é tão frígida? Quanto tempo vai levar para eu e você nos pegarmos?"

– Você deu um soco na cara dele? – George Harris pergunta, e suas bochechas ficam coradas.

– Não, eu coloquei um dedo nos meus lábios.

– Por que fez isso, bonequinha? – Elisabeth pergunta. Eu a vejo trocando olhares com George Harris e dando de ombros.

– Eu queria que ele parasse de falar – digo. Elisabeth ri. – Mas então ele disse que, se eu o amava, eu o ajudaria a encontrar as cinzas, mas... – Eu paro de falar, me viro e observo Elisabeth correr do café para o saguão. Olho para George Harris, mas ele já está de pé e se movendo de maneira ruidosa até a porta em sua armadura romana.

Eu corro para a porta e fico ao lado de George Harris. Olho para a direita e vejo que Elisabeth está de pé na frente de Max, que está com Charlotte. O rosto de Elisabeth está bem vermelho, e ela está apertando os punhos. Ela parece estar prestes a dar o bote. Eles acabaram de passar pelo café, na frente do quiosque de Jenny Jones. Elisabeth os deteve na caminhada. Devem estar indo para a saída.

– Ei, Max, seu cuzão – escuto Elisabeth gritar. Eu nunca ouvi ela projetar a voz assim antes.

Eu saio para o saguão. Observo. Max se vira, ele me vê, caminha em minha direção. Charlotte fica onde está. Eu vejo que ela está observando. Max caminha direto para mim, beija meus lábios, então parte. Sem planos, sem promessas, sem palavras. Não sei se o verei novamente e nem sei se quero.

– VOU VOAR NELE – Elisabeth grita. Olho para ela e vejo que George Harris a está segurando, mas meus olhos se voltam para Max. Ele passou por Elisabeth e buscou Charlotte. Eu os vejo caminhando em direção à saída. Vejo que estão de mãos dadas.

A pergunta que Martha Perdida escreveu num pôster que foi preso num painel ao lado da Plataforma 6:

Eu tenho um número de Seguro Social?

Querida Angela,

Estou agora no começo. Não o começo de Mal, que permanece um mistério, ou o começo da minha história, que aconteceu com a mala, mas o começo DA história. O Cavern Club, ainda! Antes do Cavern, a vida de Mal é um vazio. Não há nada, apenas sombras. Não há nada sólido, nada para que eu o compreenda profundamente. É quase como se ele fosse o personagem de um romance.

Mal Evans ao menos existiu?

Às vezes eu me pergunto. Mas ele deve ter existido. Conheci gente que o conheceu! Relatos de primeira mão. Fontes primárias! Ainda assim a falta de informação é uma preocupação. Só posso confiar nos fatos. Minha história deve ter fatos. São os fatos que vendem.

O que eu descobri:

Como você sabe, eu rastreei o velho emprego de Mal. De fato ele costumava trabalhar para o GPO, já te contei isso. Falei com alguns caras. Todo mundo se lembrava de Mal, mas ninguém realmente sabia o que ele fazia de fato. Todos diziam a mesma coisa – basicamente um enorme e gentil grandalhão.

Lembra-se do velho sujeito que jogava dardos com Mal? Bem, eu o encontrei uma segunda vez. Foi uma coincidência de fato, apareci no bar para uma breja e lá estava ele, todo cheio de si no final do bar. Paguei uma bebida para ele, que me contou uma nova história. Ele se lembrou depois de termos conversado. Ele torcia para me ver novamente. Destino? Esteja certa!

De fato Mal comprou uma casa quando ele se casou. O velho usou sua van para ajudar Mal a levar um aparador de seu velho barco para sua nova casa. Os dois a levantaram da rua até a sala de estar. A garota de Mal estava parada, com as mãos na cintura, observando a coisa toda sem dizer uma palavra. O velho até lembrava do endereço, Hillside Road, num lugar chamado Mossley Hill.

O velho foi rápido em me dizer que Mal estava bem quebrado financeiramente daquele ponto em diante. O preço de uma hipoteca de família, creio. Isso é importante? Liverpool não é uma cidade rica. Não creio que ninguém que eu tenha conhecido, tirando Rocky, realmente possua dinheiro. Um bom povo honesto, procurando passar a semana para jogar uma pelada no sábado e ir para o pub no sábado à noite. Um velho sujeito brincou que não gostava de nada além de uma "cerveja e um petisco" numa noite de sábado. Era assim que Mal era? Não creio. Creio que Mal fosse diferente. Só pareço estar tendo essas impressões. Talvez seja algum palpite de escritor.

Enfim, o velho tinha alguns fatos apetitosos. E ficou guardando-os até tarde da noite. Eu quase desisti dele como fonte. Devo ter pago a ele o peso dele em brejas antes de ele desembuchar de uma vez, como se estivesse segurando e não pudesse mais se conter.

– Sei a primeira vez que ele viu os Beatles, sabe? – ele disse com o cigarro pendurado no canto da boca. – Isso é importante?

– Pode ser – eu disse.

– Bem, não tem muita coisa, na verdade. O Grande Mal veio aqui uma noite de terça para o costumeiro jogo de dardos, mas naquela noite ele estava diferente. Estava a toda.

– Como?

– Bem, por acaso Mal tinha dado um pulo no centro no intervalo do almoço. Ele costumava fazer isso. Ir para a cidade e caminhar por lá. Não me lembro por quê. Enfim, nesse dia ele me contou que notou essa pequena rua que ele nunca havia visto antes. Chamava-se rua Mathew. Nada de pequena rua agora, centro da porcaria do universo. Mas em 1961 era o cu do mundo. Bem, ele me disse que descia a rua e deu com esse lugar tocando música. Um clube. O Cavern, ele o chamou. Agora, há algo importante que você precisa saber sobre Mal.

– O quê?

– Mal era um grande fã do Elvis, e quero dizer grande mesmo. Ele amava o Elvis. Ele conhecia toda a letra de "King Creole". Conhece Elvis?

Eu assenti. Eu sabia que estava chegando a algo. Creio que escritores tenham um faro para esse tipo de coisa.

– Bem, Mal havia ouvido essa música. Rock, ele dizia. Queria saber mais, então pagou um xelim e entrou. Sabe quem estava tocando?

– Elvis? – apostei. Eu sabia a resposta, é claro, mas não queria me meter no meio de uma boa história.

– Elvis? Por que Elvis estaria tocando num clube caído no meio de Liverpool, em pleno dia? Isso não faz sentido. Não, Elvis coisa nenhuma, os malditos Beatles, é isso. E foi a primeira vez que ele botou os olhos neles. Ele estava a toda com isso no dia seguinte, durante os dardos.

Anotei a conversa num pedaço de papel no café da manhã do dia seguinte. Eu sabia que seria importante.

Mas como eu disse antes de partir, quero fazer isso da forma correta. Quero entrar na cabeça de Mal e estou – estou vivendo o estilo de vida do rock and roll. Não é que as pessoas não saibam sobre você e os moleques. Mas estão mais interessadas em mim e na mala. Elas não se fartam de mim, e você sabe como eu sou uma merda em dizer não. E quanto mais eu digo sim, mais eu descubro!

Noite passada mesmo escutei que há uma conexão entre Mal Evans e Elvis. E, sim, estou de novo falando no Elvis! Por que eu não pude encontrar uma mala que já pertenceu ao Rei do Rock and Roll?

Então, acontece que durante a turnê americana de 1965, Mal teve a chance de conhecer seu ídolo, mas acabou sendo uma das maiores decepções de sua vida. O grande dia foi 27 de agosto de 1965, na mansão de Elvis, no 565 da Perugia Way, Bel Air, LA.

Aparentemente, Mal estava tão empolgado sobre o encontro e fez um esforço para ficar bem. Quero dizer, bem demais, encontrar o Rei – aposto que ele ficou nas alturas! Mandou seu terno para lavagem a seco, pegou uma bela camisa branca e colocou uma gravata.

O séquito chegou às onze da noite, e foi recebido por Elvis em sua sala de estar circular. Aparentemente, a conversa ficou meio sem jeito inicialmente, até que Elvis disse algo como: "Se vocês desgraçados vão se sentar aqui e me encarar a noite toda, vou para a cama." Com o gelo quebrado, não demorou muito para os violões aparecerem. Quando os violões chegaram, Elvis perguntou se algum deles tinha uma palheta (isso é um plectro).

Paul disse algo como: "Isso aí, Mal tem uma palheta. Ele sempre tem uma palheta. Ele as carrega nas férias com ele!" Mal foi pegar a palheta do bolso apenas para descobrir que havia sido tirada na lavagem a seco! Mal acabou quebrando colheres de plástico para fazer uma, não havia mais nada a fazer.

Aparentemente Mal sentia que era um dos maiores arrependimentos de sua vida. Não havia **nada** que ele gostaria mais do que dar a Elvis uma palheta e então emoldurá-la depois que o Rei a tivesse usado para tocar violão! Havia uma regra de "nada de fotos" no encontro, é claro. Mas há boatos persistentes de que um tipo de improviso foi feito. Se é verdade, Mal saberia ou a teria? Seria impagável! Essa fita pode estar na mala?

Preciso que você saiba que, o que quer que eu esteja fazendo agora, esse não é o verdadeiro eu. O povo por aqui não me conhece como você me conhece. Você entende, certo?

Love me, do.

Max

Leva três dias até ele ligar.

    Ele me diz que andou ocupado, que está dormindo durante o dia e encontrando gente nas festas de noite. Ele me conta sobre drogas que tomou e álcool e como todo mundo está fazendo sons empolgados sobre os conteúdos da mala. Ele me conta como alguns itens menores voltaram como memorabilia, reproduções que Mal Evans pode ter pego como souveniers durante as viagens.

    – Mas não é nada para se preocupar – ele diz. Está falando rapidamente, as palavras enroladas em sua boca e se juntando umas nas outras. – Parte do troço vai ser ouro puro, cara, porque Mal, ele era o centro de tudo. Depois desse show em Nova York, não me lembro onde foi, mas anotei em algum lugar... – Sua voz é abafada, como se tivesse colocado a mão sobre o bocal.

    – Ainda está aí? – pergunto.

    – Os Beatles voltaram para um hotel e fumaram maconha com o Bob Dylan – ele diz. Acho que ele não está me escutando, é como se estivesse falando consigo mesmo. – E Mal estava lá, cara, claro que estava, no centro de tudo, como estou agora... Então, descobri que Paul McCartney, ele tem vontade de escrever seus pensamentos, querida, porque era como se ele estivesse pensando na vida pela primeira vez. Ele incomodou o Mal, pedindo lápis e papel. Mal tinha... – Max faz uma pausa. Não sei se está esperando que eu comente. Eu não falo. – Grande cara, sempre carregando essas coisas com ele, e pode ter guardado essas anotações, os pensamentos do Paul sobre o universo. Na verdade, aposto que ele guardou. Mal era um escritor por dentro, como eu. Mas perdeu muito da coisa não se colocando em primeiro lugar. Sabia que

Mal nunca tinha dinheiro o bastante, cara? Ele ficou na classe econômica no voo para os EUA, até a banda descobrir...
– A Charlotte é sua namorada? – pergunto. Max ri.
– Aquela vadia? – ele diz, e eu fecho a cara.
– Pensei que...
– Você pensa demais. Você é a única gata pra mim – ele diz. Eu não sorrio.
– Já amou muitas mulheres? – pergunto. Escuto ele respirar no telefone.
– Não, cara, eu tive um casamento feliz – ele diz e ri.
– Quero dizer, desde que parou de ser casado – digo.
– Não, sua tonta, você é meu primeiro amor desde... – A ligação não está boa. Música alta toca sobre as palavras dele. Posso ouvir gente gritando e posso ouvir mulheres rindo.
– Max – uma voz de mulher diz. Ela deixa o som do "a" longo demais. Não gosto dela.
– Quem é essa aí? – pergunto.
– Ninguém – ele diz.
– Onde você está agora?
– Com o Rocky Hooper. Você pode estar feliz, mas ainda seduzida. E eu não ia ligar para nada dessa merda. Achei que você gostava do Mal. Acho que eu estava errado em pensar que você estaria interessada.
– Desculpe – digo.
– O que está acontecendo com essas malditas cinzas, querida? – Max pergunta.
Eu vejo as pombas nas vigas. Eu as vejo voando perto da cabeça de um viajante. O viajante berra. Eu rio. Procuro o Budgie, mas não posso avistá-lo.
– O que é tão engraçado? O soldado romano está aí? – ele pergunta. Olho para o relógio; ainda não é bem a hora de George Harris chegar.
– Logo mais – digo.

– Não gosto que converse com ele – Max diz. Escuto a mulher rindo de novo. Eu a escuto chamando o nome dele novamente.

– Ele é meu... – começo a dizer, mas soa o bipe, e Max diz:

– Merda, sem troco. Encontre essas cinzas, tá, querida? – Então ele se vai.

Elisabeth vem quando estou desligando o telefone. Deixo a porta aberta para ela. Ela fica no lado do cliente no balcão.

– Mais problemas no paraíso? – ela pergunta.

– Ter um namorado é meio esquisito – digo.

– Hum... Não vejo sentido, bonequinha. Todo esse sofrimento quando ele for embora. Você sabe que ele está transando com a Charlotte.

– Não está, não. Enfim, estou vivendo.

Elisabeth assente.

– Precisa encontrar sua certidão de nascimento e...

– Quinze dias. Estou trabalhando nisso.

– Está sendo egoísta. Está chateando William – Elisabeth diz.

– Não é minha intenção... – começo a dizer.

– Acho que você não entende que nem tudo é como parece inicialmente. Viver não tem de ser essa merda – Elisabeth diz, então ela se vira e sai do achados e perdidos.

Escrito por Anônimo para Martha Perdida, em *Stranger in a Strange Land*, de Robert A. Heinlein, entregue por Drac, o carteiro, ao escritório de achados e perdidos.

Minha querida Martha,
Só posso supor pela sua comunicação contínua por pôsteres que você permanece alheia à sua verdadeira identidade. Devo confessar que isso me surpreende de certa forma. Eu acreditava que você havia visto minha reação a seu último pôster, ainda assim, talvez eu tenha me enganado.

Conforme os dias passaram desde sua última comunicação comigo, temi que você tivesse decidido não criar outro pôster. Espero que esteja passando a você minha profunda alegria ao ver sua PERGUNTA esta manhã, assim como espero que esteja tudo bem na sua vida.

Minha criança, você tem de fato um número de Seguro Social. Foi emitido pelo Departamento de Saúde e Segurança Social. Sua carteira foi enviada à Mãe. Só posso supor que você não revirou os itens dela desde sua morte, porque sei que tal busca iria resultar em respostas para muitas das questões que você não ousa verbalizar. Arranjei um número temporário para você, até que tenha coragem suficiente para essa busca. O número é TN 05 02 60 F.

As autoridades tinham ciência de que a Mãe não era sua mãe biológica. Você foi registrada com residência no apartamento acima do achados e perdidos, com uma tia cuidando de você e aulas particulares.

Minha criança querida, você sempre existiu, nunca houve motivo para você se esconder. O simples fato é que houve um acordo entre sua mãe biológica, por intermédio do procurador dela, e a Mãe. É verdade que a identidade da sua mãe biológica nunca foi dada à Mãe, por medo do que a Mãe poderia fazer com fatos tão secretos. Ainda assim, perto do seu sexto aniversário, o procurador da sua mãe biológica contatou a Mãe e manteve um contato mensal com ela desde aquele tempo. É por isso que seu número do Seguro Social foi enviado a você, no escritório de achados e perdidos, e foi lhe endereçado usando seu nome completo. Você nunca considerou o motivo pelo qual a Mãe alegou que você não tinha sobrenome? Você realmente acredita que todas as crianças abandonadas não têm sobrenome?

Percebo que as preocupações sobre seu abandono mancham a memória de sua mãe biológica, ainda assim, eu ofereço isso para você na forma de uma evidência adicional para reconhecer que ela tem seguido seu progresso por vários anos. Minha criança querida, sinto, enquanto nos aproximamos da nossa última conversa, e você talvez nunca mais permita que eu verbalize minhas palavras, que devo informá-la que houve cartões de aniversário enviados todos os anos. Sua mãe biológica nunca se esqueceu do dia que ela te catapultou a este sombrio mundo. Houve cartas e cartões de Natal também.

Haverá uma documentação oficial no meio dos segredos da Mãe, se você desejar buscar mais respostas. Vai buscar, Martha? Vai procurar ou vai permanecer perdida, minha criança querida? Agora que dei seu número do Seguro Social, tudo o que resta a você é questionar sobre sua certidão de nascimento. Sim, Martha, não é tempo de procurar seu nome completo, a identidade de sua mãe biológica e até a data do seu nascimento?

O relógio continua a correr, querida Martha, está ficando sem tempo. Vai fazer a pergunta? Vai buscar nos segredos da Mãe? Temo que eu não saiba o que você vai fazer em seguida, mas sei

disso, minha criança, sei que quero apoiá-la e seguir em frente nessa jornada com você. Não me tema; eu não busco te machucar. Aguardo sua pergunta final.
    Anônimo X.

A pergunta que Martha Perdida escreveu num pôster que foi preso num painel ao lado da Plataforma 6:

Você tem uma cópia da minha certidão de nascimento?

Voltei do meu passeio a tempo de ver George Harris e Elisabeth seguindo para o achados e perdidos. Quando chego à porta de vidro, eles a trancaram, e posso ver que a porta para os porões foi deixada aberta. Eles devem estar indo para minha biblioteca.
— Esperem por mim! — grito batendo no vidro. Coloco o coração da Estação Lime Street no chão e reviro minha enorme bolsa para encontrar a chave. Elisabeth aparece de volta no escritório. E sorri destrancando a porta.
— Olá, estranha — ela diz. — Onde andou o dia todo?
— O Wirral, com Max. Acho que amo Mal Evans. — Elisabeth ri.
— Não posso discutir com você sobre Mal, bonequinha, mas desejo que você não se importe com esse Max. Ele... — Elisabeth começa, mas então para. Ela suspira e sorri. — Sabe, bonequinha, nosso Mal foi até diretor da Apple num certo ponto, até darem um pé nele. Nunca se soube o que tiveram contra ele. Vou te contar mais no chá — Elisabeth diz. — Venha, George Harris e William estão esperando.

Coloco o coração da Estação Lime Street e minha bolsa no balcão, então corro pela escada em espiral, pisando cuidadosamente sobre pilhas de livros no chão de concreto.

— Realmente preciso pensar em novas prateleiras — digo quando passamos pela porta aberta. Desde que encontramos William nos túneis, a porta permaneceu aberta. Ele é bem-vindo na minha casa. Na verdade, acho que há um argumento para dizer que vivemos no mesmo lar. Gosto disso.

Quando viramos uma esquina, William e George Harris estão parados ao lado da casa de boneca, ao lado da réplica em miniatura da nossa parte da Estação Lime Street. George Harris está debruçado; William mostra algo a ele.

– Eu me mudei para cá antes de a Martha chegar – William diz.
– Quando eu cheguei? – pergunto, e ambos olham para mim. George Harris sorri.
– Olá – George Harris diz, e eu aceno. Seu rosto está feliz. – Ouvi que você arrumou um número do Seguro Social – George Harris acrescenta, e eu faço que sim.
– Sim – William continua, e todos nós nos viramos para ele –, antes da Martha. Alguém começou a construir onde nossa casa ficava. O cimento veio pelos túneis, montes de cimento. Para preenchê-los. Eu corri. Trouxe o que pude carregar. Voltei duas vezes, trouxe mais coisas. Encontrei minha caixa de soldadinhos de chumbo. Mas na terceira vez não havia mais nada.
– Esse troço estava na casa dos seus pais? – George Harris pergunta.

Eu olho ao redor da sala, pensando pela primeira vez sobre como um garoto pode ter conseguido carregar itens bem grandes.

– Levou uma eternidade para encontrar todas as coisas certas. Para fazer os quartos como eram quando a Mamãe e o Papai... – William para de falar. Não há lágrimas, mas definitivamente há um tremor em sua voz. Elisabeth caminha até ele. Ela o abraça. Eu penso que ela deve segurar a respiração quando o abraça.

– William – digo. William se afasta do abraço e olha para mim. – Acho que sua casa-túnel é a coisa mais linda que já vi.

William sorri, um sorriso de verdade, e seus olhos azuis cintilam. Elisabeth tira os braços dos ombros dele. Eu vejo sua mão apertando a mão de William. Ela está dando a ele sua força.

– Tive de ir para a superfície quando o cimento veio. Vivi em becos – William diz.

– Como encontrou esses túneis? – George Harris pergunta. Olho para a mão de George Harris e vejo um soldado romano em miniatura na sua palma. É minúsculo em suas enormes mãos. Eu sorrio.

– Eu estava caminhando, perto do hotel North Western, foi no meio da noite – William diz, interrompendo meus pensamentos –, e um policial me parou. Eu ia verificar minhas coisas; coloquei minhas coisas especiais num buraco atrás da Lime Street. Para ficar seguro. Costumava verificar que estava seguro toda noite. O policial colocou sua mão no meu peito para me deter. Ele apontou com seu cacetete para o fim da rua. Ratos pretos, montes deles corriam, fugindo pela rua. Havia centenas.

— De onde eles vieram? — pergunto, estremecendo.

— O policial me disse que eles vieram de porões e túneis. Disse que os ratos faziam o mesmo percurso toda noite. Disse que os ratos iam para o mercado St. John's, pela comida fresca entregue.

— O mercado St. John's era um lugar fascinante naquela época — Elisabeth conta. — O racionamento de comida havia acabado. Dava para conseguir qualquer coisa do mundo.

— Eu não me importava com isso. Não tinha dinheiro para comprar nada. Só comia restos, coisas que não exigiam dinheiro. O policial nunca me perguntou quantos anos eu tinha ou o que eu estava fazendo no meio da noite. Depois que ele foi embora, fui para o hotel North Western. Bem quietinho, nas sombras. Fui para porões e foi onde encontrei a porta para esses túneis.

— E depois? — George Harris diz.

— Estive aqui desde então — William diz.

— E os ratos? — pergunto. — Já viu o Diabo aqui embaixo?

— O Diabo? — George Harris diz.

— A Mãe — Elisabeth diz, revirando os olhos.

— Ratos pretos são um saco. Eu acendo uma luz e eles estão na minha cama. Eu pisco e eles se foram. Achei que eles pudessem ser... que eu pudesse estar louco — William diz.

— É o que eles fazem na minha biblioteca — digo.

— Falou com eles? — William pergunta, e eu balanço a cabeça. — Vivemos nos túneis juntos. Temos um acordo. Eles me deixam em paz e eu não tento prendê-los em jaulas e afogá-los no rio Mersey. É o que outros caras fazem, é o que os caras em Lewis fizeram. Colocaram as ratas em jaulas para tentar atrair os ratos também. Os ratos caíram nessa. Subiram na jaula para ficar perto das ratas, daí esses caras em Lewis davam as jaulas para um homem. Pagavam a ele, e ele prometeu afogá-los. Mas ele não os afogou. Eu o vi deixando os ratos pretos irem embora. Descendo um dos túneis. Eles corriam, corriam bem rápido, afastando-se em segurança. Mas então os panacas voltaram novamente. Na noite seguinte. De volta a Lewis por migalhas novamente. Pegos nas jaulas novamente – William diz.

– Algumas pessoas não aprendem – Elisabeth diz. Está me encarando. Eu dou de ombros, e ela revira os olhos.

– Ratos têm uma coisa ou outra para aprender. Eu aprendi com eles. Aprendi a como ficar quieto nas sombras e como me mover num piscar de olhos – William revela.

Querida Angela,
Um céu claro azul brilhante se abre acima de mim hoje, salpicado com apenas uma ocasional nuvem branca, mas ainda assim vivo o que tem sido um dos dias mais tristes da minha vida.

Esta tardinha, nós viajamos para fora da cidade novamente e seguimos para o Sul de Liverpool. Para ser preciso, seguimos para a avenida Menlove, local da morte da mãe de John Lennon. John tinha apenas dezessete anos quando a mãe dele morreu. Ele foi criado pelos tios, mas, quando cresceu, quis se aproximar mais da mãe. Ele a "redescobriu" e estava criando laços. A Menlove é uma rua estranha; é o que chamam de "pista dupla". Casas tomam os dois lados da avenida, muitas com telhados vermelhos e fachadas em preto e branco, mas um banco de grama, pontilhado com árvores de aparência triste, divide as quatro vias de trânsito em duas e mais duas.

Na quarta, 15 de julho de 1958, a mãe de John estava conversando com a irmã dela na lateral da rua. Depois da conversa, ela caminhou pela via, esperou na grama por um momento e então começou a cruzar as outras duas vias. Ela foi atingida por um carro dirigido por um policial de folga. Morreu antes de chegar ao hospital.

Hoje nós ficamos um longo tempo no canto da rua, olhando para o ponto exato onde ela morreu. Eu solucei como uma criança. As pessoas que passavam por mim me olhavam como se eu fosse louco, mas não me importei. Eu nem estava chorando por John e sua mãe. Depois disso, a caminho de casa, eu me convenci de que eu estava chorando por Mal, mas eu não estava; estava chorando por mim, por você, pelas crianças. Eu chorava pelo que havia sido e agora está perdido.

Sinto muito, Angela, sinto absurdamente. Creio que Liverpool trouxe o pior de mim e não tenho orgulho de como tenho me comportado, mas tudo vai mudar. Prometo que vou te recompensar. Acredito que nossa vida será incrível demais de agora em diante. Vamos ser ricos e felizes e populares, apenas você, as crianças e eu. Vou encontrar uma forma de te trazer aqui, e isso vai deixar tudo certo novamente. Você sempre me puxa de volta para o caminho certo.

O que eu faria sem você, Angela?

Love me, do.

Max

Hoje eu deveria estar trabalhando, mas estou de fato a caminho do Adelphi; Max está conversando sobre a descoberta da sua mala com um jornalista local. Estão conversando sobre a descoberta de mais alguns dos itens não serem autênticos. Max acha que os itens ainda são válidos, já que foram claramente coletados por Mal Evans durante suas viagens. Max disse que Mal Evans viajou o mundo com os Beatles. Que eles foram para lugares como a Holanda, os EUA e até as Filipinas (apesar de esse não entrar nos planos, com os Beatles tendo problemas com o presidente, e guardas armados atacarem Mal). Elisabeth ofereceu cobrir meu turno para mim; ela pegou Jenny Jones do quiosque para me substituir. Achei que seria legal ir com o Max e assisti-lo sendo entrevistado. Achei que seria uma surpresa bacana.

Eu giro para dentro do Adelphi, agarrando o coração da Estação Lime Street com as duas mãos. Ainda é sobrepujante, ainda é agitado com aqueles que chegam e partem. Olho para o balcão da recepção. Charlotte está lá atrás. Eu giro até lá.

– Olá, Charlotte – digo.

– Olá, Martha Perdida – ela diz. Não gosto dela. Ela olha para mim de cima a baixo. – Posso te ajudar? – ela pergunta.

– Só vou dar um pulo no Max... – começo.

– Sr. Cole está recebendo uma jornalista em sua suíte e não quer ser incomodado – Charlotte diz.

– Entendo – digo –, mas pode telefonar para ele e dizer que estou aqui?

Charlotte estala a língua em reprovação. Pega o gancho e liga para o quarto de Max, então se vira para o outro lado. Eu me esforço para ouvir o que ela está dizendo. Eu me debruço no balcão, ainda

agarrando o coração da Estação Lime Street, e ela dá dois passos para longe do balcão. Eu a escuto soltando um risinho. É um som que já ouvi antes, quando Max me ligou. Ela cobre o gancho com a mão e se vira de volta para mim.
– Max disse – ela começa, e eu noto que ela parou de chamá-lo de sr. Cole – que está ocupado a manhã toda e que liga no achados e perdidos antes de você fechar.
– Pode dizer a ele que Elisabeth está me substituindo e posso ficar com ele...
Ela se vira novamente. Põe o telefone de volta à orelha, destampa o bocal e fala, e então se vira para mim e diz:
– Ele diz que sente muito, mas que prefere fazer isso sozinho. – Ela ri novamente e coloca no gancho. Eu não me mexo.
"Mais alguma coisa?", ela pergunta. "Não se preocupe, querida, Max estava bem quando eu o deixei esta manhã."
– Max disse que você é uma vagabunda – digo, então corro pelas portas giratórias, apertando o coração da Estação Lime Street no peito, permitindo que as portas façam três giros completos comigo nelas antes de eu sair no topo da escadaria do Adelphi.
Olho para a rua movimentada; as pessoas correm para o Lewis's. Eu queria me sentir mais corajosa. Em vez disso, olho para a estátua. A Mãe costumava ralhar sobre isso. Elisabeth disse que foi encomendada para representar o renascimento de Liverpool depois da destruição alemã. A estátua é um homem nu, os locais o conhecem como Dickie Lewis. Ele se ergue sobre Ranelagh Place, está ligado à loja de departamentos Lewis's. Li um livro que falava sobre ele estar num navio, rebelde e orgulhoso. A Mãe costumava dizer que ele envenenava a mente de qualquer um que olhasse para ele. Eu levanto o olhar para Dickie Lewis. Manobro o coração da Estação Lime Street para equilibrar entre meu seio esquerdo e meu ombro esquerdo e saúdo o pênis nu de bronze. É quando decido me enfiar no quarto de Max.
Não olho para o balcão de recepção. Em vez disso, mantenho a cabeça erguida e corro para a escada. Estou tentando parecer con-

fiante e eficiente entre o rebuliço dos hóspedes, finjo que pertenço ao hotel Adelphi. Ninguém grita meu nome, ninguém me detém, então subo a escada dois degraus por vez até chegar ao terceiro andar.

Paro fora do quarto do Max. Estou ofegante e me dobro ao meio, apertando o coração da Estação Lime Street contra a minha barriga. Posso ouvir vozes masculinas, então fico de pé, coloco meu ouvido na porta e escuto.

– Então, o que posso fazer por você, caro Rocky? – É a voz de Max.

– Escute, cara, eu arrumei verbas, e um dos meus está procurando voos. Creio que vamos tê-los aqui em uma semana. – Esse deve ser Rocky Hooper. Sua voz soa como serragem.

– Que beleza! Tem certeza, Rocky? Não quero te dar despesas.

– Deixe disso, te disse, é um empréstimo, logo você vai ter sacos da coisa.

– Você é um puta cavalheiro, Rocky. – Max parece feliz. Eu equilibro o coração da Lime Street na minha perna e ergo minha mão para bater, mas então paro novamente.

– É certo que ela seja parte disso.

A filha de Max está vindo para Liverpool! Estou tomada de empolgação com a ideia de conhecê-la e mostrar a ela os pontos turísticos da cidade. Acho que ela pode se tornar minha melhor amiga, mesmo que quase certamente eu me torne sua madrasta um dia e cada livro perdido que eu li me dissesse que madrastas são más.

– Certinho. E isso vai me manter direto e certo.

– Pelo que andei ouvindo, você tem aprontado das boas. Aquela Charlotte estar embuchada é uma má notícia. – Não posso evitar me perguntar se "embuchada" significa que Charlotte está irritada com ele. Espero que eu ser a namorada do Max não a tenha irritado e a feito gritar com o Max.

– Cara, acha que ela vai dizer algo?

– Cuido disso. Pode confiar.

– Com a minha vida, cara, com a minha vida... – Em cada palavra as vozes ficam mais próximas. Estão vindo para a porta. Eu me viro, agarrando o coração da Lime Street e corro para a escada. Escuto a porta se abrir, mas não olho de volta.

Claro, só leva alguns minutos para eu voltar para o achados e perdidos, especialmente girando o caminho todo. Quando chego à porta aberta, estou dobrada ao meio e sem fôlego, com o coração da Estação Lime Street aos meus pés.

– Por que voltou tão cedo, bonequinha? – Elisabeth pergunta. Está sentada no banco atrás do balcão.

– Não me quis lá. E aquela Charlotte é uma peça.

– É porque ela está transando com o Max – Elisabeth diz, e então: – Você sabe o que é transar, não sabe?

Faço que sim, e então digo:

– Como pode ter tanta certeza?

– Ela é sobrinha da vizinha de Jenny Jones. Aparentemente ela acha que pode estar no clube das grávidas – diz Elisabeth.

– Não vou chorar – digo. – Devo ter acabado de chamar Charlotte de vagabunda. – Elisabeth ri e então diz algo sobre ir logo ali ao lado e pegar uma fatia de bolo.

O telefone toca. Eu salto.

– Bonjour. Achados e perdidos, Martha Perdida falando, em que posso ajudar?

– Dia – ele diz.

– Acho que é possível que eu tenha te colocado magicamente na minha vida. Como falo muito em você, você finalmente foi forçado a pegar o telefone e me ligar.

– Sempre quero falar com você, gata – ele diz.

– Tem pensado em mim? – pergunto.

– Correto. Eu sempre penso em você quando estou falando sobre as cinzas do Mal. Charlotte disse que você parecia chateada. A questão é, querida, que eu não queria que a jornalista perguntasse quem é você. Eu estava te protegendo. Eu não queria que a jornalista pen-

sasse que você era minha ex-mulher, daí você teria de ser uma amiga, uma conhecida, uma ninguém.
– Charlotte está no clube das grávidas? – pergunto.
Max não responde. Eu o escuto suspirando.
– Max?
– Se você estivesse aqui quando a jornalista estava, ela teria sido capaz de ver como quero você – Max diz.
– Acho que sei onde as cinzas estão – digo a Max.
– Sua belezinha. Me conte tudo...

Coluna "Pela Cidade" no *Liverpool Daily Post*

A ALIANÇA DE PRATA DE MAXWELL!

Dizem por aí que Max Cole pode não ter aquela passagem para a riqueza com a qual andou viajando! Minhas fontes alegam que pelo menos dez relatos de autenticação de itens da sua mala voltaram com grandes polegares para baixo. Mas não vamos descartar essa mala tão rapidamente. Creditado por tocar gaita em "Being For The Benefit Of Mr. Kite!", visto tocando a bigorna em "Maxwell's Silver Hammer", declarou ter tocado o pandeiro, acrescentado palmas e gravado backing vocals em "Dear Prudence", a possibilidade de que Mal Evans tivesse gravações originais em sua posse é bem real. Então não temam, fãs dos Beatles, ainda há esperança para essas gravações tão importantes.

 Esta repórter ficou empolgada em ser convidada para uma suíte no próprio Adelphi, onde Rocky Hooper e Max Cole foram generosos com seu tempo e doces. Relaxados, bebericando champanhe e enchendo a cara de bolo de creme, o sr. Cole não mostrou traços de ansiedade em relação a ter encontrado uma fraude. Sufocando o boato borbulhante de que Max Cole encontrou o amor em Liverpool, o homem de trinta e quatro anos e pai de dois foi rápido em apontar que é muito bem casado há quinze anos. Sosseguem seus coraçõezinhos, moças, esse já está pego, mas Rocky Hooper permanece nosso solteirão mais cobiçado em Liverpool, e posso atestar que ele está procurando por um amor. Você ouviu aqui primeiro!

 Cole, o homem do momento, foi relutante em discutir o retorno que tem recebido sobre o restante do arquivo de Mal Evans, mas a fofoca é que os resultados chegarão em poucas semanas. Esta cidade está com o champanhe no gelo, pronta para celebrar.

Obviamente pedi a ele uma exclusiva, e o canastrão australiano me deu uma piscadinha que fez meus joelhos tremerem. Posso lhes dizer uma coisa, moças, a sra. Cole é uma mulher de sorte.

Elisabeth entra no escritório de achados e perdidos, e eu vejo que Jenny Jones está pairando na entrada. Jenny Jones ainda é pequena e gorda, mas hoje está laranja. Jenny Jones está parecendo exatamente com um Oompa-Loompa.

– Olá, Jenny Jones – digo.

– Tudo certo, rainha – Jenny Jones diz.

Jenny Jones nunca vem me visitar no achados e perdidos, então eu pergunto:

– Perdeu algo, Jenny Jones? – Jenny balança a cabeça. Elisabeth desliza uma cópia do *Daily Post* no balcão até mim.

– Página nove – ela diz.

Eu viro as páginas. Sei quando parar, quando um retrato sorridente de Max e Rocky Hooper me encaram. Corro os dedos sobre o sorriso de Max. Eu sorrio também.

– Sério, bonequinha – Elisabeth diz –, contenha-se e leia a coluna.

Eu leio as palavras – passo sobre elas, na verdade –, então paro.

– Ele nem gosta de bolo – digo. – Os jornalistas sempre têm de inventar coisas?

Elisabeth balança a cabeça, e Jenny Jones parece irritada.

– Martha – Jenny Jones grita pela porta aberta. – O idiota é casado.

Olho para Jenny Jones. Estou me perguntando sobre o que ela está falando, então leio o artigo de novo, daí balanço a cabeça.

– É um engano. Ele tem filhos, mas é divorciado e tem trinta e sete.

– Quanto antes ele for embora, melhor – Elisabeth diz.

– A pobre Charlotte está uma coisa – Jenny Jones diz.

– Ela não é uma pessoa muito legal – digo.

– Ela está com o coração partido – Jenny Jones diz. – Aquele idiota descobriu que ela está grávida e agora não quer ter mais nada a ver com ela.

Não sei no que acreditar. Gosto de Jenny Jones – ela vende chocolate –, mas ela é fofoqueira. Não sei o que penso sobre Max. Adoro Elisabeth e quero fazê-la feliz.

– Acho que "estar embuchada" significa o mesmo que estar "no clube das grávidas"? – pergunto, e Elisabeth assente. Isso me dá uma sensação ruim na barriga. Mas provavelmente não tão ruim quanto a barriga de Charlotte deve se sentir.

– O que você vai fazer? – Elisabeth pergunta.

E naquele momento tudo parece muito claro.

– Manter minha promessa e dizer adeus. Porque eu quero que Mal Evans encontre o caminho de casa.

– Mas, bonequinha, você precisa se cuidar – Elisabeth recomenda.

– Eu já escrevi para a gerência, dei a eles meu número do Seguro Social. Só preciso da certidão de nascimento – digo.

Elisabeth sorri. Eu tiro um pedaço de papel do bolso.

– Onze dias – digo.

Escrito por Anônimo para Martha Perdida, em *A Mulher Comestível*, de Margaret Atwood, entregue por Drac, o carteiro, ao escritório de achados e perdidos.

Minha querida Martha,
Finalmente você faz a pergunta que vai terminar esta forma de comunicação. Temo que esta será a última vez que eu pegarei minha caneta e tentarei aliviar parte da confusão e tristeza que macula seu sorriso. Temo que este será o livro final que te enviarei, minha querida criança.
A resposta para sua pergunta é um simples não. Deve ser dito que eu não tenho cópia de sua certidão de nascimento. A humilde razão para isso é que eu tenho sua certidão original. Minha criança querida, ainda não descobriu minha identidade? Ainda busca saber quem eu sou?
Sou sua mãe biológica, Martha. Vou entregar sua certidão de nascimento a você, vou passar o pedaço de papel para você e, se assim desejar, vou responder a todas as perguntas que estão explodindo por serem respondidas. Se não tiver palavras para mim, minha criança querida, me afastarei da sua vida e a deixarei em paz. Mas saiba disso, minha Martha, poder me comunicar com você nessas últimas semanas encheu meu coração com anseios. Tenho vivido arrependida por dezesseis anos. Como essa história termina está em suas mãos.
Anônima (ainda) X

O telefone toca. Estou tentada a não atender. É cinco para uma, e estou esperando Max chegar. Ainda não decidi se acredito nele ou no *Daily Post* sobre sua esposa. Elisabeth diz que o *Post* nunca mente, e eu prometi a ela que eu diria adeus a Max, mas desgosto de adeus mais do que de qualquer coisa.

– Bonjour, achados e perdidos, Martha Perdida falando, por favor, tenha em mente que fechamos em cinco minutos...

– Sou eu – Max diz.

– Olá, eu.

– Desculpe – Max diz.

– Pelo quê?

– Estou indo embora, cara – Max diz.

– E quanto à sua filha? – pergunto. Quero acrescentar "e Charlotte", mas só de pensar nisso me dá uma sensação ruim na barriga novamente.

– Minha filha? – Max diz, então eu me lembro de que estava ouvindo escondida quando soube que ela estava vindo. Não sei ao certo se os trâmites foram finalizados e não posso deixar que Max saiba sobre eu ter escutado atrás da porta do seu quarto de hotel.

Mudo de assunto.

– Para onde? – pergunto.

– Os Lagos, saindo esta tarde. Descobri que tenho um parente há muito perdido e... – Max começa.

– Posso ir? Nunca estive nos Lagos antes e ouvi que...

– Não – Max diz.

Faço uma pausa. Espero que ele dê um motivo.

– Nunca saí de férias antes – digo.

– Que pena – Max diz. – Talvez da próxima vez.

– Quanto tempo vai ficar fora?
– Dez dias – Max diz. – Já encontrou aquelas cinzas? – Ele faz uma pausa. – Só tenho mais alguns dias em Liverpool. Se eu não as encontrar, minha vida vai estar arruinada. Coloquei cada centavo que tenho nisso, até tive de... – Ele suspira e prossegue: – Escute, confie em mim. Falo sério, querida, não posso colocar todas essas fichas numa aposta só. Devo às pessoas...
Eu não falo.
– Martha? – ele diz. – Alô? ALÔ?
Ainda não posso confiar em mim mesma para falar, e Max acha que a ligação caiu. Escuto os bipes, e Max não insere mais dinheiro. Não coloco o telefone de volta no gancho. Em vez disso, eu torço o fio no meu dedo, esperando que Max de repente apareça na linha novamente. Ranho pinga do meu nariz com lágrimas escorrendo dos meus olhos.
– Martha? – Eu não me viro; sei que Elisabeth está lá. Sei o que ela sente pelo Max, e a última coisa de que eu preciso agora é um "eu bem que avisei".
– O que há de errado, bonequinha? – Elisabeth pergunta. Eu me pergunto se ela vai ficar chateada se eu não responder, eu me pergunto se ela vai se virar e me deixar. Ela não me deixa. Está ao meu lado, me encarando. Eu me viro para ela, com o telefone ainda na minha mão.
– Max? – Elisabeth indaga. Eu faço que sim.
– Ele vai embora por dez dias. Não quer que eu vá com ele.
– Pior pra ele – Elisabeth diz. – Você não sorri tanto quanto sorria antes de Max aparecer por aqui. – Ela para. – William te encontrou?
– Elisabeth pergunta, e eu balanço a cabeça. E é quando Elisabeth diz a coisa que pode me fazer sentir um milhão de vezes melhor. – Ele acha que talvez tenha encontrado as cinzas.

Elisabeth tem de voltar para terminar a correria do almoço, mas eu não posso esperar. Eu desço à minha biblioteca e passo pela porta de metal para os túneis do William.
Eu o encontro ao lado da sua casa de bonecas.

– Você as encontrou? – pergunto. Estou empolgada demais para dizer oi. William se vira e olha para mim. Seu rosto está esticado num sorriso. Eu nem me importo quando seu cheiro azedo vem até meu nariz.

– Por aqui – ele diz, suas botas Chelsea estalam passando por mim e de volta à biblioteca de livros perdidos. Ele sobe a escada em espiral, e eu subo atrás dele. Ele não está mais arrastando a perna. Então, no topo, ele caminha para a entrada do primeiro porão onde todos os sacos de lixo pretos estão esperando para serem leiloados e guardados. Ele para na porta. Acho que está pedindo permissão para entrar lá.

– Claro – digo, e William vira a maçaneta, liga o interruptor e desce sete degraus até o cômodo. Eu fico na entrada e assobio um pouco enquanto espero. Estou pensando nos ratos e me perguntando se William de fato sabe onde deve procurar. Tudo o que posso ver é um mar de sacos plásticos pretos empilhados altos no cômodo. William está pulando para cima e para baixo, desaparecendo e reaparecendo novamente. Verifiquei todos os meus registros e livros desde janeiro e não tenho registro de uma urna perdida cheia de cinzas. Um tupperware cheio de cinzas e um saco plástico cheio de cinzas já foram buscados, mas nenhuma urna foi documentada.

"Você está especulando?", grito para William. Ele não responde. "Bonjour, William?", digo. Ele ainda não responde. Não tenho escolha a não ser descer ao porão. Desço três passos quando o vejo. Ele está parado no topo e cercado por sacos de lixo pretos, com sua mão direita esticada até o teto. Olho para sua mão imunda, e é quando vejo. É uma urna.

"É isso?", pergunto, e William faz que sim. "Tem certeza?", insisto, e William faz que sim novamente.

– Elas vão curar corações – William diz. Sua voz está calma.

Estou no porão agora, chutando para o lado sacos de lixo pretos.

William caminhou à frente e me passou um envelope pardo. Vejo o nome "EVANS" logo abaixo de um carimbo americano.

– Mas como? – pergunto.

– Numa mala – ele diz, apontando para o monte de sacos plásticos pretos.

Não desvio meu olhar da urna. Não posso acreditar que estava aqui o tempo todo, que estava perdida debaixo do achados e perdidos. William deve ter passado horas e horas procurando. Deve ter feito uma investigação particular.

– Posso segurar? – pergunto. William assente novamente e a passa para mim. No minuto em que meus dedos tocam a urna, posso vê-la sendo entregue para um homem. Posso ouvir as palavras "mande o Mal para casa" e posso sentir a profundidade de sua dor.

Mas afasto isso da mente. Eu grito e faço uma dancinha lá mesmo. William ri. Queria que ele me tirasse do chão girando, como gente empolgada faz quando se encontra saindo dos trens.

– Preciso contar... – começo, mas daí me lembro que ele foi para longe.

– Contar a Elisabeth? – William diz. Eu sorrio; ele está certo.

– Venha comigo, William – digo. – Vou te oferecer uma xícara de chá e uma fatia de bolo. – Mas William balança a cabeça. Ele não gosta de ir para lugares públicos. – Que tal eu te trazer um pouco de bolo no túnel? – sugiro, e William faz que sim. – Não vou demorar – acrescento enquanto corro pelas escadas, para fora do achados e perdidos e para o café.

Elisabeth me olha quando eu corro pela porta, com as duas mãos segurando a urna. Ela me vê colocando-a no balcão. Então olha para a urna, e então olha para mim. Eu faço que sim e ela berra. Então salta para cima e para baixo.

– Você conseguiu, você é um pequeno achado! – Elisabeth diz, sua voz está cheia de orgulho e amor.

– Foi o William – digo. – Eu prometi que levaria bolo e uma xícara para ele. Pode...

– Sim. Mas e agora? A família do Mal Evans vai ficar emocionada.

– Mas Max está fora – digo.

– Não, ele não foi ainda – ela suspira. Ela revira os olhos e diz: – Ele está sendo entrevistado na rádio agora mesmo.

– Não pode ser.

– Se você correr até a estação de rádio... – Elisabeth diz.

– Eu o alcanço antes de ele partir de férias – digo. Estou pronta para explodir de empolgação. Vou passar as cinzas para Max, vou ver a felicidade, daí juntos poderemos devolver Mal Evans à sua família, e Max vai me amar para sempre. Não quero beijá-lo nem nada assim. Só gosto da ideia de existir alguém que vai me amar para sempre. – Mas não sei o caminho – acrescento.

– Rápido – Elisabeth diz. – Leve essa fatia de bolo de chocolate para o William. – Ela me passa o bolo num pratinho de papel. – E diga a ele para mostrar o caminho mais rápido pelos túneis. Ele vai te levar lá.

Eu sorrio e acho que dou uma risadinha. Pego o prato de papel e a urna e corro de volta pelo caminho que vim pelo túnel. O alívio por não ter caído e derrubado a urna e o bolo antes de encontrar William me faz gritar e, claro, William está esperando por mim ao lado da casa de bonecas. Eu olho para a sua maquete. Eu conto as pessoinhas; ainda não há nenhum Max.

– Bolo – digo, passando a ele o prato. – Mas preciso que me leve para a estação de rádio agora mesmo.

– Max? – William pergunta, franzindo a testa.

– Preciso pegá-lo antes das férias dele. Ele vai embora a qualquer minuto! – Então escuto Elisabeth berrando da biblioteca de livros encontrados.

– Eu vou também!

William começa a rir, e não posso evitar rir também, quando a vejo correndo pelo túnel, carregando seu salto alto nas mãos e o coração da Estação Lime Street.

– Diga a Max, então Mal Evans poderá ir para casa e corações serão... – William começa a dizer.

– Max vai querer... – começo a dizer.

– Max pode ir catar coquinho – Elisabeth diz. – Mal Evans vai para casa! – A voz de Elisabeth é aguda. Eu nunca a ouvi tão empolgada. Ela estende o coração da Estação Lime Street, e eu o troco pela urna. – Como você carrega esse troço por Liverpool o dia todo? – ela acrescenta, e eu sorrio.

– Por aqui – William diz e então começa a correr. Nós seguimos seu cheiro azedo, suas botas Chelsea ecoando em estalos conforme ele corre, nenhuma das suas pernas se arrasta.

Nós emergimos do túnel da esquina, bem ao lado da estação de rádio. Elisabeth sai primeiro. William ri enquanto empurra as costas dela pelo bueiro. William não sai. Ele nos diz que vai esperar ali por nós, que vai assistir. Eu passo a urna e o coração da Estação Lime Street para Elisabeth, então seguro a respiração enquanto beijo William no pescoço.

Digo obrigada antes de ele empurrar minhas costas também. Elisabeth está de pé deslizando seus pés sujos de volta nos saltos e estendendo o coração da Estação Lime Street para mim. Estamos as duas cobertas de sujeira. Sei que tenho cheiro de suor e Elisabeth tem as marcas das mãos sujas de William em suas costas.

– Como eu estou? – pergunto.

– Maravilhosa – ela diz e então ri. – Bonequinha, acredite em mim, ele só vai ter olhos para essas cinzas.

Eu rio, apesar de eu nem estar certa se é essa reação que eu deveria ter, mas nada disso está mais na minha cabeça quando eu o vejo. É só um vislumbre, em meio a multidões de compradores, mas posso ver sua cabeça. Reconheço seu perfil.

Meu coração realmente revira ou talvez para de bater, ou talvez bata em dobro. Eu me pergunto qual desses é, quando Elisabeth cochicha algo.

– O quê? – pergunto, olhando para seus lábios na esperança de que ela vá formar as palavras novamente. Então me lembro de que Max está lá e eu começo a correr pela multidão. Estou desviando, não girando, pedindo desculpas quando bato nas pessoas. Estou descoordenada, correr nas multidões é uma nova experiência. Minha corrida é desajeitada, e eu avanço batendo na calçada. Tento costurar pela multidão e escuto Elisabeth chamando meu nome, mas preciso chegar ao Max. Preciso que ele veja que sou um pequeno achado e preciso que ele me ame para sempre.

Mas então eu paro. Porque cheguei num vão entre lojas e posso ver que Max parou também. Ele está longe o suficiente para que eu me misture à multidão; está perto o bastante para que eu veja o que ele está fazendo. Eu não chamo o nome dele. Elisabeth para ao meu lado, com a urna nas mãos.

— Que cuzão — ela diz, e eu concordo.

— Cuzão — digo.

Max está parado com uma criança segurando sua mão esquerda. Uma menina, loira, de provavelmente nove ou dez anos, ela está sorrindo. Há um garoto também. Ele parece um pouco mais velho, talvez quase adolescente, e não está segurando a mão, está apontando para um prédio, e todos estão olhando para o topo. É a mão direita de Max que me incomoda. Aquela mão dada para uma mulher, para uma loira que parece bem uma versão mais alta da garotinha. Sei que é a mãe de seus filhos. Sei que é sua esposa.

— Ele mente — Elisabeth diz.

— Meio que demais — digo.

— Vamos embora — Elisabeth diz. — Vamos levar Mal de volta para o achados e perdidos e fazer um plano. Deveria ser algo sobre a família de Mal agora, foi o que ele perdeu estando com os Beatles. Ele não ligaria para ser o centro das atenções ou ter uma multidão de fãs para ele mesmo. Ele sempre foi aquele que continha as multidões — Elisabeth diz. Está olhando para a urna, e está num mundo próprio.

"Sabe, bonequinha, da última vez que os Beatles se apresentaram, aquele show no telhado em 1969, aquilo só funcionou por causa do Mal. A multidão olhava para os Beatles, mas Mal segurava a polícia. Ele só pensava em deixar os Beatles terem seu momento. George insistiu que Mal ligasse novamente os amplificadores, mesmo que significasse que Mal teria de lidar com quatro policiais. Que bem fez a ele." Ela para. Beija a urna. "Foi a última vez que Mal pôde ser o protetor, todo mundo seguiu o próprio caminho depois disso. Não importa o quanto Mal fosse bom em arrumar as coisas, ele não poderia fazer durar para sempre."

Eu faço que sim, mas estou olhando de volta para Max.

– Aquele é o Rocky Hooper? – pergunto, apontando com o coração da Estação Lime Street em direção ao homem que está com eles. Elisabeth levanta o olhar, ela assente, então olha para mim.

– Tudo bem com você? – Elisabeth pergunta.

– Não – digo. Sei que estou chorando. Não acho que consigo me lembrar de como parar as lágrimas.

– Vamos te levar para casa, bonequinha – Elisabeth diz. Ela toca com a mão no meu braço. Sinto seu calor através da minha blusa. Eu estremeço.

– Recepção do Adelphi. Em que posso ajudar? – ela pergunta.

– O quarto de Max Cole, por favor – falo usando minha voz de Blundellsands.

– Posso perguntar quem está falando, por favor?

– Martha Perdida.

– Sinto muito, Martha. Max não está conosco no momento. Se quiser deixar uma mensagem, eu me certifico de que ele a receba após suas curtas férias.

– Charlotte?
– Sim?
– Está mentindo?
– Sim.
– Está grávida?
– Sim – Charlotte diz.
– É filho do Max?

– Sim. Sinto muito – ela diz, mas não acho que ela sinta.
– Vai dizer a ele que liguei e que preciso que ele ligue para mim? – pergunto. Termino a ligação e me viro para Elisabeth e William. Estão parados bem atrás de mim. William está no achados e perdidos. Isso não é típico dele, geralmente ele se esconde, mas hoje sei que ele está aqui para me proteger. O amor que tenho por ele e Elisabeth está me fazendo sentir como se eu fosse me arrebentar. Mas esse sentimento é interrompido por uma batida no vidro da porta do escritório. Eu me viro para olhar; talvez eu espere ver o Max.

Vejo George Harris. Não são nem quatro da tarde ainda, quanto menos 17:37. Elisabeth vai destrancar a porta.

– Vim assim que pude – George Harris diz. Ele está sem fôlego. Está tentando se curvar, mas sua armadura dificulta. Elisabeth aponta para que ele se junte a mim. Ele caminha pelo vão no balcão, batendo numa prateleira no meio do caminho. Eu me pergunto se ele esteve correndo – um soldado romano correndo pela Estação Lime Street. Ele assente para Elisabeth, sorri para William, então pergunta: – Está tudo bem?

– Como? – pergunto.

– Meu amigo Martin trabalha na Woolworths em Chester. Telefonei para ele, e ele foi procurar nosso soldado romano – Elisabeth diz. – Imaginei que você precisasse de todos nós esta tarde.

E é então que não consigo conter as lágrimas. Meus joelhos ficam bambos, e eu caio no chão. Eu me encolho como uma tartaruga novamente. É ridículo na verdade, e eu devo parecer ridícula. Tenho todo o amor que sempre quis e que precisava aqui mesmo neste escritório, mas estou coberta de tristeza. Nem acho que isso tenha a ver com Max, não de fato, é mais que meu tempo com Max me afastou de passar um tempo com essas três pessoas incríveis, longe dos meus únicos amigos verdadeiros. Pior, eu confiei nele, investi nele, e ele me fez sentir como se eu não fosse digna de amor, como se ninguém nunca fosse me amar para sempre, porém sou um belo achado.

Elisabeth senta-se no chão ao meu lado; está acariciando minhas costas.

– Quando estiver pronta – ela diz – vamos fazer um plano. E esse plano vai garantir que aquele canalha olho-grande não coloque as mãos nas cinzas de Mal.

– Quando estiver pronta, Martha – William diz.

– Não acho que devemos deixá-la esta noite – George Harris diz.

– George Harris! – Elisabeth diz. Escuto sua voz da minha posição encolhida e sei que ela piscou para ele. Ela é atrevida. Os outros estão rindo. Não posso deixar de me desenrolar e me mexer para poder ver os rostos deles. Estão todos sorrindo, quero dizer, seus olhos estão cheios de preocupação, mas estão todos prontos para irromper em risadas.

– Ela piscou? – pergunto a George Harris, e ele faz que sim. E é quando eu rio também. Rio tanto que minha barriga dói e as lágrimas que caem dos meus olhos são lágrimas de alegria. Quando a risada para, eu digo: – Preciso de respostas.

– Vamos consegui-las – Elisabeth diz.

O plano genial de Elisabeth foi decidido há uma hora, e agora nós todos – até o William – estamos sentados nas almofadas da Mãe, no chão da saleta dela. William se remexe em sua almofada, deixando traços de sujeira a cada movimento. A Mãe Morta está em sua urna prateada na cornija. Coloquei Mal ao lado dela em sua urna – talvez Mal possa pôr juízo nela. Elisabeth deu uma saída antes e voltou com uma garrafa de uísque e quatro copinhos. Agora está servindo o líquido nos copos.

– Parece um pouco com xixi – digo.

– Seu xixi é dessa cor? – George Harris pergunta. Está sorrindo. Ele ainda não tirou seu uniforme de soldado romano.

– Está com frio? – pergunto a ele.

– Não – ele diz, mas posso ver pequenos arrepios em seus braços e suas pernas. Antes de poder pensar, passo um dedo na pele dele.

George Harris salta e o contato é desfeito, mas não antes de eu ver um jovem George Harris se escondendo no armário.

— Sempre que me sento na saleta da Mãe... — começo a dizer.

— Bonequinha, é sua saleta agora — Elisabeth diz. Eu sorrio. — Aqui — Elisabeth acrescenta, me passando um copinho. — Beba isso de uma só vez.

Dou um gole. A bebida deixa minha boca quente. Eu tusso e cuspo. Preciso de água. Não preciso nunca mais provar algo assim. Estão todos me olhando. Estão rindo de mim, mas eu não me importo nem um pouco. Eu amo que minha saleta esteja tomada de felicidade.

Eu me viro e olho para William. Budgie voou através da pequena fresta na janela. Ele pousou no ombro de William. Ele para de rir. Está olhando para o passarinho.

— Ele gosta de você — digo. William sorri. Não se mexe.

— Não quero machucá-lo — William diz.

— Sabe o que eu penso — Elisabeth começa. Ela já tomou três doses. — Acho que é hora de dar uma geral em você, William.

— Nós te amamos, William — digo.

— Mas você fede de verdade — Elisabeth diz. — Mas se você me deixar dar uma geral em você...

William não diz nada. Ele fica encarando o Budgie. Eu me pergunto o que os dois estão pensando.

— É uma ideia perfeita. Você pode tomar um banho. Podemos arrumar algumas roupas nos sacos de lixo no porão, lavá-las e passá-las. George Harris pode te mostrar como se barbear, e Elisabeth vai cortar seu cabelo.

— Creio que você seja bonito debaixo de toda essa sujeira e pelos — Elisabeth diz, e William sorri.

"Certo, rápido, ele está sorrindo", Elisabeth fala para nós. "George Harris, procure no porão por algumas roupas, Martha pode encher a banheira, e eu vou dar um pulo ao lado e pegar tudo o mais de que precisamos."

– O que eu devo fazer? – William pergunta, principalmente para o Budgie.

– Você fique aí mesmo, William. Não vamos deixá-lo sair de vista até que você esteja menos peludo e não tão marrom assim – Elisabeth determina.

A pergunta que Martha Perdida escreveu num pôster que foi preso num painel ao lado da Plataforma 6:

Por favor, podemos nos encontrar?

"Algum dia você será velho o suficiente para começar a ler contos de fadas novamente."

C. S. Lewis

Então meu conto de fadas continua. A Parte Oito está entrando em outubro, ainda em 1976, porém não mais num tempo quando casas foram cobertas com palha de rendas de morango e macacos foram perseguidos por unicórnios. Meu mundo é um pouco menos cheio de estranhezas e um pouco menos sombrio também.

E neste momento faz dois dias desde que William foi descoberto debaixo de todos aqueles pelos e sujeira.

Ele está incrível. Está barbeado, foi esfregado, e as roupas que George Harris encontrou vestiram perfeitamente. Ele tem uma gama de roupas agora, de jeans a macacões a um paletó e uma gravata--borboleta. Escrevi um cheque e paguei uma taxa por tudo isso – um pequeno agradecimento por ele ter encontrado Mal Evans. Claro, William insiste em usar aquelas botas Chelsea e chapéu-coco com cada traje e tem trocado de roupa várias vezes ao dia. Mas a coisa que me deu mais prazer foi ver William andando pela Estação Lime Street, abertamente, sem se esconder, levantando o chapéu para dizer olá para as pessoas e até aparecendo no café como uma surpresa para Elisabeth. Eu a ouvi berrar através das paredes, e essa manhã eles passaram uma hora dançando.

Mas agora Elisabeth e William estão aqui. Vieram relatar o que Max andou fazendo enquanto eu estava trabalhando esta manhã. Parte do plano genial de Elisabeth é ter alguém seguindo-o.

O telefone toca. Elisabeth atende. Coloca a mão no gancho. Ela balbucia "É O MAX" e dá de ombros para perguntar se quero falar com ele. Eu faço que sim.

– Bonjour – digo.

– Saudades de você, cara – ele diz.

– Onde você está?
– Lagos – ele diz.
– Onde?
– Não sei. Que monte de perguntas é esse?
– Então, como está o clima?
– Provavelmente o mesmo que está aí. Escuta, não tenho muito tempo, mas queria verificar seu progresso.
– Progresso?
– As cinzas do Mal, cara.
– Sim, muito progresso. Nós as encontramos.
– O quê?
– Encontramos. Elisabeth te ouviu no rádio e corremos para chegar à estação antes de você partir.
– Você as achou mesmo? – Posso ouvir que ele está sorrindo. – Diabos, eu podia te beijar. Sua belezinha!
– Sim, mas você não está em Liverpool e só vai voltar por alguns dias antes de ir para a Austrália. Então nós achamos melhor que eu apenas devolvesse as cinzas para a família do Mal.
– NÓS achamos isso? Quem é essa porra de NÓS? – Max grita.
– Achamos que seria...
– Está trepando com aquele soldado romano, não está? – Max grita.
– Não, Max – digo. Tento soar calma, mas meu sangue está borbulhando, e a qualquer minuto minha cabeça vai se abrir ao meio e tudo dentro de mim vai explodir. – Não estou *fornicando* com George Harris. Mas acho sua esposa muito bonita. – Então bato o telefone antes que ele possa gritar ainda mais comigo. É como se o gancho tivesse queimado meus dedos, e eu salto para trás. Eu me viro para olhar para William e Elisabeth. Ambos estão olhando para mim sem dizer nada. Eu os vejo virando e se olhando e eu verifico enormes sorrisos abrirem-se em seus rostos. Então vejo William assentir e Elisabeth começa a aplaudir e gritar "Bravo! Bravo!". Então, de alguma

forma, estou rindo, mesmo tremendo e, mesmo que eu queria chorar, me pego fazendo reverências e dando risadinhas.

Claro, George Harris chega enquanto estou na minha quinta reverência dramática. Eu quase caio no chão quando tento no meio de uma reverência fingir que não é isso que estou fazendo. George Harris levanta uma sobrancelha, e William ri tanto que soluça.

– O que está fazendo aqui? Não são 17:37.

– Eu disse que estava doente, queria ver como você estava. – Ele caminha pelo vão no balcão e fica ao nosso lado.

– Max ligou – digo.

– Ela contou sobre as cinzas, daí disse bonito para ele cair fora – Elisabeth fala.

– Estou orgulhoso de você – George Harris diz. Ele olha nos meus olhos, e minha barriga dá uma reviradinha. Daí ele se vira para os outros. – E então, o que fazemos agora?

– Charlotte, a Senhorita Toda Sua, espetou um alfinete de segurança no nariz e está dizendo que é punk – Elisabeth diz.

– Ele não estava divorciado – digo. – Eu nunca o teria deixado me beijar se eu soubesse.

– Eu sei – George Harris diz para mim. – Um alfinete de segurança? – Elisabeth dá de ombros e revira os olhos. Eu sorrio.

– Aparentemente, foi Rocky Hooper que sugeriu que Max mandasse sua esposa e filhos virem – Elisabeth diz. – Estão esperando a grande revelação sobre a mala numa questão de dias, e Rocky Hooper achou que seria bom para a esposa do Max estar aqui também.

– Mas ele disse que gastou todas as suas economias aqui – digo. – Mais mentiras?

– Essa parte pode não ser mentira – William diz. – Rocky Hooper está financiando a viagem. Ele deu a Max um adiantamento pelo dinheiro da mala.

– Max disse que vai pagar de volta quando a venda estiver feita – Elisabeth diz.

– Ele vai vender a mala? – George Harris pergunta.

– Só quando for tudo autenticado – William diz.
– Mas a família de Mal não deveria opinar? – questiono.
– Achado não é roubado – William diz.
– O que eu não entendo – George Harris diz – é o que Rocky Hooper ganha com tudo isso.
– Isso é fácil – diz Elisabeth. – Ele espera que Max dê a ele uma porrada de dinheiro pela venda, e ele recebe toda a glória de ser o melhor amiguinho de Max.
– Eu nunca destruiria uma família – digo. Eu queria poder limpar dentro da minha boca e tirar de lá o gosto de Max.
– Isso já acabou. Não é mais problema seu – Elisabeth consola.
– Max pode cavar o próprio túnel – William diz.
– Você quer dizer túmulo? – George Harris pergunta. William pisca para George Harris.
– O que realmente precisamos fazer – digo – é levar as cinzas de volta para a família do Mal. – Penso nas urnas na minha cornija.
– E te arrumar uma certidão de nascimento – William diz, e eu faço que sim.

Coluna "Pela Cidade" do *Liverpool Daily Post*

QUER SABER UM SEGREDO?

Dizem por aí que o rebuliço e o mistério em torno das cinzas de Mal Evans chegaram à melhor conclusão possível. Você deve se lembrar que as cinzas de Mal foram declaradas desaparecidas, depois que nosso sistema postal falhou em deixá-las em casa. Evans encontrou seu fim em janeiro deste ano, quando levou um tiro mortal da polícia de Los Angeles. Ainda esta semana, a família de Mal Evans apareceu para relatar uma entrega anônima das cinzas para eles.

Isso mesmo, pessoal, Mal Evans está em casa!

Claro que estamos todos morrendo de curiosidade para saber quem pode ser o herói da vez. Quem é que fez a entrega anônima? Por que essa pessoa está se escondendo de nós?

Querido anônimo que encontrou as cinzas de Mal, esta cidade vai abraçá-lo juntinho de seu coração. Deixe-nos ver seu rosto! Estamos todos segurando o fôlego.

Uma reviravolta inesperada nessa história! Max Cole é notícia passada, enquanto nossa cidade se pergunta se o herói que encontrou as cinzas de Mal vai aparecer e fazer uma saudação.

— Rápido — Elisabeth grita, tirando sua cabeça pela porta do achados e perdidos, então ela se vira e corre de volta ao café. Estou atrás do balcão do escritório. Eu me viro para olhar sobre o ombro, caso ela estivesse gritando para outra pessoa. Claro, sou a única pessoa aqui, então agarro minhas chaves debaixo do balcão, tranco as portas e dou um pulo na porta ao lado.

Elisabeth está sentada; William está ao lado dela. Ele usa seu chapéu-coco e tem cheiro de talco. Há um rádio no balcão em frente a eles. Os dois estão debruçados para ouvi-lo.

— O que estão fazen... — começo a dizer.

— Shhhhh! — William e Elisabeth gritam juntos, nenhum dos dois olha para mim. Elisabeth estica o braço, e sua mão me diz que devo me sentar ao seu lado. Não tenho ideia alguma do que está havendo, mas estou curiosa. William puxa um banquinho para que eu possa me sentar entre eles. Tudo isso foi feito sem tirar os olhos, e acho que os ouvidos, do rádio.

— Para vocês que acabaram de sintonizar, estamos aqui hoje com o especialista em Beatles da nossa cidade, Graham Kemp, e o australiano Max Cole. Se você não ouviu sobre o arquivo de Mal Evans até agora, então talvez a onda de calor tenha realmente fritado seu cérebro. A cidade está a toda com esse assunto nos últimos meses. E hoje, ao vivo neste programa, vamos revelar as descobertas da autenticação. Agora, Max, é verdade que você não tem ideia do que podem ser as descobertas?

— Verdade, cara! Não dormi a noite toda — Max diz.

Escuto Elisabeth estalando a língua. Estou mordendo a pelinha ao redor das unhas.

– Alguns diriam que você foi corajoso por escolher receber essa notícia ao vivo no rádio – o apresentador diz.
– Liverpool tem sido ótima comigo; é hora de retribuir um pouquinho – Max diz.
– Isso significa que se o conteúdo da mala for revelado como autêntico, você deixará alguns dos itens em Liverpool para nós? – o apresentador pergunta.
– Pode ter certeza, se você pagar o bastante – Max diz e ri.
Elisabeth estala a língua.
– Lembre a todos nós, Max, como a mala caiu em suas mãos? – o apresentador pergunta.
– Comprei num mercado de pulgas, perto de casa lá em Melbourne. Paguei cerca de vinte libras da sua moeda.
– E o que tem na mala que te atraiu para começar? – o apresentador pergunta.
– Tinha uma porrada de adesivos nela, parecia bem viajada, e eu mesmo queria dar uma olhada dentro. Quando abri e vi toda essa coisa dos Beatles, imaginei que eu tinha um achado.
– Você é fã dos Beatles? – o apresentador pergunta.
– Não, cara. Mas eu gosto do Elvis. – Max ri.
– E como eu disse, também temos Graham Kemp no estúdio. Graham, você é o cara com todas as novidades, certo?
– Sou, sim, John, seladas neste envelope – Graham diz.
– Vamos ver isso agora? – o apresentador pergunta.
– Certamente! – Graham concorda.
Nós todos paramos de falar. Há sons abafados, provavelmente o envelope sendo passado e outra pessoa abrindo. E então:
– É isso, pessoal, o momento pelo qual estávamos esperando. Creio que precisamos de um rufar de tambores. – Há o som de palmas batendo numa mesa.
– Posso revelar – Graham começa – que o conteúdo dessa mala foi descoberto como réplicas, gravações falsas e, num caso, uma gravação ruim misturando diferentes entrevistas de rádio com John Lennon e Paul McCartney.

– Porra – é a única coisa que escuto de Max, quando há sons de algo quebrando, gritos abafados e o apresentador corta para "Hey Jude".

Elisabeth desliga o rádio, e nós todos deixamos os corpos eretos de volta.

– Alguém pegando pedidos aqui? – uma pessoa quebra o silêncio. Não nos viramos.

– Não! – Elisabeth grita. – Cai fora! Vá encontrar um panaca para te servir!

– O quê? – pergunto.

– Devia apenas ter dito a ele para ir ao pub, não devia? – Elisabeth diz, e é quando nós três começamos a rir. Não o pobre homem que queria ser servido, apenas eu, Elisabeth e William, debruçados e rindo como idiotas bêbados. Se é para ser honesta, nem sei do que estou rindo, mas seguimos assim por vários minutos depois que o cliente já tinha ido embora há muito tempo.

– O que ele vai fazer agora? – pergunto.

– Ir para casa, provavelmente – William diz.

– Melhor lugar para ele – Elisabeth diz, e eu faço que sim. De fato não estou certa se estamos falando sobre Max ou sobre o cliente que foi mandado cair fora, mas faço que sim mesmo assim.

Por dentro, sinto-me triste por Max e não entendo realmente por quê.

Bam. Bam. Bam. Bam. Bam. Bam

Não estou bem acordada. Bam. Bam. Bam. Eu salto da cama e puxo minha camisola em volta de mim. Vou na ponta dos pés em passinhos, mas o bam, bam, bam me faz saltar.

– Vá embora! – grito. Acho que pode ser a gerência. Acho que eles podem estar prestes a me matar e me esconder num saco de lixo preto no porão.

– Martha, sou eu – William diz, e eu corro para destrancar a porta do meu apartamento.

"Encontrei o Max", ele diz.
– William – digo –, já resolvemos esse mistério. Max é casado, está no Adelphi.
– Ele está nos meus túneis, e está ferido. Venha – William diz.
Pego um par de salto alto, porque são os únicos sapatos que posso ver.
– Rápido! – William grita. Ele já está descendo as escadas para o achados e perdidos e provavelmente seguindo pela minha biblioteca de livros encontrados.
Eu corro, com os sapatos nas mãos, fechando minha camisola o máximo possível e prendendo o cinto com um nó. Desço as escadas correndo para o achados e perdidos e então pela escada em espiral na minha biblioteca e pela porta de metal nos túneis do William. Ele iluminou o caminho. Está esperando por mim ao lado de sua casa de bonecas.
– Coloque os sapatos. Os túneis por onde vamos não são legais – William diz, e eu enfio os sapatos.
– O coração da Estação Lime Street, eu vou...
– Não precisa – William diz. – Os túneis todos se ligam com a Estação Lime Street.
– Como você o encontrou?
– O escutei chorando, achei que fosse um animal... – William diz, e eu faço que sim, mas William não pode ver porque ele já está correndo à frente pelo túnel, e eu estou correndo atrás dele. O túnel está úmido, frio e fedendo a esgoto. Estou insegura sobre se estou apenas tremendo ou se meu corpo está se preparando para vomitar a fatia de bolo de limão que comi de jantar.
– Está longe? – pergunto.
– Por aqui – William diz.
Cruzo os braços no peito quando corro atrás dele, desejando estar usando mais roupas, desejando que Elisabeth estivesse perto de mim. O túnel fede. Eu não achava que houvesse um cheiro pior do que William antes de ele ser limpo, mas eu estava errada. Fico pa-

rando e engasgando. Estou assustada demais para tocar as paredes. São uma confusão de tijolos vermelhos jogados juntos, curvando-se acima de mim conforme corremos. Acho que os ratos estão correndo comigo. Penso neles correndo sobre os tijolos também. William é rápido; ele não está mais quebrado. Estou lutando para acompanhá--lo. E com cada passo que corro, o frio me cobre. Este é um frio que nunca foi quente. Esses túneis estão cheios de um frio que não pode ser esquentado; este frio é perdido.

– William – grito. Minha voz ecoa pelo túnel.

William não responde. Não está falando, e seu silêncio está me deixando ansiosa. Eu corro mais rápido. Não sei o que vou encontrar. Estou correndo pelos túneis que têm uma construção desorganizada. Algumas partes amplas, várias partes estreitas, entrando e saindo, entrando e saindo – estou costurando pelos subterrâneos. Mais e mais fundo, a sensação de tudo o que está faltando fica mais forte a cada novo passo. Eu me abaixo, desviando por pouco de uma saliência. Minha corrida fica mais lenta quando entro num corredor mais estreito, e cambaleio pelos túneis enquanto meus olhos tentam se ajustar. Não estou me divertindo. Cruzo os dedos numa das mãos e torço para ter luz; cruzo os dedos da outra e desejo que Max esteja vivo. Não há nada de bom aqui nesses túneis, apenas tristeza e medo e cocô. Estou coberta de frio. Meus sapatos estão cobertos de cocô. Tento correr, mas estou perdida.

– Por aqui – William diz. Ele parou, e eu quase bati nele. Está apontando para uma pilha de trapos abaixo de um bueiro aberto. Fragmentos de luz caem nos trapos. Corro para eles.

– Max – digo. – Max, pode me ouvir?

– Martha? – ele pergunta.

Há uma luz brilhando de um poste em algum ponto acima. O rosto de Max está coberto de sangue, seu olho direito está inchado e há um corte na testa, mas ele ainda está vivo.

– Precisa levá-lo de volta à estação – William diz, e então para o Max: – Consegue ficar de pé?

Max faz que sim, então grita de dor.
– Pequenos passos, coloque a língua para fora – peço.
– Por quê? – Max pergunta.
– Caso você a engula – digo, basicamente porque não consigo pensar em mais nada para dizer e basicamente porque estou completamente fora da minha área. E para tornar isso tão ruim quanto possível, em cada momento o maior e mais escuro rato que já vi decide sentar-se no meu pé e encarar bem os meus olhos.
Eu grito e corro em círculos sacudindo meu pé. Acho que nunca mais vou me sentir limpa novamente.

De alguma forma, conseguimos levar Max de volta para o meu apartamento. Detestei que tivemos de passar por minha biblioteca de livros encontrados, mas foi a rota mais rápida, e eu estava lutando para ajudá-lo a manter-se de pé sem tocá-lo com meus dedos, além de manobrar pelos túneis nos meus saltos. Eu esperava que ele não estivesse se concentrando nas suas cercanias.

Agora Max está sentado no sofá da minha saleta. Parece estar recuperado – apenas alguns hematomas, alguns cortes da queda, talvez concussão. Estou de olho nele por algumas horas. Estou lavando seus ferimentos em água salgada e não falamos um com o outro. Max está observando tudo que faço. Seu olhar me faz querer deixar o quarto e talvez pegar um trem para Paris. Ele já está lá há algumas horas. Até William ficou entediado e nos deixou em paz. Claramente a falta de conversa o deixou desconfortável também.

– Sinto muito, cara – Max diz. – Não posso te dar o que você quer.

– O que eu quero? – pergunto.

– Isso mesmo. Compromisso, um filho, para sempre – ele diz.

– Você tem isso com sua esposa. E está errado. Eu não quero nada disso com você. Achei, sim, que poderia ser legal você me amar para sempre, mas não acho mais.

– Só está dizendo isso porque não pode me ter – Max diz.

Eu paro de limpar seus ferimentos com o algodão. Recuo levemente, pelo sofá, e dou uma boa olhada nele. Então eu rio.

– Quando eu era pequena, eu me perguntava se perderia um trem. Eu me perguntava se todas as pessoas que eu deveria amar estavam naquele trem saindo da Estação Lime Street – digo.

– Eu não entendo – ele diz.

– Às vezes penso que, se eu tivesse pegado esse trem, então talvez eu teria os meus pais na minha vida agora – digo. Max não responde.

– A coisa é, Max, aquele trem – acrescento. – Eu sei que você não estava nele.

– Isso mesmo e isso é bom. Eu vim de trem para a sua vida, querida. Olhe para nossa história. Veja como o destino nos aproximou e veja que final incrível vamos ter, cara.

– Final?

– As cinzas. – Ele está olhando para a urna prateada na cornija. – Esta é minha chance de pegar o dinheiro que eu preciso para pagar Rock...

– Não entendo – digo, porque eu simplesmente não entendo. Max não deve ter visto o *Post* recentemente.

– A família do Mal tem de pagar um pouco pelas cinzas, e eu devo ao Rocky – ele diz.

É quando Max dá o bote. Está de pé e agarrando a Mãe Morta em cima da lareira.

– Mãe! – grito.

– Não adianta gritar pela mamãezinha agora – Max diz. – A vaca está morta. – Max está de pé na saleta, com ambas as mãos segurando a urna com a Mãe Morta sobre sua cabeça. Ele acha que a urna é um troféu. Ele parece um verdadeiro pamonha.

– Seu cuzão – digo. – Está segurando minha mãe morta em suas mãos.

Max olha para a urna e de volta para mim.

– Você é uma maldita de uma mentirosa – Max dispara.

– Mal está de volta com sua família. A Mãe Morta está nessa cornija desde que a cremaram.

Vejo Max refletindo sobre minhas palavras. Esteve na minha saleta o bastante para tê-la visto antes.

É quando Max joga a Mãe Morta no carpete. Então ele salta em mim, derrubando a tigela de água salgada das minhas mãos. O peso do seu corpo me atinge enquanto tento sair do sofá. Eu caio no chão, minha cabeça acertando o canto da mesinha de centro. Max cai sobre mim, seu peso me esmagando. Tento me desvencilhar dele, mas ele agarra meus pulsos em uma de suas mãos e os junta.

– Sai daqui – grito.

Seus lábios estão no meu ouvido; sua respiração é rápida.

– Você se acha esperta, não acha? Bom, vou pegar o que eu quiser de você, sua vagabunda suja. – Sua voz está cheia de veneno, e sua língua entra no meu ouvido. Eu fico me debatendo, mas sua mão aperta cada vez mais os meus pulsos.

– SAI DAQUI! – grito novamente.

Com sua outra mão, ele abre meu roupão. O nó do cinto fica firme, mas o roupão se abre, revelando minha camisola branca.

– Piranha – ele diz. Sei que ele pode ver meus mamilos através do náilon branco.

– Vai se foder – digo, mas isso o deixa ainda mais bravo.

– Garotas boazinhas não falam foder – ele diz, e rasga minha camisola puxando-a para baixo. O som de rasgo ecoa pelo apartamento, e a dor se espalha de trás do meu pescoço, onde o material lutou para permanecer intacto. Ele pode ver meus mamilos. Olho para ele e ele lambe os lábios.

– Por que está fazendo isso? – pergunto, medo e raiva dando força para eu me debater, eu me recuso a ficar parada para ele.

– Você arruinou minha vida – ele diz, e então acerta meu mamilo direito com seu dedo do meio. A dor passa por mim. E é quando ele se senta, puxando meu pulso até a minha frente, seu peso pesando na

minha pélvis. E é quando ele começa a soltar seu cinto. Está difícil, ele só tem uma das mãos livre e não ousa soltar meus pulsos.
— Não — digo.
— Isso é o que você merece, sua imunda — ele diz. Sua calça está abaixada e posso ver seu pênis. Não quero olhar para ele. Está montado na minha cintura, empurrando meus braços sobre minha cabeça e levando o pênis em direção ao meu rosto.
— E o que você merece, grandalhão? Alguém como eu?
Então eu olho, estou aterrorizada por ter perdido o juízo e estar começando a ouvir vozes. Não ouvi. George Harris está aqui, na minha saleta. É um soldado romano, tem um metro e noventa e cinco, é um garoto gigante. Ele pode ver meus mamilos e pode ver o pênis do Max. George Harris está segurando a faca de seu cinto. Queria ter perguntado a ele se era de verdade.
George Harris ergue sua faca com a mão esquerda e caminha em direção a nós. Está alto. É o menino mais corajoso que já vi. Max solta meus pulsos e fica de pé. Antes que Max possa bancar o valentão de Liverpool, George Harris lhe dá um gancho de direita, seu punho acertando Max na ponta do nariz. Max cai de volta ao chão, segurando o rosto, sangue escorrendo por seus dedos e no carpete. Ainda posso ver o pênis de Max. George Harris para como uma torre e então se move até Max.
— Você quebrou meu nariz, seu merda.
— Já teve o bastante? — George Harris pergunta.
— Fique à vontade para pegar minhas sobras — Max diz, segurando seu nariz.
Troco olhares com George Harris, e ele sorri para mim. Ele sabe que Max está mentindo. Não preciso dizer nada.
— Alguém lá embaixo quer uma palavrinha com você — George Harris diz, e então agarra o colarinho da camisa de Max e o arrasta da saleta. O pênis de Max acena em despedida.
Não sei o que fazer, estou tremendo. Preciso de Elisabeth. Preciso de William. Preciso de George Harris. Preciso saber quem eles foram

encontrar lá embaixo. Eu rastejo pela saleta, meus mamilos apontando para o carpete, rastejo até a escada e escuto. Não reconheço a voz.
– Tentando estuprar uma das nossas garotinhas – a voz diz.
– Não, Rocky, cara. Eu não estava – Max diz.
Então vejo George Harris olhando para mim escada abaixo.
– Volte para sua sala, Martha, por favor – ele diz, e eu volto, porque neste exato momento George Harris é meu herói.

Não consigo dormir. George Harris está na minha cama, ainda totalmente vestido com sua armadura de soldado romano. Eu disse que queria dormir no sofá. Eu precisava fazer as pazes com esse quarto. Precisava tirar o máximo possível da Mãe Morta do carpete. William também esteve aqui noite passada. Estava no andar de baixo no achados e perdidos. Foi ele quem telefonou para George Harris depois que encontramos Max, e foi sua decisão deixar Rocky saber onde Max estava se escondendo. William disse que ele viu algo nos olhos do Max, que ele já viu o suficiente de homens com raiva para reconhecer aquele olhar. Elisabeth não atendeu quando William ligou pela primeira vez em sua casa. Ele disse que tentaria de novo depois de sair, mas isso foi depois das três da manhã. Mas agora sei onde Elisabeth está. Acho que William conseguiu acordá-la. São cinco da manhã agora, e ela está sentada no banco na frente do achados e perdidos. Estou vendo-a da janela da saleta. Deixo a saleta e desço para o achados e perdidos. Não ligo a luz. Inicialmente ela não parece me notar. Fico bem parada, na frente do meu banquinho, atrás do balcão, observando-a. Gosto de observar Elisabeth. Ela me fascina; me faz sorrir. Ainda assim hoje ela parece diferente. Está remexendo um fio no bolso de sua jaqueta de tweed, depois enrolando uma mecha de cabelo no dedo, e então mordendo a unha, e depois voltando para o fio. Está chateada, posso ver. Eu fico enjoada. Eu a deixei triste assim. E se ela decidir que sou incômodo demais para ela ficar logo ao lado? E se ela estiver aqui para me dizer que está fechando seu café, que está se mudando e nunca mais vai me ver? Sei que está cheia de mim. Está irritada porque eu não resolvi a minha certidão de nascimento e o número do Seguro Social logo de início. Eu a chateei, chateei o William, deixei George Harris ver meus mamilos, deixei que George Harris visse o pênis de Max. Mas é a ideia de nunca mais ver Elisabeth que me apavora. Quero me esconder, não abrir hoje, talvez me esconder no apartamento o dia todo e fingir que tenho sarampo ou cólera, ou ambos. Não posso perder Elisabeth.

Queria estar usando um jaleco. Estou de calça e camiseta, como se sentisse que tivesse de cobrir os mamilos para George Harris. Estou tremendo. Queria estar mais coberta. Estou prestes a me arrastar para trás, mas é quando ela se vira e me vê e, antes que eu possa fingir ser uma estátua, ela vem até mim. Elisabeth não está sorrindo. Seu rosto está cheio de preocupação, então sorrio para deixá-la saber que estou bem, que ela não deveria ir embora, que eu não vou mais dar trabalho. Não acho que meu sorriso pareça real. Ela está na porta de vidro.

– William me chamou – ela diz. – Tudo bem com você?

Faço que sim. – George Harris viu meus mamilos – digo.

– Eu sei, bonequinha – Elisabeth diz. – Max te machucou?

– George Harris me salvou. Ele dorme com a armadura de soldado romano.

– Só quando está a serviço. O amor é assim.

– Ele ama seu trabalho – digo, minha mão na vitrine.

– Ele te ama – Elisabeth diz. – Vai abrir?

É quando percebo que estamos conversando através do vidro. Eu me inclino para a fechadura, remexendo para encaixar a chave no buraco.

– Você tem novidades, não tem? – pergunto, observando Elisabeth enquanto tento fazer a chave entrar. Ela faz que sim, e eu fico coberta de tristeza.

– Posso entrar? – ela pergunta. – Vou fazer uma xícara para nós duas.

Abro a porta, e Elisabeth passa por mim através do vão no balcão. Está carregando um prato de papel e há uma fatia de bolo de limão envolvido em filme plástico. Ela coloca no balcão. Põe sua bolsa no chão ao lado do balcão. Caminha até a chaleira. Ainda há água de ontem. Elisabeth acende a luz. Noto que há sangue no chão do meu lado do balcão. Penso na gerência e torço para que ninguém tenha reclamado pelo incômodo da noite passada. Nenhuma de nós fala enquanto a água ferve. Fico no vão do balcão, ao lado do bolo. Nenhuma de nós fala enquanto ela faz o chá. Elisabeth está cantarolando uma música de Cilla Black, mas hoje não está fazendo meu coração cantar. Está me deixando irritada. Talvez eu termine odiando Cilla para sempre. Não quero ouvir Elisabeth cantarolando docemente; quero ouvir as notícias terríveis que ela está prestes a me contar.

Ela coloca as duas xícaras no balcão, as coloca cuidadosamente e então se abaixa para o chão. Está revirando sua bolsa, mas fica ereta e coloca um pedaço de papel no balcão.

– Sinto muito – Elisabeth diz, empurrando o papel pelo balcão até mim.

Olho para ela; lágrimas escorrem de seus olhos.

– O que você fez? – pergunto, e Elisabeth desvia o olhar. Em vez disso, olha para o papel à minha frente.

Eu olho para baixo e vejo:

Certidão de nascimento
Nome e Sobrenome: Martha Elisabeth Graham
Data de Nascimento: Cinco de fevereiro de 1960

Elisabeth desliza outro pedaço de papel sobre o balcão – meu último pôster. Eu o deixo ficar ao lado da certidão de nascimento. Ao lado da minha certidão de nascimento. Eu tenho um nome. Tenho uma data de nascimento. Meu sobrenome não é mais Perdida.

Coloco meus dedos no pedaço de papel. Fecho os olhos. Minha mente está cheia de imagens de Elisabeth segurando um minúsculo bebê junto dela. Está conversando com o bebê e está apaixonada. O nome do bebê é Martha.

Tenho uma mãe. Meus olhos se abrem: as lágrimas são incontroláveis.

– Me desculpe – Elisabeth diz. – Me desculpe. Me desculpe.

– Você é minha mãe? – pergunto. Elisabeth assente. – Seu nome não é Martha – digo. – Achei que fosse um nome de família.

– É meu nome do meio. Somos iguais, só que de uma forma diferente.

– Mas as palavras nos livros... não soavam como você.

– Eu não queria que você soubesse que era eu – Elisabeth explica. – Não de primeira. Eu precisava saber que você podia lidar com a verdade, bonequinha.

– Você me abandonou? – pergunto. Elisabeth assente. – Você me deixou aqui com ELA? – indago. Aponto meu dedo indicador para o céu. Elisabeth assente.

– Sinto muito, bonequinha. Eu queria te contar. Eu queria te levar para longe daquele monstro, mas ficou tarde demais. Eu estava com medo de te perder para sempre se você descobrisse quem eu realmente era. Você não era como agora; agora você é mais forte. Ela não te influencia mais. Ela teria trancado você; ela teria te mantido longe de mim. – Ela faz uma pausa, com lágrimas escorrendo de seus olhos. – Isso me matava a cada dia, não poder puxá-la para perto de mim ou protegê-la dela, mas o que eu poderia fazer? Perdi todo o direito de ser sua mãe no dia que te entreguei.

– Você já me amou? – pergunto. Elisabeth chora em resposta.

Eu me aproximo de Elisabeth e toco seu rosto. Lágrimas escorrem por meus dedos. Posso ver o quão envergonhada ela estava quando ficou grávida. Posso vê-la deitada na cama. Está soluçando. E ela se enrolou em posição fetal.

– Quantos anos você tinha? – pergunto.

– Quinze – ela diz. – Seu pai era professor de piano, amigo da família. Eu nunca tinha nem beijado um homem antes dele. Ele era tão bonito e tão inteligente. Eu o amava. – Ela faz uma pausa. – Ele era casado. Dois filhos.

Posso vê-lo – meu pai. Estou vendo-o através dos olhos de Elisabeth. Ele é muito mais velho do que ela. Tem filhos, e não são muito mais novos do que Elisabeth. Posso vê-la observando-o brincar com os filhos num piquenique; parece ser ao lado de uma igreja.

– Meus pais eram irlandeses, rígidos, religiosos...

Eu vejo a mãe dela, minha avó, segurando um cinto de couro com uma fivela de metal. Meu corpo todo estremece quando a fivela acerta Elisabeth. Conheço mães com cintos.

Elisabeth está se enrolando, protegendo a barriga. Está me protegendo.

– Eles queriam me mandar para longe, para um lar de mães solteiras. Eu não contava a eles quem era o pai. Eles supuseram que eu não soubesse...

Vejo Elisabeth na Estação Lime Street. Está agarrando um pedaço de papel e olha para ele. Um endereço.

– Eu voltei para Liverpool para fazer um aborto... Eu não consegui.

Posso ver Elisabeth. Ela está olhando para as unhas – estão cobertas de sujeira, tão sujas. Ela está abaixada num beco e há ratos. Ela coloca a mão em sua barriga inchada.

– Finalmente encontrei trabalho servindo mesas de um café, e um bom samaritano me deu uma cama. Eu escondi que estava... que estava grávida, mas a bolsa estourou quando eu estava servindo um sujeito bem gordão... Eu tive você, registrei você...

Meus dedos ainda estão tocando o rosto dela. Eu a vejo saindo do hospital, me carregando num cobertor. Eu a vejo voltando para seu quarto, ouvindo que não há lugar para gente como ela. Ela perdeu o trabalho. Perdeu o lar. Eu a vejo de volta na rua. Está roubando, tentando nos manter seguras. Posso sentir que tudo o que ela está fazendo é por nós. Está tentando me manter segura. Ela está desesperada, está muito sozinha, e sua tristeza é profunda dentro dela.

– Eu tive de doar você.

Olho nos olhos de Elisabeth. Ela fixa seu olhar no meu. Está soluçando. Sei que no dia que ela me deu ela rachou. Posso sentir seu desespero. Posso sentir que ela pensou que estava fazendo o certo para mim, que ela achou que iria me manter segura. Eu tinha três meses de idade. Ela tentou tudo o que pôde para me manter segura, para me alimentar, me vestir, me proteger. Ela está no final de sua jornada. Não tinha opção. Não tinha ninguém para apoiá-la.

– Me afastando daqui sem nada nos braços... – Ela para de falar. Posso sentir sua tristeza. – Quando tudo é tirado de você, você tem duas escolhas. Você luta para pegar de volta ou desmorona e morre – Elisabeth diz.

– Eu era tudo para você? – pergunto.

– Você é tudo para mim.

– Você voltou para mim – digo.

– Eu sempre vou voltar para você – Elisabeth diz. – Você é a pessoa mais incrível que já conheci.

Estou soluçando e com ranho e lágrimas. Todos esses anos sem saber quem eu sou, todos esses anos pensando que eu não era digna de amor, e todo esse tempo ela estava logo ao lado. Estava observando, esperando e me protegendo. E agora que estou tocando sua bochecha, posso vê-la sentada no banco na frente do achados e perdidos. Foi durante os anos que ela não estava na porta ao lado; a cada dia desde o dia que me deixou lá fora do escritório. Posso vê-la observando. Ela se mistura, está desesperada, está procurando por mim.

– Agora entendo – digo. – Eu fui a pessoa que partiu seu coração.

– Não, bonequinha, você remendou meu coração. A cada dia.

– Você assistiu – digo. – A cada dia daqueles anos em que você não tinha o café.

– A cada dia. Eu queria pegar você, mas eu sabia o que ela faria. Ouvi boatos na estação sobre ela ser religiosa. Inicialmente achei que seria uma coisa boa; foi só depois que eu a deixei que eu vi como era realmente. Eu só tinha dezesseis anos, sem marido, sem renda e havia te abandonado. Eu não tinha meios. Não podia me sustentar e cuidar de você. Eu tinha de encontrar outra forma de estar perto de você.

Eu não poderia arriscar que a Mãe descobrisse quem eu era e fizesse você desaparecer ou me entregasse para a polícia. Se ela soubesse que eu era sua mãe, ela a teria mantido longe de mim. Então eu me esforcei para sair da sarjeta, trabalhei duro, economizei muito.

– Abriu um café logo ao lado de onde eu trabalhava e vivia – digo.

– Que forma melhor de estar perto de você? Eu nunca teria te contado quem eu era... eu estava decidida a ser apenas sua amiga, apenas estar em sua vida... Você é a melhor amiga que já tive.

– Mas você mandou o livro...

– Eu estava experimentando. Eu sabia que você acreditava nos fatos dos livros. Fiquei aterrorizada que você parasse de responder às minhas palavras, ou que descobrisse minha identidade antes de ser forte o suficiente para saber a verdade.

– Você nunca teve outros filhos? – pergunto.

– Não tive nem sequer outro namorado – Elisabeth diz. – Eu nunca devia tê-la abandonado. Juro que pensei que estava fazendo o certo para você. Achei que você estaria segura aqui... Então era tarde demais, e não podia arriscar que a Mãe te mandasse para longe ou te fizesse me odiar.

– Eu nunca poderia te odiar – digo.

– Mesmo se não puder me perdoar, ainda vou te amar para sempre.

Eu busco na prateleira de cima e puxo minha mala marrom detonada. Levanto a mala até o balcão e delizo os fechos até que ela se abre. Eu removo o conteúdo e os coloco no balcão. Elisabeth olha os pôsteres.

– Você os manteve? – Elisabeth pergunta.

– Por você – digo. – As palavras no livro diziam que você desejava poder ficar com eles.

E é quando nós nos abraçamos e quando descubro o que é ser abraçada por uma mãe, por minha mãe. Minhas lágrimas e ranho encharcam sua jaqueta de tweed.

Coluna "Pela Cidade" no *Liverpool Daily Post*

FUGINDO DA MALA FALSA

Dizem por aí que aquele rato australiano, Max Cole, 42, teve de fugir da nossa bela cidade com o rabinho entre as pernas.

Procurado pela ligação com o roubo de dez mil libras do nosso Rocky Hooper, a polícia quer muito falar com Cole. Os boatos estão a toda e dizem que Rocky Hopper se adiantou e impediu que Cole deflorasse uma das crianças da nossa cidade. Parece que fomos todos enganados pelo australiano, cuja esposa e filhos estão atualmente detidos em algum ponto da cidade para serem interrogados.

Quando contatado, Rocky Hopper disse: "Eu não me arrependo de ter me adiantado e evitado que ele estuprasse aquela garotinha, mas me custou dez mil."

A cidade saúda nosso herói, enquanto nossos homens tentam farejar o rato que é Max Cole.

Mantenha o nariz no chão e vamos nos juntar como cidadãos para pegar o australiano antes que ele encontre outra das nossas garotinhas.

Eu já a vi antes, claro, mas agora ela parece diferente. Seus olhos transmitem tanta dor. Ela está parada na porta do achados e perdidos, e, além dela, sentados no banco em frente, estão seus filhos, uma menina e um menino. A menina é uma versão pequena da mulher na porta, loira e bonita. O garoto é um adolescente – está sentado com um braço protetor ao redor de sua irmã. Os dois estão observando. Estou sentada no meu banquinho. Eu aceno, mas eles não acenam de volta.

– Martha? – a mulher pergunta.

– Angela? – pergunto.

Ambas assentimos. Ela dá um passo à frente, para perto do balcão.

– Estou aqui para me desculpar pelo comportamento do meu marido – ela diz.

– Eu não sabia que ele era casado. Eu nunca teria. Se eu soubesse. Não que eu...

– Tudo bem. Sua mãe me contou tudo.

– Minha mãe – digo. Não posso evitar sorrir.

– Eu quis vê-la eu mesma, para me certificar de que você estava bem – Angela diz.

– Você é corajosa. Podia ter me escrito.

– Sinto muito – Angela diz.

– Eu sei – digo.

– Sabe sobre a recepcionista do Adelphi? – Angela pergunta.

– Não de fato. Não tenho muita experiência com homens.

– Você pensou que ele fosse um dos bons? – Angela pergunta, e eu faço que sim. – Eu também. Ele me escrevia cartas charmosas...

– Sabe onde ele está? – pergunto, e Angela balança a cabeça. – Sinto muito. Cuide deles – digo, assentindo em direção aos filhos dela.

– Ele não foi sempre um cara ruim, sabe. Acho que ele se perdeu. Talvez Liverpool tenha trazido o pior dele – Angela diz.

Eu faço que sim. Não sei se acredito nela.

– Ele te machucou? – Os olhos dela veem os ferimentos em meus pulsos. Eu esfrego as marcas, querendo que elas desapareçam.

– Vou ficar bem – digo. As palavras carregam um peso.

– Quero que você fique com esses – Angela diz. Ela remexe sua enorme bolsa e tira um pedaço de papel, preso com clipes e elásticos. Ela os coloca no balcão na minha frente. Posso ver fotos, folhas datilografadas e recortes de jornal saindo da pilha.

– Não entenden... – começo a dizer.

– A pesquisa de Max sobre Mal Evans. Quero que você fique com tudo. Acho que deveria ficar aqui, na Liverpool de Mal – Angela diz. – Não trouxe nada além de miséria para nós. Pode ajudá-la a entender...

– O que vai fazer agora? – pergunto.

– Estamos indo para casa, para nossos amigos e família – Angela revela.

– Eles vão mantê-los a salvo – digo, mas Angela não está ouvindo.

Ela já se virou e saiu para o saguão. Seus dois filhos ficam de pé. Caminham na direção dela enquanto Angela os puxa para perto. Seus braços parecem mais longos. Eles se estendem ao redor de seus filhos; eles deixam as crianças saberem que ela vai protegê-los.

Não sei por que estou chorando.

Martha Elisabeth Graham,
Estação Lime Street,
Liverpool

Querido Kevin Keegan,

Você não me conhece, mas estou escrevendo para convidá-lo formalmente a experimentar um dos bombonzinhos da minha mãe. Ela está dizendo há tempos que adoraria muito te dar um. Só descobri hoje que ela é minha mãe (longa história!), mas ela tem falado sobre suas coxas há muitos meses. Ela esperou por você, depois da vitória na Copa da UEFA. Ouvimos um boato de que os jogadores estavam chegando na Estação Lime Street. Pena, você não veio. Minha mãe estava toda empolgada e ficou realmente decepcionada. Infelizmente, foi na noite em que a Mãe morreu (é complicado!), daí eu esqueci de você até hoje. Mil desculpas por isso, sei que você é famoso e não deveria nunca ser esquecido.

Enfim, o nome da minha mãe é Elisabeth Martha Graham, e ela tem trinta e um anos de idade. Espero que não seja velha demais para você. Ela só teve um namorado (era um homem casado!), mas é bem bonita. Possivelmente ela é bonita o bastante para ser uma estrela de Hollywood. O café da minha mãe é na Estação Lime Street, logo ao lado de onde eu trabalho, no achados e perdidos.

Por favor, venha nos visitar. Traje: bermuda.
Torcendo,
Martha Elisabeth Graham
Xxx
PS: Como se pronuncia Brugge?

Estamos todos sentados numa mesa no café. Elisabeth já fechou por hoje e preparou um pequeno lanche "era uma vez" para mim. Não é meu aniversário, não de forma oficial, mas é o dia que eu ouvi a Parte Um do meu conto de fadas.

Elisabeth deve ter contado a George Harris e William, já que ambos embalaram um presente para mim. Há três presentes no centro da mesa. Meus olhos ficam fixos neles. Não posso acreditar que são mesmo para mim. Todos comemos bolo; eu até assoprei uma das velas e fiz um pedido. Agora estamos bebericando café italiano e, principalmente, sorrindo.

Passei a tarde toda com Elisabeth. Ficamos conversando, chorando e escutando. Ainda temos muita conversa a fazer. Pequenos passos estão sendo dados, mas espero que fiquemos bem. Fizemos uma busca no quarto da Mãe. Eu não estive lá desde que ela morreu. Encontrei uma caixa de madeira. A chave, aquela que encontrei quando buscava a porta da frente do William, se encaixou perfeitamente. Quando toquei pela primeira vez na caixa, senti o medo da Mãe, mas fui em frente. Dentro da caixa estavam cartas e cartões, montes deles, todos endereçados a mim. A Mãe nunca os abriu, tampouco os jogou fora. Eram cartas de procuradores, cópias de documentos oficiais, tudo numa caixa de madeira cheia de vida. Abri alguns dos cartões de aniversário, mas tive de parar. Senti que eu estava me afogando. Elisabeth pensou em mim em cada aniversário. Ela estava logo ao lado. Sempre me dava uma fatia especial de bolo naquele dia, mas eu não sabia o significado. Vendo todos os cartões e cartas, é o suficiente para saber que minha mãe andou pensando em mim e querendo ser parte da minha vida.

Quando eu estiver me sentindo mais forte, vou ler todas elas, em ordem.

Elisabeth perguntou se eu gostaria de me mudar para a casa dela, mas eu disse não, ainda não. Ainda não estou pronta para dormir fora da estação. William está pensando em ir morar com ela, só como amigo, e já estou empolgada para ir até a casa de Elisabeth para o almoço de domingo.

– Eu estava aqui na noite que Elisabeth te deixou – William diz, e todos olhamos para ele. – Sua dor e a minha são a mesma. Elisabeth fecha sua mão sobre a de William e dá um aperto.

– Obrigada por não me odiar – Elisabeth diz para todos nós.

Eu sorrio. Não há dor neste quarto, mas há uma promessa para não tocar nenhuma música dos Beatles por um tempinho.

– Você ligou para a gerência? – George Harris pergunta, e eu faço que sim.

– Tudo arrumado, o trabalho é meu, nenhum valentão vai aparecer. Sou oficial. Até tenho um dia de folga – digo. E olho ao redor da mesa, e todo mundo está sorrindo, sorrisos reais. Elisabeth revira os olhos, e então ri. – Li a pesquisa de Max sobre Mal Evans – acrescento, principalmente para Elisabeth. – Escrevi uma carta para ele.

– Achei que tínhamos superado isso, bonequinha. Você precisa ficar longe de...

– Não o Max. Escrevi uma carta para Mal Evans, está na pesquisa – digo, e Elisabeth faz que sim. – E escrevi para Kevin Keegan também – revelo. – Contei a ele que queria que ele experimentasse um de nossos bombonzinhos.

Elisabeth solta um gritinho. Suas bochechas estão coradas e imediatamente ela balança a cabeça para William.

– Eu não – ela diz, e William ri, mas então George Harris tosse. É uma tosse fraca, ainda assim nós todos nos viramos para olhar para ele.

– Er... – George Harris diz. – Encontrei isto. – Ele desliza um livro pela mesa, derrubando dois pires.

– Encontrou? – pergunto. Corro meus dedos sobre a capa, mas nenhuma imagem salta à minha mente. É um livro roxo, antigo – tenho um espaço vazio na prateleira. Eu abro o livro. Palavras estão escritas dentro. Leio as palavras e sorrio novamente.

– O que esse diz? – Elisabeth pergunta. Eu não respondo. Em vez disso, fixo meus olhos em George Harris.

– Você escreveu essas palavras, não foi? – pergunto, apontando para a dedicatória. George faz que sim. – E essas outras palavras também, em todos esses outros livros que você disse que encontrou? – indago. George Harris assente novamente. Suas bochechas são o vermelho mais vermelho. Eu sorrio.

– Presentes – Elisabeth berra, batendo as mãos juntas. Ela usa ambas as palmas para espalhar os presentes ao redor das xícaras e pires, pela superfície da mesa, em direção a mim.

Estou agarrada ao meu novo livro e olhando os presentes, não muito certa do que abrir primeiro.

– Aqui, abra o meu – George Harris pede. O presente é uma pequena caixa e está embrulhado com um laço rosa ao seu redor. É quase lindo demais para se desembrulhar. Olho para os dedos de George Harris e percebo que ele os está cruzando. Eu sorrio novamente.

– O que é? – pergunto, e todo mundo ri.

– Abra e vai descobrir – George Harris diz.

– Tudo bem se eu não abrir? Só quero olhar para eles um pouco mais. – George Harris pisca para mim. Sinto o calor correndo pelas minhas bochechas. – Você faz meu interior parecer como se eu fosse vomitar – digo.

George Harris parece incerto; Elisabeth ri.

E assim continua meu conto de fadas.

Querido Malcolm Evans

Você não me conhece e agora você está morto. É tarde demais para a gente se conhecer. William te encontrou no porão, abaixo do meu escritório de achados e perdidos. Sua urna foi nosso Santo Graal. Estávamos seguindo pistas há semanas. Devo admitir que minha motivação era fazer um homem me amar para sempre, o que é bastante ridículo, e eu poderia ter cometido um grave erro e ter te passado a ele. Mas não o fiz. Em vez disso, Elisabeth o segurou numa urna e correu pelos túneis com você. Eu teria te carregado, mas eu tinha meus braços cheios com o coração da Estação Lime Street. Tivemos nossa própria aventura, você, Elisabeth e eu. Mas agora você está de volta para a sua família e pode descansar em paz, Malcolm Evans.

Mas me perdoe, eu só soube realmente sobre você há algumas semanas e agora recebi uma pesquisa inteira sobre você, com fotos e piadas e recortes de jornal. Não estou bem certa do que fazer com tudo isso, mas sei que tenho que fazer algo. Espero que sua história seja ouvida.

De cuecas a férias, Malcolm Evans, você foi o homem que pôde encontrar o que os Beatles queriam. Você era um grande achado. Eu sou um pequeno achado. E sinto que poderíamos ter sido amigos. E por tudo o que ouvi, essa opinião é universal. As pessoas falam da sua natureza gentil e o quão legal você era. Você estava feliz com os Beatles, não estava? Você amava a música e amava a banda que colocou nossa cidade no mapa.

Proteger os Beatles nunca foi uma busca por fama pessoal, foi? Para você, os Beatles eram família. Você os respeitava e os amava. Só posso torcer para que eles tenham te amado de volta. Odeio pensar em você se sentindo solitário e odeio pensar em você se sentindo subvalorizado e negado. Desejo ter sido capaz de ouvir sua história, Malcolm Evans, em suas próprias palavras. Em vez disso, me deparei com um quebra-cabeça, tentando entender como você foi de um funcionário dos Correios em Liverpool a ser morto com um tiro em LA.

Porque, Malcolm Evans, você é muito mais do que nada. Você foi um amigo para os Beatles quando eles não puderam ter amigos. Foi uma fatia de normalidade, uma ligação entre o mundo real e o estrelato. Não um empresário, não um cara sério – acho que você era uma constante para eles. Quando o mundo gritava por pedaços desses jovens, acho que você manteve os Beatles seguros. Você buscava, carregava, e penso que você pode ter sido a pessoa que manteve os Beatles no chão.

Queria ter conhecido você, Malcolm Evans. Queria que tivéssemos uma xícara de chá e uma fatia de bolo de limão juntos. Queria que você me protegesse. Queria que você me pegasse e me carregasse em seu bolso. George Harris é um gigante como você. Acho que ele me protegeria, se eu permitisse. Acho que eu me sentiria segura nos braços dele. Acho que você teria gostado de George Harris. Acho que você e ele teriam gostado de se vestir como soldados romanos e batido perna juntos pelas ruas.

Acho que vou continuar buscando seu arquivo perdido. Acho que vou torcer para que um dia sua história seja contada. Seu nome é importante, Malcolm Evans. Você é uma lenda, uma parte gigante da história dos Beatles. Sua história não será esquecida, bondoso senhor.

Descanse em paz, Malcolm Evans. Acho que você pode ter sido um dos bonzinhos.

Martha Elisabeth Graham

Uma nota para o leitor

Martha perdida é ficção, mas alguns elementos são próximos do fato. A história de Mal Evans é verdadeira, e tenho uma dívida de inspiração com ele. Ele era um amigo muito próximo dos Beatles, tornando-se seu *roadie* e, mais tarde, um executivo da Apple. Mal Evans levou um tiro da polícia em janeiro de 1976; seus pertences foram perdidos e posteriormente suas cinzas também. Uma mala foi encontrada e os conteúdos foram determinados falsos. Ele escreveu um manuscrito (que ainda está perdido) e escreveu um diário (que também está perdido, apesar de alguns excertos terem sido encontrados posteriormente). O mistério em torno de Mal Evans permanece um ponto contínuo de discussão para os entusiastas dos Beatles. Eu me incluo nessa categoria; e foi quando eu estava pesquisando sobre Mal que a semente para este romance começou a germinar. Apesar da passagem do tempo, minha paixão por tudo o que tem a ver com os Beatles permanece acesa. Espero que isso nunca mude.

Os Túneis Williamson sob Liverpool são reais (mas não estão localizados sob a Estação Lime Street) e contêm, sim, um salão de bailes. É um mundo subterrâneo intrigante criado abaixo das ruas do bairro Edge Hill de Liverpool por Joseph Williamson, um abastado mercador de tabaco – a razão para a existência deles ainda é desconhecida. Meus agradecimentos são oferecidos a Claire Moorhead e aos Amigos dos Túneis Williamson pela ajuda com minha pesquisa inicial.

Agradecimentos

Tantos auxiliaram na escrita desta história, mas ninguém mais do que meu agente, Donald Winchester, que é astuto, esplêndido e possivelmente a pessoa mais paciente do mercado editorial. Suas numerosas leituras e comentários perspicazes foram de valor incalculável.

Estou em dívida com minha maravilhosa editora, Suzanne Bridson, por suas iluminadas sugestões editoriais e sua crença generosa em minha escrita. Também devo um enorme obrigada à espetacular Ann-Katrin Ziser e à equipe de direitos internacionais na Transworld. Obrigada também a Kate Samano, Sophie Christopher e ao restante da equipe fabulosamente entusiasmada na Transworld, que foi toda tão apoiadora.

Agradecimentos especiais a Joanne e Andy Harris, por confiarem em mim para usar o nome do filho deles nesta história e por permitirem que eu criasse um soldado romano chamado George Harris.

Admiração e gratidão por Sophie Wright, Luke Cutforth e Josh Winslade.

Uma enorme dívida de gratidão é devida à dra. Ann Judge. As horas passadas me guiando e escutando nunca serão esquecidas.

Obrigada a Bernie Pardue, Francesca Riccardi, Anne Cater, Dave Roberts, Lynne Machray, Birgitte Calvert, Katie Cutler, Clare Christian, Natalie Flynn, Matt Hill, Tracy Whitwell, Sophia Taylor, Alex Brown, Helen Walters, Jean Ward, Cathy Cassidy, Paula Groves, Richard Wells e Margaret Coombs, pelo seu encorajamento, tranquilização e amizade.

E, claro, meu amor e afeto são dados ao valioso LG. Gosto que nossa bela jornada tenha começado com uma dedicatória num romance. Mais agradecimentos (e talvez desculpas desta vez também) são oferecidos aos meus filhos, que tiveram de enfrentar minhas crises e meus medos. Seu apoio e amor são presentes que eu nunca deixo de valorizar. Mas agradecimentos particulares devem ser dados à minha filha Poppy, por me ajudar a ver quão mágico o mundo pode ser, e pelas incontáveis vezes em que ficamos na Estação Lime Street fazendo pedidos e procurando por Martha Perdida.

Finalmente, sou verdadeiramente grata ao Arts Council England, que apoiou a escrita deste romance, fornecendo patrocínio para "tempo de escrita".

Caroline Wallace foi professora durante muitos anos até ingressar na ficção. Ela vive em Liverpool com seu marido e filhos.

Impressão e Acabamento
Gráfica Santa Marta
Unidade São Bernardo do Campo - SP